गोविन्द मिश्र

गोविन्द मिश्र समकालीन कथा-साहित्य में एक ऐसी उपस्थिति हैं जिनकी वरीयताओं में लेखन सर्वोपरि है, जिनकी चिन्ताएँ समकालीन समाज से उठकर 'पृथ्वी पर मनुष्य' के रहने के सन्दर्भ तक जाती हैं और जिनका लेखन-फलक 'लाल पीली ज़मीन' के खुरदरे यथार्थ, 'तुम्हारी रोशनी में' की कोमलता और काव्यात्मकता, 'धीरसमीरे' की भारतीय परम्परा की खोज, 'हुजूर दरबार' और 'पाँच आँगनोंवाला घर' के इतिहास और अतीत के सन्दर्भ में आज के प्रश्नों की पड़ताल—इन्हें एक साथ समेटे हुए है।

उनकी प्रमुख कृतियाँ हैं—*वह अपना चेहरा, उतरती हुई धूप, लाल पीली ज़मीन, हुज़ूर दरबार, तुम्हारी रोशनी में, धीरसमीरे, पाँच आँगनोंवाला घर, फूल...इमारतें और बन्दर, कोहरे में क़ैद रंग, धूल पौधों पर, अरण्यतंत्र, शाम की झिलमिल, ख़िलाफ़त* (उपन्यास); *पगला बाबा, आसमान...कितना नीला, हवाबाज़, मुझे बाहर निकालो, नये सिरे से* आदि (कहानी-संग्रह); *निर्झरिणी* (सम्पूर्ण कहानियाँ दो खंडों में); *धुंध-भरी सुर्ख़ी, दरख़्तों के पार... शाम, झूलती जड़ें, परतों के बीच* (यात्रा-वृत्त); *साहित्य का सन्दर्भ, कथा भूमि, संवाद अनायास, समय और सर्जना, साहित्य, साहित्यकार और प्रेम, सान्निध्य-साहित्यकार* (निबन्ध); *ओ प्रकृति माँ!* (कविता); *मास्टर मनसुखराम, कवि के घर में चोर, आदमी का जानवर* (बाल-साहित्य); *रंगों की गंध* (समग्र यात्रा-वृत्त दो खंडों में); *चुनी हुई रचनाएँ* (तीन खंडों में); *गोविन्द मिश्र रचनावली* : संपादक नन्दकिशोर आचार्य (बारह खंडों में)।

उन्हें प्राप्त कई पुरस्कारों/सम्मानों में 'पाँच आँगनोंवाला घर' के लिए 1998 का 'व्यास सम्मान', 2008 में 'साहित्य अकादेमी', 2011 में 'भारत-भारती सम्मान', 2013 का 'सरस्वती सम्मान' विशेष उल्लेखनीय हैं।

सम्पर्क : एच.एक्स. 94, ई-7, अरेरा कॉलोनी, भोपाल-462016

ईमेल : govindmishra1939@gmail.com

गोविन्द मिश्र

तुम्हारी रोशनी में

राजकमल पेपरबैक्स

पहला पुस्तकालय संस्करण
राजकमल प्रकाशन प्राइवेट लिमिटेड द्वारा
1985 में प्रकाशित

राजकमल पेपरबैक्स में
पहला संस्करण : 2022

राजकमल पेपरबैक्स : उत्कृष्ट साहित्य के जनसुलभ संस्करण

राजकमल प्रकाशन प्रा. लि.
1-बी, नेताजी सुभाष मार्ग, दरियागंज
नई दिल्ली-110 002
द्वारा प्रकाशित

शाखाएँ : अशोक राजपथ, साइंस कॉलेज के सामने, पटना-800 006
पहली मंजिल, दरबारी बिल्डिंग, महात्मा गांधी मार्ग, प्रयागराज-211 001
36 ए, शेक्सपियर सरणी, कोलकाता-700 017

वेबसाइट : www.rajkamalprakashan.com
ई-मेल : info@rajkamalprakashan.com

बी.के. ऑफसेट
नवीन शाहदरा, दिल्ली-110 032
द्वारा मुद्रित

मूल्य : ₹250

TUMHARI ROSHNI MEIN
Novel by Govind Mishra

ISBN : 978-93-94902-89-3

तुम्हारी
रोशनी
में

मछली-मछली कितना पानी

वह जा रही थी सामने, मेरे आगे-आगे, काले रंग का कोट पहने हुए। पूरा कोट...नीचे तक उतरता हुआ। साड़ी...कोट के भीतर, सिर्फ़ पैरों पर थोड़ी-सी दिखाई देती थी। चाल तेज़—सामने की तरफ़ भरे जाते हुए बड़े-बड़े डग, जैसे कोई किश्ती गहरे-गहरे खेई जा रही हो। तेज़ी से आगे-आगे जाती किश्ती, पीछे छूटते पानी के गड्ढे...भँवरों की मरोड़ों से कुलबुलाते।

गोरा रंग गरदन पर बालों और कोट के कालेपन के बीच या फिर झूलती-चलती हथेलियों से झलक-झलक जाता था। कन्धे तक कटे बाल, दो उठी-उठी-सी चोटियों में रबरबैंड से बँधे थे...स्कूली लड़कियोंवाली छुटकी चोटियाँ।

इमारत की जड़ पर पहुँचकर उसने साड़ी थोड़ा ऊपर की और सीढ़ियाँ चढ़ने लगी। ऊपर बाईं तरफ़ नारियल के लाल कारपेट पर चर्र...मर्र...फिर कोने का एक हॉल जिसमें सरसराते तीर की तरह वह घुस गई। पीछे-पीछे मैं, लुढ़कते हुए... जैसे...दूर से फेंका गया एक पत्थर, अपने वेग के अन्तिम दबाव पर। मुझे भी उसी बैठक में पहुँचना था।

एक गोल-गोल वातानुकूलित हॉल। रंगीन पर्दे...रोशनी में झिलिर-मिलिर। बैठक में शामिल होने के लिए सब तरफ़ से पहुँचते हुए लोग। आगे बड़ी हस्तियों के लिए कुर्सियाँ, पीछे उनके सहायकों के लिए, उसके पीछे अन्यों के लिए। बैठक के अखाड़िए आते जा रहे थे। जो आ चुके थे, वे स्वयं को इधर-उधर बातचीत में व्यस्त दिखाकर जैसे अपने और होनेवाली बैठक—दोनों की महत्ता बढ़ाने में लगे हुए थे।

बैठक के शुरू होने के पहले की अस्त-व्यस्तता! इधर-उधर उछलते आदमी-औरतें...अपनी जगह पर बैठते कि एकाएक मेंढक की तरह उचाक लगाकर फिर किसी के पास पहुँचते हुए। मिला-जुला जो शोर उठ रहा था, उससे मुझे अपने क़स्बे का एक तालाब याद आ गया—एक पोखरा, गर्मी में सूखा पड़ा रहता है। तह की

ज़मीन पहले गीली कीचड़-सी, बाद में दरारों में चटक जाती है। उस समय एक मामूली गड्ढे के अलावा कुछ और नहीं होता वह। यही बरसात का पानी पाकर ज्यों-ज्यों भरता है तो इस हॉल की तरह सज उठता है, शोखी में इतराता दिखता है। कितने जीव-जन्तु, जाने कहाँ-कहाँ से वहाँ पहुँच जाते हैं...पर सबसे ज्यादा मेंढक, उछल-उछलकर भद्द-भद्द गिरते हुए। तालाब एक अनवरत टर्र-टर्र से गुंजायमान...

वहाँ उसके होने की कल्पना नहीं की जा सकती थी, लेकिन वह थी...चिलकती हुई रोशनी की लहर-सी, तिरती हुई...

अपनी कुर्सी से उठकर बीच की गोलमेज़ पर कार्य-वृत्त की एक प्रति उठाने के लिए वह गई तो रास्ते में कहीं मैं भी पड़ गया...जैसे रोशनी के ठीक सामने। मैं इतना सामने आ गया कि एक पल ठहरकर उसे देखना ही पड़ा। तब भी उसने शायद मुझे नहीं, सिर्फ़ अपने रास्ते को देखा और अगले ही क्षण बिना आँख उठाए ही जैसे किसी रोड़े से बचती हुई वह अपनी जगह पहुँच गई।

अब हम अपने अलग-अलग कोनों में थे, मैं उससे क़रीब पाँच गज के फासले पर एकदम दूसरी पंक्ति में। वहाँ, उसके कोने की तरफ़ रोशनी हो रही थी, देखने का मन करता था...चौंध का ख़याल भी आता था। रुक-रुक करके कई बार देखा, फिर भी रूप-पुंज जैसे दृष्टि से फिसल-फिसल जाता था। गोरा रंग...लालिमा की तरह झुका हुआ, आनुपातिक नाक-नक़्श...थोड़ा पैनापन लिए हुए, आँखें...चंचल और गहरी। सबके ऊपर पंखा-सा झलती हुई उम्र की ताज़गी। बयार...जो उससे फूटकर आर-पार जाती थी। ख़ूबसूरती से जो-जो जोड़ा जाता है, सभी कुछ था वहाँ...और ख़ूबसूरत होने का अहसास भी। उसके बगल में एक अधेड़ बैठा था, पान से भरे पिलपिल मुँहवाला। अधेड़ ने एक बार कुछ पूछने के लिए उसे टोका। वह कन्धे उचकाकर टाल गई। उसकी तरफ़ देखा भी नहीं...कुछ-कुछ वैसा ही जैसे रास्ते में पड़ जाने पर मेरे साथ किया था।

अगली बार उधर मेरा ध्यान गया तो जैसे उसकी जगह कोई और ही थी। ऊपर उठी पलकें, नज़रें इधर-से-उधर चक्कर काटती हुई...लाइट हाउस की घूमती रोशनी की तरह कहीं न ठहरती हुई, फिर भी जैसे सबको उकेरती हुई। उड़ी-उड़ी नज़रों से वह सब कुछ देख रही थी। चेहरा जो अब तक खिंचा-खिंचा-सा रहा था, अब पिघल आया था...जैसे आँखों से भरती हुई कोमलता की फुहार चेहरे पर हल्के-हल्के बरस रही थी।

घूमती हुई रोशनी का एक स्पर्श मुझ तक भी आया...मुलायम-मुलायम स्पर्श, खरोंचों को चिकनाहट में बदलता हुआ। हवा के एक छोटे झोंके ने जैसे पर्दे को थोड़ा-सा खिसकाया था। स्नान के बाद शान्त मन...ठंड से सिकुड़ी हरी घास को

सेंक देती सुबह की नरम-नरम धूप...पहाड़ी ज़मीन से उठता हुआ सोंधी-सोंधी गन्ध का फव्वारा...बारिश की पहली बौछार से झुलसी हुई धरती से उठती महक...मैं कहाँ-कहाँ डूबने-उतराने लगा था, उस एक क्षण।

उसकी नज़रें अब कहीं और थीं, लेकिन चेहरा वैसा ही था—मुलायम-मुलायम। अब नाक-नक़्श तीखे नहीं कोमल दिखते थे, एक मासूमियत में बँधे हुए...मासूमियत, जो उम्र से नहीं करुणा से चेहरे पर आ बिछती है। यह वह ख़ूबसूरती थी, जो आसपास को धुँधलाती नहीं, बल्कि उसे एक नई चमक में खड़ा करती है।

एक पहाड़ी नदी...मामूली-से किसी पहाड़ की अनजान खोह से झरझराकर नीचे मैदान से उतरती है और कुछ गाँवों को बाहर-बाहर से सींचती हुई एक बड़ी नदी से जा मिलती है। छोटा-सा सफ़र, लेकिन कितनी मुद्राएँ! कहीं बाँध के छेद से बाहर निकलती जलधारा-सी झलल-झलल, कहीं झरने की तरह बहती हुई, कहीं सरोवर की तरह बँधी-थमी। ख़ूब साफ़ और मीठा पानी। गर्मियों में पानी का रंग एकदम सफ़ेद, वही जाड़े में नीला हो जाता है—गर्मियों में अपनत्व-भरा, जाड़े में थोड़ा डरावना। एक जगह हाथीडुबाऊ तो एक ऐसी भी जगह जहाँ सिर्फ़ घुटनों पानी...नीचे रेत के एक-एक कण दिखते हुए। कितनी भी गन्दगी मचाओ तो अगले क्षण फिर साफ़...छलल-छलल बहता पानी।

जाड़े और गर्मियों में, एक पतली और बँधी हुई धारा, वही बरसात में ऐसा चढ़ती है कि बस्ती के द्वार पर आकर थपेड़े मारने लगती है। आर-पार फैला पानी—कहीं पीला, कहीं लाल, कहीं मटमैला। बहता हुआ कूड़ा-करकट, घास-फूस। सड़े-गले छप्पर-चौखट, मवेशियों के शरीर के टुकड़े और कभी-कभार हिचकोले खाती बहती कोई लाश भी...जैसे दुनिया-भर की गन्दगी को धो-धोकर बहा ले जाने पर आमादा हो। जहाँ-तहाँ घूमती हुई चक्करदार भँवरें...कहीं इकहरी तो कहीं भयंकर लपेटदार, जिसमें कोई अगर फँसा तो पता नहीं कहाँ पहुँचे...

घुटरुनों पानीवाली जगह कहीं खो जाती है उस लावारिस विस्तार में।

बैठक ख़त्म होने पर विशिष्ट हस्तियों के उठने तक तो लोगों में धीरज रहा, बाद में सब कुछ किचिर-पिचिर हो गया—आदमी, कुर्सियाँ, फ़ाइलें! कोई कुर्सी टेढ़ी कर उठ रहा था, कोई धकियाता हुआ जा रहा था, कोई बतिया रहा था, कोई पान-सिगरेट कर रहा था, तो कोई सिर्फ़ बैठा था! हॉल में छोटी-मोटी भीड़ उतरा आई थी...जैसे पोखरे के थमे हुए पानी में नीचे से उचटती मिट्टी की गन्दगी ऊपर आने लगी हो।

चलते-चलते एक बार फिर मैं उसके रास्ते आ गया—इस बार जानबूझकर, पर उसे आँख उठाने की भी ज़रूरत नहीं पड़ी। जैसे वह एक परिचित रास्ते पर थी,

जहाँ रोड़े-पत्थर, धूल-धक्कड़, अटकाव...सब जाने-पहचाने थे। नज़रें सामने किए हुए, साड़ी को हल्के-से उठा वह एक तरफ़ से निकल गई।

उसे भीड़ में खो जाने देता...

एक चेहरा...दिलकश, भीड़ में कहीं से प्रकट हो गया, भरे बादल की तरह, दिल-ओ-दिमाग़ पर छाता चला गया और अगले ही चन्द क्षणों में हम उसे ग़ायब होते हुए भी देखते रहे। वह जज़्ब हो गया, आँखों के सामने ही...भीड़ का कोई टुकड़ा, सड़क का कोई मोड़, कोई सवारी...या कोई गली। शायद अब दोबारा कभी देखने को ही न मिले...

उसे इस तरह नहीं जाने दिया जा सकता था।

कोई मुझे ढकेलता रहा...आगे की तरफ़, उसकी तरफ़...वह जहाँ भी थी। तहक़ीक़ात, पूछताछ, खोजबीन...सुराग़-पर-सुराग़ बैठाता हुआ मैं आख़िर पहुँच गया एक दफ़्तर की छः मंज़िला इमारत में, दरबों-से चिपके हुए कमरे जिनमें एक उसके लिए। कमरे में मेज़ के पार वह।

हल्के हरे रंग की शॉल ओढ़ रखी थी उसने। उजला-उजला चेहरा, पीछे जलते हुए हीटर की आँच से सुर्ख़। चारों तरफ़ ठंड की सिकुड़न...बीच कहीं ऊपर उठती हुई ज्योति...जीवन ज्वाला...आओ हाथ सेंक लो!

'मैं अनन्त...' नाम के बाद आगे का परिचय, मेरे अपने ही मुँह से...सम्प्रेषण संस्थान में हूँ, कभी-कभी अख़बारों में लिखता भी हूँ...क्या वाकई मेरा परिचय...या कि मात्र उन साँचों का जिनके भीतर मैं फिट या फिलहाल बन्द था। दफ़्तर, पद वग़ैरह आदमी को बयान कर सकते हैं, पर किस हद तक? कोई दिलचस्पी नहीं उगी उसमें। यही तो वह कौम थी, जिससे रोज़ ही घूम-फिरकर मिलना होता था उसका। उसने पहले कहीं मुझे देखा था, कुछ दिनों पहले ही, इस अहसास का भी कोई टुकड़ा कहीं नहीं।

मैं सुवर्णा...उसे कहने की ज़रूरत नहीं थी, दफ़्तर के बाहर नेमप्लेट लटकी ही थी—श्रीमती सुवर्णा चौधरी।

कॉफ़ी? उसकी तरफ़ से औपचारिकता, मेरी तरफ़ से सहज हाँ—थोड़ी देर वहाँ और रुके रहने का बहाना।

चेहरा तब पीछे हट गया था, अब आँखें थीं—वही उड़ती-उड़ती आँखें। उनके भीतर उमड़-उमड़ पड़ते सैकड़ों रंग...उजले, हल्के, धुँधले रंग...एक-के-बाद एक, कभी एक साथ बराबरी से। उन आँखों में अन्धड़ और तूफ़ान भी थे, उस बिन्दु पर अटके हुए जहाँ जैसे उनकी गति पर काबू पा लिया गया हो। लगता था जैसे उन दो सीपियों में विश्राम करती जीवन-शक्ति हो...शक्ति जो खूँख्वार बाढ़ को मोड़कर

एक शान्त पतली धारा में बदलकर रख दे सकती है...उसी वक़्त।

वे आँखें कितना कुछ कहती थीं और उससे भी ज़्यादा समेटे हुए थीं। कोई अगर उन्हें पढ़ पाता तो दुनिया के श्रेष्ठ साहित्य को एक ही जगह उँगलियों से सीधे-सीधे छू सकता था।

"आप हमारे संस्थान में आकर सम्प्रेषण की समस्या पर एक व्याख्यान दीजिए।" अपने आने को एक प्रयोजन दिया मैंने।

"मैं!"

फिर वही उड़ती-उड़ती-सी आँखें...आसमान में उतराती दो चिड़ियाँ...सब जगह और किसी ख़ास जगह नहीं!

"हाँ, क्यों...?"

"मेरा मतलब मैं क्या बोलूँगी...ठीक से खड़ी भी नहीं हो सकती।"

आँखों ने अपना विस्तार एक पल के लिए खोला...कितनी ख़ूबसूरत। डोर जो उस क्षण उग आई, उसका सहारा लिये हुए मैं बढ़ने लगा...उस विस्तार की तरफ़। बीच रास्ते में कहीं नम्रता में वे आँखें झँपीं और जैसे फिर से सीपियाँ बन गईं। तब अहसास हुआ उसकी उठी हुई नाक का...आदर्श, जिस तक उठने की कोशिश ही होती है, उसे पा लेने का दम्भ कभी तुम्हारा नहीं हो सकता।

मैं लौट आया, समुद्र के विस्तार से मस्त तिनके की तरह। दूसरी बार और वह भी इतने पास से देखने पर उसके चेहरे पर पुरानापन बिछना तो दूर...कितने नए कोण वहाँ झलक-झलक गए थे।

"कोशिश करिए...भाषण देना क्या मुश्किल चीज़ है, ख़ासकर हमारे देश में।"

मैं थोड़ा हँसा। बराबरी से वह हँसी नहीं, बस अजूबी नज़रों से मेरी तरफ़ देखती रही।

"शुरू में थोड़ी घबराहट लगती है...बस यह याद रखिए कि जो सामने बैठे सुन रहे हैं, वे उल्लू हैं। फिर मैं तो रहूँगा ही पास..."

वह मेरी तरफ़ नहीं देख रही थी। पता नहीं कहाँ देख रही थी, कमरे में थी भी क्या...?

"या ऐसा करिए...लिख डालिए।"

ख़ूबसूरत गरदन ने ख़ुद को एक झटका दिया।

"क्यों...आप सोचते हैं, मैं वाकई नहीं बोल सकती?"

"नहीं...इसलिए भी कि हमारे लिए एक लिखित प्रति ज़रूरी होगी।"

वह आश्वस्त-सी हुई, इधर-उधर देखने लगी। कुर्सी में हिलोरें उठ रही थीं, किसी तंग खोह में फँसे निर्मल जल की।

"वायदा नहीं करती। कभी लिखा नहीं, न ही बोला। सोचूँगी।"

"मुझे तो लगता है, आप तैयार हो जाएँगी।"

"क्यों लगता है?"

"बस, लगता है।"

वह सामने बैठे आदमी को देखने लगी—कैसा है यह? तर्क के रास्ते सीढ़ी-दर-सीढ़ी चलते हुए किसी नतीजे पर पहुँचने की बजाय ठक्क-से पहुँच जाता है ऊपर...और फिर वहीं पहुँचा रहता है...अजीब!

"मैं अभी कुछ नहीं कह सकती।"

"कोई बात नहीं, कल पूछ लूँगा फ़ोन पर..."

और अनन्त सही निकला! अगले दिन सुवर्णा ने ख़ुद को व्याख्यान देने के लिए तैयार पाया। बेशक वजहें अलग और उसकी अपनी थीं—उसे अपनी झिझक तोड़ने का अभ्यास करना चाहिए, एक मौक़ा था, कुछ वह करने का जो पहले कभी नहीं किया, अपने में कुछ नया खोजने का। वैसे भी आज के वक़्त बोलना भी आना चाहिए—पता नहीं कब ज़रूरत पड़ जाए। इससे व्यक्तित्व तो असरदार बनता ही है! उसने फ़ोन पर अपनी मंजूरी दे दी।

व्याख्यान के बाद चाय मेरे कमरे में। सिर्फ़ वह और मैं। मैंने उसे बधाई दी। तारीफ़ में उसे कोई दिलचस्पी नहीं थी...जैसे कि जानती हो कि मैं तो तारीफ़ करूँगा-ही-करूँगा...पर वह वाकई अच्छा बोली थी। एक-दो बार मैं भी हस्तक्षेप करते हुए उसकी बात में कुछ जोड़ता हुआ बोला, उसे आश्वस्त करने के ख़याल से...जो उसे बहुत पसन्द नहीं आया था। यह उसने जाहिर भी कर दिया था। उस समय अपनी तारीफ़ सुनते हुए भी उसकी कुछ-कुछ वही मुद्रा बन गई थी। इसलिए मैं विषय पर सरक गया।

"बुनियादी सवाल यह है कि शब्द का अर्थ वह होता है, जिसमें उसे बोलने या लिखनेवाला इस्तेमाल कर रहा है...या कि वह जिसमें उसे सुनने या पढ़नेवाला ले रहा है।" मैंने पूछा।

"मेरे विचार से कुछ-कुछ दोनों...तभी तो एक बात यहाँ से वहाँ जा पाती है।"

"बात पहुँच भी जाए...तो फिर शब्द की शक्ति की बात रह ही जाएगी। शब्द को शक्ति कहनेवाले से मिलती है या कि ग्रहण करनेवाले से?"

"मैं फिर कहूँगी दोनों से...भाषा एक इकाई की तो चीज़ ही नहीं है।"

"बात भाषा की नहीं, सम्प्रेषण की है और सम्प्रेषण को समस्या सबसे पहले अपने स्तर पर उठती है। पहले हम अपनी बात ख़ुद तक तो पहुँचा लें, तभी तो दूसरे तक पहुँचा पाएँगे।"

"मेरे ख़याल में यह बात को और पेचीदा बनाना है..." उसने कहा, "यह भी तो हो सकता है कि हमने दूसरे तक अपनी बात पहुँचाने का सोचा नहीं कि वह ख़ुद को भी साफ़ होने लगती है। दरअसल साफ़ होना ही तभी शुरू होता है। अगर दूसरे तक पहुँचाना न हो तो सम्प्रेषण की ज़रूरत ही नहीं, वह कोई समस्या ही नहीं।"

"क्या हम दावा कर सकते हैं कि जो हम कहते होते हैं उसे हम स्वयं ही ठीक उसी रूप में मानते या समझते हैं?"

"ज़्यादातर। जिस समझ की आप बात कर रहे हैं, उसका सवाल उठता होगा, लेकिन बड़े ऊँचे मसलों...विचार या दर्शन के मामलों में। आमतौर पर हम ठीक-ठीक समझते होते हैं जो कहना चाहते हैं।"

"आप यह नहीं मानतीं कि जो हम कहना चाहते हैं, उसे भाषा काफ़ी दूषित कर देती है?"

"कभी-कभी, हमेशा नहीं!"

"लेकिन हमें अपनी सबसे क़ीमती बातें, भावनाओं को व्यक्त करने के लिए भाषा के अलावा किसी दूसरे माध्यम का सहारा लेना पड़ता है...नहीं?"

मैं उसकी आँखों में देख रहा था। वह मेरी शरारत समझ गई थी क्योंकि तब उसकी आँखों में हँसी की एक पतली रेखा उभरने को हो आई, जिसे उसने तुरन्त ही दबा दिया।

"होगा...फिर भी आदमी ने अब तक सम्प्रेषण के जो तरीके ढूँढ़े हैं, उनमें भाषा सबसे ज़्यादा ताक़तवर और 'साइंटिफ़िक' है।"

वह न केवल तार्किक ढंग से सोचती थी, अपनी बात को वैसे कहना भी जानती थी। तर्क के इर्द-गिर्द होना उसे अच्छा लगता था...वह ख़ूबी जिसे लोग आदमियों से ही जोड़ते हैं। विषय में गहरे उतरकर बात करना उसे भाता था। जो वह नहीं जानती थी, उसे जानने को उत्सुक थी और जो जानती थी, उसे और परखना चाहती थी। हम काफ़ी देर तक बातें करते रहे।

"पता नहीं।" आख़िर मैंने कहा, "मैं क्या महसूस कर रहा हूँ...मुझे तो अक्सर यही समझ में नहीं आता। दूसरे तक अपनी बात पहुँचाने में तो एकदम नाकामयाब रहता हूँ।"

"अरे! आप तो अपनी बात काफ़ी आसानी से कह लेते हैं।"

वह हँसी, मुझे आश्वस्त-सा करती हुई। वह चेहरा उकसाता था...जैसे वही वह कोना हो जिसे आप ढूँढ़ रहे हों, अपना सब कुछ उड़ेलकर रख देने के लिए।

"मेरा बचपन गाँव और छोटे क़स्बों में बीता है...जहाँ हमारा सोचना काफ़ी कुछ अवरुद्ध रहा आता है—थोड़ा-बहुत हमारा महसूसना...हमारे विश्वास भी। भाषा

में या तो बात कही नहीं जा सकेगी, बेबाकी की कोशिश करें तो फूहड़ हो जाएगी। अंग्रेज़ी शिक्षा मुझे खुलेपन की तरफ़ घसीटती रही लेकिन अब मुझे लगता है कि ज़ब्त करना, दबाए रखना ठीक नहीं तो एकदम खुला होना भी ठीक नहीं! वह नंगा हो जाता है। थोड़ा परदा...अवगुंठन, ख़ूबसूरती के लिए ज़रूरी है, जैसे भावनाओं की शक्ति बँधे होने में है। बस, दोनों तरफ़ की हवा लगी तो कुछ उलझ गया।"

"क्या उलझ गया?"

"मैं ख़ुद ही...!"

"आप तो एकदम ठीक-ठाक दिखते हैं।"

"अच्छा...अंग्रेज़ी की तरफ़ थोड़ा खुल लेने से यह फ़ायदा तो हुआ ही कि अब अपने यहाँ की चीज़ों की अहमियत ज़्यादा समझ सकता हूँ।"

"यह भी तो हो सकता है कि अंग्रेज़ी शिक्षा के बाद आप कुछ ज़्यादा जोर से ही अपने देश की चीज़ों से चिपक गए।"

"अगर यही है तो भी क्या बुरा है...क्योंकि जो मेरे भीतर था ही, उसे और गहराई से महसूस करके मैं ज़्यादा शक्ति पा सकूँगा...बाहर से कोई चीज़ लाकर अपने में रोपने के बजाय। मेरे सन्दर्भ में शायद यही ठीक हो। वैसे ज़्यादा सही मुझे अपने बारे में यह लगता है कि मैं अब भी खुला हूँ...और ऐसे ही बह रहा हूँ। निकम्मा भी हो गया इसके चलते। जीवन में अब तक वही हुआ जो होता गया, मेरे बावजूद। पढ़ने भेजा गया तो पढ़ता गया—पहले गाँव में फिर छोटे क़स्बे में...फिर एक शहरनुमा क़स्बे में। बी.ए. में पहली बार जब चौड़ी डामर की सड़क देखी तो अचम्भित रह गया था। एम.ए. में पहुँचकर ही पैंट पहनना शुरू किया। फिर सब लड़कों की तरह नौकरी के लिए मैं भी प्रयत्नशील हो गया। नौकरी पा ली तो इस पटरी पर घिसटने लगा। विवाह भी कोई कर देता तो हो जाता, उस लाइन पर चल पड़ता। नहीं हुआ तो अब इस घिसट में पड़ गया..."

"माँ...बाप?"

"माँ पहले ही जा चुकी थीं। पिता, जब मैं एम.ए. में था, तब चले गए। चाचा हैं...पिता ने अपने जीते-जी एक ज़मीन बेचकर रुपये मेरे नाम शहर में जमा कर दिए थे। उसी से पढ़ाई पूरी की। नौकरी लगी तब से एक-के-बाद एक शहर...और फिर यह बड़ा शहर, महानगर...।"

"शादी क्यों नहीं की?"

"बस यूँ ही! चाचा-लोग सोचते थे कि मैं शहरी हूँ तो अपनी पसन्द की ही करूँगा। मुझे कोई मिली नहीं...जो मिलीं उनसे मामला कुछ सालों तक भी नहीं खिंच सका, शादी और ज़िन्दगी-भर साथ रहने की बात तो दूर। फिर इस बीच जो

पढ़ा, यहाँ और विदेश में जो देखा-सुना, उसका प्रभाव, कुप्रभाव कहिए...वह भी जुड़ गया। सोचने लगा कि विवाह न करके ही हम वह कर सकते हैं जो करना चाहते हैं।"

"क्या करना चाहते हैं आप?"

"वह तो पता नहीं अभी तक, लेकिन लगता है कुछ भी विवाह से तो बेहतर ही होगा।"

"हम विवाहितों की खिल्ली उड़ा रहे हैं?"

"नहीं, मेरा मतलब कि विवाह के बाद बच्चे...उन्हें बड़ा करना, पढ़ाना...उन्हें ज़माना...फिर यही जीवन का मुख्य उद्देश्य हो जाता है। इतने लोग तो कर रहे हैं वह। मैं यूँ जो थोड़ा-बहुत करूँगा, उससे हटकर तो होगा ही।"

"कोई ज़रूरी है कि आप कुछ कर सकें...अभी तक कर पाए कुछ?"

"कुछ करने की कोशिश...खोज तो रही है, विवाह कर लेता तो वह भी जाती रहती।"

वह ख़ामोश होकर देखने लगी...सीधा मेरी तरफ़, पहली बार इस तरह...गहरे। वे आँखें गौरैयों की तरह पंख फड़फड़ाती उड़ती रहती थीं, पर थमकर भीतर भी पैठ सकती थीं।

"अपनी खोज की यात्रा मैं डायरी में लिखता रहता हूँ। इस तरह अपने लिए चीज़ें साफ़ होती चलती हैं...लेकिन यह सब सही बात पर मुलम्मा चढ़ाना ही है। दरअसल...बस ऐसा हो गया कि विवाह नहीं हुआ। अब उम्र ही निकल गई।"

"अच्छा...पचास के तो हो ही गए होंगे आप?" वह फिर खिलवाड़ पर उतर आई थी।

"तीस...तो भी आधी ज़िन्दगी तो गई...आदमी सोचने लगता है जैसे इतनी गई वैसे बाकी भी सरक जाएगी।"

मैं कैसे...कब अपनी व्यक्तिगत बातों पर उतर आया था, बिना यह परवाह किए कि उसे, जिससे अभी ठीक से परिचय भी नहीं हुआ, उन बातों में क्या दिलचस्पी हो सकती है? वह सुन रही थी जैसे कोई समझदार व्यक्ति किसी नादान बातूनी की बकवास को धीरज से सुनता रहता है, उन पर न हँसकर अपना बड़प्पन निबाहता है। मैं अपने बारे में और भी काफ़ी कुछ बताता चला गया जैसे कि अगर न बताता तो वे आँखें उकेरकर रख ही देतीं आख़िर। वे मेरे अस्फुट स्वरों, अस्पष्ट बातों पर जीभ-सी फेरती थीं, जैसे कि जो मैं महसूस करता था उसको...उससे भी आगे बहुत कुछ समझती थीं, समझकर समेट भी चुकी थीं।

उसके सामने बैठे हुए ख़ूबसूरती की चौंध नहीं, बल्कि स्नेह महसूस कर रहा

था मैं। हर ख़ूबसूरती प्रेम का यह दबा-दबा अहसास कराती हुई ही क्यों आती है? यह देखनेवाले की असहायता होती है या ख़ूबसूरती का एक और आयाम...क्या पता, दोनों हो। प्रेम की स्निग्धता ही तो ख़ूबसूरती है।

"आपके पास अपनापन महसूस होता है..."

"अच्छा...?"

जो ख़ुशी, अचम्भा और सवाल एक साथ था—मुस्कुराहट में हिलगा हुआ निकला और हँसी में जाकर कहीं गुम हो गया। हँसी वहीं तक खिंची जहाँ तक वह 'अच्छा' को ओझल नहीं कर आई। साथ ही उठ खड़ी हुई वह।

"चलूँगी अब।"

"बैठिए न, थोड़ी देर और!"

"नहीं, दफ़्तर में काम इकट्ठा हो गया होगा।"

27 दिसम्बर, 1976

पतंगों की दुनिया में जैसे खींच।

ऊपर तनी एक पतंग...स्थिर, अपने में मुस्कुराती हुई, नीचे की पतंगों की लहरबाजियों से बहुत ऊपर, निर्विकार...एकाएक उसने गोता मारा, नीचे की एक पतंग को नीचे से लिया और खींचा मारती, सनसनाती दूसरी तरफ़ ले गई। वो काटा! काटना-भर नहीं, उलझाकर अपने साथ ले भी उड़ना...

जो मैं हूँ उससे एकदम विपरीत कोटि के गुण पुंजीभूत सामने हैं...सुन्दर छवि में एकाकार। इस वर्ग के किसी परिवार से कभी अन्तरंगता नहीं हुई पर यह भी नहीं कि पहले इन गुणों से साक्षात्कार ही न हुआ हो, देखता-सुनता तो रहा ही हूँ...पर इस तरह एक ही जगह, ऐसी ख़ूबसूरती में लिपटे...जैसे उन सभी गुणों के सुपरिणाम इकट्ठे होकर स्वतः सज उठे हों।

वह खींचती नहीं दिखती पर मैं खिंचा जा रहा हूँ।

मैं जिस तरह पहले गाँव फिर क़स्बे में बड़ा हुआ, पढ़ा-लिखा...उसने क्या दिया मुझे? ढीलापन, सुस्ती...पस्ती का भाव। जो सामने है उसे दार्शनिकता में बराबर ओट करते रहना...करते-करते खो देना, पाने की ख़ुशी जैसे कोई पाप... गँवाने में ही सतत ख़ुश! आगे कभी नहीं आना...हमेशा पीछे रहना। आदमी पर भरोसा कम, ईश्वर पर ज़्यादा, हर चीज़ ईश्वर पर टालना...आत्मविश्वास शून्य के बराबर। इर्द-गिर्द उदासी, धुन्ध। इधर-से-उधर हिचकोले खाते फिरना और असमय ही बूढ़े होकर मर जाना।

और यहाँ वह—जिजीविषा ने ही जैसे शरीर धारण किया हो। ऊष्मा उबल-उबल पड़ती हुई, पोर-पोर में आत्मविश्वास लहकता हुआ...जैसे एकदम साफ़ हो कि उसे यह चाहिए और उसे पकड़कर अपनी तरफ़ खींच लेने के अपने सामर्थ्य के प्रति भी सचेत। चुस्ती...फुर्ती, हर जगह आगे। अपने होने में ख़ुश और उस ख़ुशी का अहसास दूसरे तक भी पहुँचाते हुए। हमेशा ख़ुश...उदासी की छाया दूर-दूर तक नहीं। जो सामने है वही असल है। बुद्धि की वह चमक कि आसपास के अँधेरे को छाँटती हुई लकीर की तरह ऊपर उठे और वहीं स्थिर हो जाए...जो नहीं है उसकी अटकलों में भटकते फिरने की बजाय जो है उसे जीना...सिर्फ जीना!

वह एक रोशनी की तरह जलती है...कैसे उजले-उजले रंग, कैसी सुगन्ध!

क्या मैं अपने आपसे भाग रहा हूँ? नहीं, अपने अकेलेपन का मैं अभ्यस्त हो चुका हूँ, इतना ही नहीं...इनमें रस मिलने लगा है मुझे। मेरे पास, मेरा काम है जिसमें मन लगता है, कभी कुछ लिख-लिखाकर एक उन्नत क़िस्म की अनुभूति का सुख भी पा लेता हूँ। दो-चार दोस्त हैं, किताबों का साथ है जो कोई ख़ालीपन महसूस नहीं होने देता। पलायन अगर है तो मेरा यह क्वाँरापन, मेरा अपना यह छोटा सिलसिला ही। बाहर कितनी झंझटें हैं...मैं जानता हूँ, इसलिए अपनी दुनिया में ख़ासा सन्तुष्ट, दुबका बैठा रहता हूँ। कोई चीज़ आसानी से मुझे अपने इस घोंसले से बाहर नहीं निकाल पाती...पर यह जो सामने है वह, ऐसा लगता है यह एक अलग पक्ष है...उसे जानना चाहिए...

जानने की प्यास...बस? नहीं, इसके अलावा भी बहुत कुछ।...क्या?...यही नहीं मालूम...

उदास राजकुमारी

वह उस जाड़े की पहली बारिश थी। फरफराती हवा में इधर से उधर तैरती हुई धुन्ध। दिन-भर सड़कों पर मटमैली सफ़ेदी-भरा अँधेरा उतराता रहा था। भीतर-बाहर, सभी तरफ़ एक मरियल-सा झीनापन। हाथ डालो तो न बादल ही, न पानी ही...जैसे सृष्टि का मायावीपन सड़कों, पेड़ों के इर्द-गिर्द, इमारतों के ऊपर... हर तरफ़ भटक रहा था।

"नुमाइश चलेंगे, आख़िरी तीन दिन हैं..." चाय के बाद उसने पूछा।

"चलिए!"

उसके साथ जाने को मिल रहा था, वह भी सिर्फ़ तीसरी मुलाक़ात में। वह क्या सबसे ही इतनी जल्दी अन्तरंग हो जाती होगी कि ऐसे मौसम में साथ बाहर चली जाए...वह भी तब जब जल्दी ही गाढ़ा अँधेरा उतरनेवाला हो।

"कितनी देर घूमिएगा?"

"चाहे जितनी देर...क्यों, क्या जल्दी जाना है?"

"नहीं, मुझे नहीं...मैं आपके बारे में सोच रहा था, आपको घर पहुँचना होगा न?"

"तो क्या नुमाइश में खो जाऊँगी, घर तो पहुँचूँगी ही।"

"मेरा मतलब आपके पति इन्तज़ार करेंगे न?"

"ओह!" वह हँसी, "बड़ा ख़याल रखते हैं आप...फिकर न करिए, वे चिन्ता नहीं करेंगे, क्योंकि हमारे साथ ही होंगे। आ रहे हैं।"

हमें अलग-अलग जाना था—वह और पति एक साथ, मैं अलग। मैं पहले चल दिया। नुमाइश के दरवाज़े पर मिलने की बात तय हुई। वहीं उसने पति से परिचय कराया—रमेश...जैसा सामान्य नाम वैसा ही एक चुस्त-दुरुस्त, साधारण, निर्दोष-सा दिखता व्यक्ति। नुमाइश से तटस्थ...जैसे हर चीज़ से तटस्थ, शायद पत्नी का मन रखने के लिए आ गया था। हाथ मिलाते वक़्त औपचारिकता से आगे एक अंश भी

गरमाहट नहीं, न ही उपेक्षा...बस तटस्थता। शुरू-शुरू में ज़रूर मेरी तरफ़ बढ़ते हुए, नज़रों में थोड़ी उत्सुकता उतरा आई थी, पर वह बड़ी जल्दी ओट भी हो गई।

सुवर्णा काले रंग के पुलोवर में थी। बाल वैसे ही दो चोटियों में बँधे हुए—लेकिन रबर-बैंड की जगह लाल रिबन। लाल फीतों में बँधी छोटी-छोटी दो चोटियाँ चेहरे को एक अपनी ही तरह के कसाव में बाँधती थीं, फीते का लाल रंग पीछे से अपनी आभा फेंकता हुआ। अक्सर उसकी बराबरी पर चलते हुए मैं ख़ूबसूरती और प्रेम, दोनों की आँच से सट जाना चाहता। कभी काफ़ी क़रीब आ भी जाता, लहरें भीतर उठने लगतीं। खुनक...आलाप को जगानेवाली पहली स्वरलहरी-सी। तभी वह आगे निकल जाती थी।

वह इधर-से-उधर क़रीब-क़रीब उचकते हुए दौड़ रही थी...आँखों में कौतूहल और आश्चर्य के मिले-जुले रंग। अपनी हुलफुलाहट में एकाएक हम दोनों को ही पीछे छोड़ काफ़ी आगे चली जाती। कहीं भीड़ में क़रीब-क़रीब घुस जाती, तमाशा देखने को उत्सुक किसी बच्चे की तरह। तब आदमियों के उस झुंड में एकाएक रोशनी हो जाती। लोग उसे घूरने लग जाते—पहले उसे पता ही न चलता पर अहसास होते ही वह अचकचाकर लौट आती...ख़ूबसूरत होना भी गुनाह है इस देश में!

"अरे! इधर देखो...बच्चों की किताबें...चलो, कुछ ख़रीदें।"

वह रमेश को खींच रही थी। जितना ही वह बच्चा उतना ही रमेश बुजुर्ग, अनमना-सा दुकान की तरफ़ चला गया उसके पीछे-पीछे। काफ़ी देर तक वे दोनों वहाँ बच्चों के लिए किताबें देखते रहे। इधर-उधर से वह किताबें छाँटकर लाती थी, रमेश की हामी चाहती...वह उसकी तरफ़ देखकर हाँ कर देता, जैसे कि उसकी अपनी कोई राय ही न हो उस मामले में। जब किताबें इकट्ठी हो गईं तो रमेश ने चुपचाप पैसे निकालकर दे दिए।

इधर-उधर घूमते हुए उसके साथ कभी मैं होता, कभी रमेश, कभी वह सिर्फ़ अकेली...भीड़ में से हम दोनों में से किसी को खोजती हुई, एक खोए बच्चे की तरह। कोई एक दिखा तो दौड़कर आ जाती थी। कभी वह खो ही जाती और मैं उसे ढूँढ़ने लग जाता। रमेश यह नहीं करता था, एक किनारे खड़ा चुपचाप इन्तज़ार करता था, इत्मीनान से...और वह घूम-फिरकर उसके पास पहुँच ही जाती थी आख़िर।

"इतवार को क्या करते हैं?" चलते समय उसने मुझसे पूछा। रमेश अब भी पहले की तरह ख़ामोश...दूर-दूर।

"कुछ ख़ास तो नहीं।"

"तो फिर घर आइए किसी दिन, बातें करेंगे।"

बातें करेंगे...कौन, किससे और क्या बातें? फिर वही बातें, बातों की प्यास!

"रमेश भी होंगे...क्यों?" उसने रमेश से पूछा, या कि उसकी तरफ़ देखते हुए कहा, सिर्फ़ कहा। रमेश ने औपचारिक-सी हामी भर दी। "आने से पहले फ़ोन कर लीजिएगा।"

मैंने उन्हें विदा किया। पहले उन्हें साथ बैठे देखा, फिर साथ जाते हुए और फिर ख़ुद को पीछे छूटते हुए।

सुवर्णा का घर, एकमंज़िला। बाहर लॉन, चारों तरफ़ फूलों के पौधे, पीछे किचेनगार्डन। बरामदे में पड़ा एक बड़ा-सा झूला बच्चों और बड़ों दोनों के लिए। किनारेवाले खम्भे पर चिपकी चमेली की एक घनी बेल ऊपर छत की तरफ़ चली गई थी।

दरख़्तों के बीच सिमटी वह छोटी इमारत बाहर से ख़ासी रहस्यमय लगती थी...जैसे कोई छोटी-मोटी 'कासॅल' हो। तीन तरफ़ हरियाली, एक तरफ़ बजरी का लाल-लाल उजला-सा रास्ता जिस पर से होकर मैं आया था।

कोई नहीं दिखाई दिया...आसपास आदमी न होने की वजह से हरियाली का फैलाव भी वीरान दिखता था। बरामदे में पहुँचकर मैंने घंटी टटोली...घंटी ने एक चिड़िया-जैसी आवाज़ की—टिन...टुन...टिन! भीतर एक हरकत उठी, सरकती हुई बाहर की तरफ़ आई। नौकर ने दरवाज़ा खोला। मुझे अन्दर किया, फिर एक ख़ास जगह बैठने के लिए दिखाई और निःशब्द भीतर ग़ायब हो गया।

ड्राइंगरूम—सोफ़ों पर रंगीन कवर, खिड़कियों पर टँगे पर्दों के झीने अँधेरे में और भी चटख लगते हुए। दीवारों पर सजावट...सौम्य—कुछ कपड़ों के टुकड़ों पर चित्र, कुछ मढ़ी हुई तस्वीरें, एकाध पेंटिंग भी, अमूर्त शैली की। क़रीब-क़रीब सभी सुविधाओं के नमूने थे वहाँ—सर्दी के लिए हीटर और गर्मी के लिए खिड़की पर लगा कूलर, एक कोने को आड़ देता एक बड़ा-सा फ्रिज। जैसे सारा कुछ नाप-तौल और सोच-विचारकर जमा किया और लगाया गया था। जो चीज़ जहाँ थी उसकी वहीं जगह थी। इसी तरह जो चीज़ जिस अनुपात या मात्रा में होना चाहिए उसी में...न ज़्यादा, न कम...सोफ़े के छः अदद ही, बाकी दो स्टूल। साइड-टेबल सिर्फ़ चार। एक किनारे से लगा टोस्टर तो दूसरी तरफ़ रिकॉर्ड-प्लेयर। खाने की मेज़ के पास ही शीशे की आलमारी में चमकती हुई क्रॉकरी। रिकॉर्ड-प्लेयर की तरफ़ की आलमारी में कुछ किताबें...ज़्यादातर अंग्रेज़ी की।

हर तरफ़ अनुपात, सन्तुलन, सुरुचि...कहीं कुछ उलटा-सीधा, ऊबड़-खाबड़ नहीं। एक तरफ़ रैक पर सजे दो फ़ोटो—एक में वह और रमेश, दूसरे में दो बच्चे हँसते हुए...

एक शहरी घर का परिवेश। चारों ओर उच्च मध्यवर्गीय सुरक्षा का किला। अन्दर चुन-चुनकर जुटाई गई सारी ज़रूरी सुविधाएँ...कि आगे इत्मीनान से उनमें ऊपर-नीचे झूलते रहा जा सकता था, जब-कब थोड़ी-बहुत कमी पूरा करते हुए या एकाध नई चीज़ों का इजाफ़ा करते हुए।

दीवाली, दशहरा-जैसे त्योहार भी एक ही तरह से मनाए जाकर औपचारिकता की एक लम्बी कड़ी में पिरो दिए गए होंगे। होली फूहड़पन होगा...इतने साफ़-साफ़ माहौल में। पूजा रोज़ के दस्तूर में गुँथी हुई, जैसे स्कूल में पी.टी.। जिनमें वाकई जोश आता होगा, वे मौके थे—बर्थ-डे, न्यू इयर्स ईव...तो साल में कितने? बचे अख़बार, बौद्धिक होने का भ्रम पाले रखने के लिए कुछ अंग्रेज़ी पत्रिकाएँ जिनमें पढ़ने का कम, देखने का ज़्यादा हो, पार्टियाँ और कुछ संगीत के रिकॉड्र्स। कभी-कभार दफ़्तर की कोई बात जैसे एक का दूसरे काम पर स्थानान्तरण, तरक़्क़ी या ऐसी ही कोई चीज़...एक घटना की तरह आती होगी तो वह भी दूसरे दिन ही आम हो जाती होगी।

मैं कहाँ बैठूँगा...यह भी क़रीब-क़रीब तय था वहाँ...शायद इस रख-रखाव में नयों की भी कल्पना है। वे आएँ हवा के कुछ ताजे झोंके कुछ दिनों के लिए अन्दर फेंक जाने को, बशर्ते...

भीतर उसकी आवाज़। वह बुला रही थी...नौकर को, रमेश को...

फिर रमेश और वह दोनों आ गए, मेरे पास बैठ गए। बातचीत चल पड़ी... मेरे पद से शुरू करके, कुछ जानकारियाँ इधर-से-उधर जाती हुईं, कुछ तर्क-वितर्क बीच-बीच चलते हुए। मैं अविवाहित...यह भी बीच में कहीं उग आया...रमेश के लिए वह भी एक मामूली-सी सूचनामात्र, हालाँकि ऐसा नहीं होना चाहिए था क्योंकि पहली मुलाक़ात में वह नहीं जान पाया था...और पहले-पहल जानने पर यह हल्के ताज्जुब की बात तो बन ही जाती है मेरे सन्दर्भ में।

रमेश उखड़ने लगा, क्योंकि बातचीत नौकरी की पटरी से खिसकने लगी थी... हमेशा ऐसा ही होता है, वह जानती है। रमेश ऐसा ही बना है—जहाँ तक बातें ठोस-ठोस मुद्दों पर हुईं वहाँ तक वह साथ देगा, जहाँ वे इधर-उधर सरकीं, कि वह पीछे छूटने लगता है। और बातों का भी कुछ ऐसा है कि धीरे-धीरे बारीक होती जाती हैं 'एब्स्ट्रैक्ट' की ही तरफ़ बढ़ती हैं, तह में जाने के लिए रास्ता ही वही है...

रमेश उठ जाता है—बातें और बातें...फ़िज़ूल की बातें। क्या रस होता है इनमें ...जैसे कि बाहर के किसी आदमी में भी ऐसा क्या है, कितना नयापन...कि इतना डूबकर बातें करते रहा जाए? सोशल-कॉल्स या एक परिवार का दूसरे परिवार की खोज-ख़बर लेते रहना समझ में आता है, लेकिन यह बातों के इर्द-गिर्द बँधना...डूब

जाना? बुरा नहीं है कि लोगों के आने-जाने की थोड़ी-बहुत हरकत होती चले, वरना उसका परिवार क्या अपने-आपमें पूरा नहीं है? घर के काम, दफ़्तर के तनाव...ये ही असल हैं और इतने काफ़ी कि दूसरी चीज़ों के लिए समय कैसे निकाल सकते हैं लोग। शायद इन हवाई बातों का भी एक नशा होता है, अफीम की तरह...

बातें फिर वे दो ही करते रहे। सुवर्णा सोचती भी थी। कभी-कभी उसका बोलना एकदम बौद्धिकों की तरह होता था। सभी तरह की चीज़ों के लिए दिलचस्पी और उनकी एक स्तर की समझ थी उसमें...आगे जानने की उत्सुकता भी। दरअसल घर के वातावरण में एक उसकी बातें ही थीं जो कहीं से मेल नहीं खाती थीं, वरना उसके आनुपातिक नाक-नक़्श भी जैसे उस घर की सजावट का हिस्सा थे। वे बातें न होतीं तो उस घर में वह एक मामूली गृहस्थिन से ज़्यादा कुछ मुश्किल से ही लगती।

"आपने तो घर बहुत ही ढंग से रखा है।"

"गृहस्थिन होना गर्व की बात है मेरे लिए..." उसने मुस्कुराते हुए कहा, "यहाँ भी अपना काम मुझे उतना ही अच्छा लगता है, जितना दफ़्तर का काम। जैसे मैं दफ़्तर में सफल होना चाहती हूँ, वैसे ही घर में भी। वहाँ मैं किसी आदमी से पिछड़ी नहीं रहना चाहती, यहाँ किसी औरत से नहीं। पूरी कोशिश करती हूँ—बच्चों की देखभाल, घर का इन्तज़ाम, रमेश का ख़याल..."

वह वाकई करती है, रमेश का स्वभाव समझती है, उसे हर जगह आगे लाना चाहती है। कोशिश करती है कि वह किसी कोने से ऐसा महसूस न करे कि उसका ख़याल नहीं रखा जा रहा। हर नए आदमी के सामने वह शुरू से ही रमेश को आगे बढ़ाती है। रमेश में मेल-मुलाक़ात के लिए कोई बहुत जोश नहीं जागता। वह जल्दी ही पीछे हट जाता है। ताज्जुब कि वह यह महसूस नहीं करता कि हर नए व्यक्ति को ढूँढ़ना एक नए देश की सैर करने जैसा है। कुछ यह भी है कि रमेश से कहीं ज़्यादा वह लोगों को प्रभावित कर बैठती है, उसका व्यक्तित्व हावी हो जाता है...फिर वह ख़ास हो जाती है...और रमेश गौण। ऐसा उन लोगों के साथ भी हुआ है, जिनके सम्बन्ध शुरू-शुरू में सिर्फ़ रमेश से ही थे। उसे उम्मीद है कि रमेश धीरे-धीरे आगे आने लगेगा। स्वभाव बदलते-बदलते वक़्त लगता है। करते-करते इतना तो हो ही गया है कि रमेश अब यह मानने लगा है कि उसकी पत्नी का अपना एक अलग व्यक्तित्व है, उसके अपने परिचितों और दोस्तों का एक अलग दायरा हो सकता है। रमेश को भी उस सर्किल के बारे में जानना चाहिए...इसलिए भी वह रमेश को हमेशा अपने बीच लाती रहती है, वह नहीं चाहता तब भी।

"यह ग़लत है कि औरत कोई काम उसी कुशलता से नहीं कर सकती जैसे कि...पुरुष"...वह कह रही थी, "आज की औरत यह साबित भी कर रही है।"

"इससे इनकार कहाँ है, पर होड़ की बात भी तो नहीं उठनी चाहिए। औरतों के मन में क्यों इस तरह की तुलनावाली बात उठे।"

"शुरुआत पुरुष ही करता है। वह बाहर के कामों में बेवजह अपने को बेहतर मानकर चलता है।"

"करते होंगे कुछ लोग ऐसा....लेकिन मैं तो यह मानता हूँ कि दोनों के कार्यक्षेत्र अलग-अलग हैं।"

"नहीं, ऐसा नहीं है। वे एक हैं...एक हो सकते हैं।"

"घर?"

"अब यही...यह आदमी का फैसला है कि औरत का कार्यक्षेत्र घर है। घर आदमी को भी उतना ही देखना चाहिए जितना औरत को।"

"आपके यहाँ क्या यह हो पाया?"

"काफ़ी कुछ...रमेश को काफ़ी घर की तरफ़ लाई हूँ। वह ज़्यादा कुछ नहीं करता तो इसलिए कि मुझे घर में बहुत दिलचस्पी है। यह मेरा घर है। इसलिए हर छोटी-से-छोटी चीज़ मैं ख़ुद ही देखना चाहती हूँ। मुझे यह कुछ ज़्यादा ही ख़याल रहता है कि दफ़्तर में काम करने की वजह से मैं घर की किसी भी तरह से उपेक्षा न कर बैठूँ।"

"आपकी घर में इतनी ज़्यादा दिलचस्पी आपके स्वभाव की वजह से भी हो सकती है, नारी का मन घर में बहुत रमता है।"

"यह मेरा स्वभाव है यह तो मैं मानती हूँ लेकिन औरत होने की वजह से है... यह नहीं मानती। कितनी औरतों का घर में मन नहीं लगता...और इस बात की भी क़द्र होनी चाहिए...जबकि उन्हें अजूबे की तरह देखा जाता है। मेरी राय में हर औरत को बाहर भी कोई-न-कोई काम करना चाहिए। तभी उनका पूरा विकास हो पाता है। मुझे पैसों की ज़रूरत नहीं थी पर शादी के बाद मैंने नौकरी की ज़रूरत महसूस की।"

"पश्चिम में जो आज इतने घर टूटने लगे हैं उसकी वजह यह बताई जाती है कि दूसरे युद्ध के बाद औरतें बड़ी संख्या में घर से बाहर काम करने को निकलीं।"

"घर क्या है...? अपने-आपमें वह आदमी या कि औरत की ज़िन्दगी से तो बड़ी चीज़ नहीं कि उसे बनाए रखने के लिए एक ज़िन्दगी को रौंदे रखा जाए। घर, घर ही तभी होता है जब दोनों के अन्दर बराबर की कशिश हो, वरना तो वह पहले से ही टूटा रखा है। हम हिन्दुस्तानी लोग ख़ासतौर से, अक्सर घर के नाम पर एक क़ब्र को ही ताकते बैठे रहते हैं। पश्चिम के लोग ज़्यादा ईमानदार हैं—घर है तो वाकई घर है, वरना नहीं है। अरे, मैं तो लेक्चर झाड़े जा रही हूँ!"

वह हँसी...अपने-आप पर हँस रही थी, या कि अपने-आपसे ख़ुश थी। इस बीच चाय आ गई और वह चाय बनाने में लग गई।

"बहुत बोल चुकी, अब आप कहिए...आपको क्या अच्छा लगता है?"

"पढ़ना...ख़ूब पढ़ना।"

"हाउ नाइस! मुझे भी पढ़ने का बहुत शौक़ है। क्या पढ़ते हैं आप?"

"ज़्यादातर उपन्यास...साहित्य, इतिहास, समाजशास्त्र भी। पर कोई बन्दिश नहीं है। जो भी मन हुआ या जो भी हाथ आ गया। आप क्यों पढ़ती हैं?"

"अच्छा लगता है...रात को सो नहीं सकती, जब तक कोई किताब हाथ में न हो। आप...?"

"मैं पढ़ता हूँ इसलिए कि जीवन को समझ सकूँ...जो हमारे पहले लोगों ने सोचा-समझा कुछ उसकी मदद से। जीवन को कितना कम समझते हैं हम?"

सुवर्णा को एकाएक ख़ामोशी ने बाँध लिया। सामने बैठा यह आदमी...मामूली फिर भी ख़ास। पहले भी लगा था कि यह दिमाग़ से कम मन से ज़्यादा चलता है, इसीलिए शायद इसके यहाँ एक अपनी तरह की ताज़गी है। पहले जो कुछ महसूस किया था वह जैसे अब कोई रहस्य बनने लगा था—जीवन...जीवन को समझना!

वह...ख़ामोश, सामने देख रही थी—मुझे, मेरी तरफ़...नहीं, मेरे भी पार। ख़ूब बोलते रहने के बाद उसका यों एकाएक चुप हो जाना...जैसे हवा में तैरती पतंग एकाएक किसी दरख़्त की फुनगियों में जा फँसी हो और वहीं फड़फड़ा रही हो।

सोचता हुआ वह चेहरा उदास-सा हो आया था। वह सजी-सँवरी दुनिया और उसकी वह पटरानी...हीरे-मोतियों से चपेटे खेले। गहने बनवाए, गहने तुड़वाए, फिर बनवाए। गुड़ियाँ बनाए और उन्हें फिर उधेड़े!

इस थोड़ा-थोड़ा सब कुछ वाली दुनिया में ऐसा दिखता है कि रमेश तो एकरस हो गया है—वह शायद शुरू से ही ऐसा था, पर सुवर्णा...उस क्षण उस चेहरे पर घिरी उदासी देखकर लगा कि सुवर्णा अभी तक घिसाव के उस बिन्दु तक नहीं पहुँची थी जहाँ आदमी का ऊबना भी बन्द हो जाता है।

"चलूँगा अब..." चाय ख़त्म करके मैंने कहा।

"आया करिए! आपका घर तो पास है।"

यह तीसरी बार था जब उसने मुझे खींचा था...दफ़्तर से नुमाइश, नुमाइश से घर और अब घर से घर तक। शुरू में उसे देखकर मैं कितना असहाय हो गया था—सामने ख़ूबसूरती-ही-ख़ूबसूरती...दूर तक तिरता चला गया...सामने कुछ और था ही नहीं जैसे। अब पार बहुत कुछ झलक रहा था—गहराइयाँ...अनजान, अदेखी इसलिए अथाह। काश, हम उन्हें छू सकते!

अगर हम एक-दूसरे को सिवाय एक ओढ़ी गई हा-हा हू-हू और एक बेमकसद आवन-जावन के और कुछ नहीं दे सकते तो हमारा मिलना, न मिलना बराबर था। दोनों को ही इस घास-फूस की कमी नहीं है। इसके ऊपर कुछ...उसके लिए हमें अपने लबादे उतारने पड़ेंगे—उसे अपना दफ़्तर और घर, मुझे अपना दफ़्तर और क्वाँरापन! उसे अपना शहरी तोष, मुझे अपनी क़स्बई मसोस। हम विशुद्ध व्यक्ति भी नहीं बचते, अभिशप्त हैं, शायद इस साँचे या उस साँचे में जीने के लिए।

उसने रमेश को भीतर से बुला लिया। वे दोनों बाहर तक छोड़ने आए। एक बँधा-बँधाया दस्तूर, जिस तरह कि ड्राइंगरूम की दीवार पर खिड़की के सामने एक तस्वीर लगनी-ही-लगनी है।

नमस्ते के लिए जुड़े हाथों के पार आँखें...टिमटिमाते तारों की दूरी तक पहुँचने के लिए उठान लेती हुईं...बेचैन...नुमाइश में खोती और फिर आ मिलती बच्ची या जंगल में भटकी हुई राजकुमारी...

कौन है वह?

पगडंडियाँ

"हलो...ओऽऽऽ"

खिंचती हुई 'ओ' फ़ोन पर, सवालिया पर सुरीली, कुछ-कुछ संगीतात्मक... सुवर्णा।

"क्या कर रहे हैं?"

"क्यों?"

"उस दिन आप यों ही बैठकर चले गए, अच्छा नहीं लगा।"

पिछली बार उसके दफ़्तर की तरफ़ जाना हुआ था तो उसके कमरे में भी झाँका था। कोई नहीं था। फिर भी थोड़ी देर बैठा, आख़िर एक पर्चा मेज़ की दराज में डालकर चला आया था—एक पंक्ति में सूचना कि मैं आया और कुछ देर उसका इन्तज़ार किया।

"हाँ, सोचा था...अब कब मिलेंगी?"

"जब आप कहें।"

"आज ही, अभी?"

कुछ पलों के लिए उधर चुप्पी का रेंगना, फिर हल्की, भरे-भरे बादलों के चलने की तरह काँपती-सी आवाज़..."कहाँ?"

"यहीं आ जाइए, आज मेरी तरफ़।"

उसे इतना दूर बुलाने, तकलीफ़ देने का ख़याल एकदम नहीं था...लेकिन वैसा हो गया। उसने फ़ौरन मान भी लिया जैसे कि उस दिन मेरे इन्तज़ार करने का प्रतिकार करना चाहती हो...जबकि दोष उसका कहाँ था!

लाल साड़ी, लाल ब्लाउज। साड़ी में जहाँ-तहाँ काली चिन्दियाँ। लाल कपड़ों में चेहरा और भी उजला हो आया था। मुस्कुराहट में झुकती आँखें। अल्हड़ बाल, रूखे-रूखे...हवा में उड़ते हुए।

"पानी पिऊँगी।" कमरे में घुसते ही हाँफते-हाँफते उसने कहा, "पहुँचने में ही इतना वक़्त लग गया...फिर ये लोग...कैसे घूर-घूरकर देखते हैं...उफ़!"

उसके पीछे किवाड़ अपने-आप बन्द हो गया...डोर क्लोज़र। मैंने पानी का एक गिलास उसके सामने रखा। उसने पानी के दो बड़े-बड़े घूँट लिये और फिर गिलास को मेज़ पर घुमाने का खेल खेलने लग गई।

मैं ग्लानि से भर आया था। भीड़-भाड़वाला अपना दफ़्तर! ख़ुद ही चला जाता उसके पास...पर वह जल्दी ही सब कुछ एक तरफ़ सरकाकर बाहर निकल आई। वह मुझसे मिलने आई थी तो लोग क्यों बीच में टँगे रहें, लेकिन मैं था कि उन्हीं में हिलगा हुआ था।

"यह जो लोगों का इस तरह घूरना है न, इसके पीछे उनकी दबी हुई यौनकुंठाएँ तो हैं ही।" मैंने कहा, "शायद भारतीय ही इस कदर घूरते हैं...पर मेरे ख़याल में इससे भी ज़्यादा यह सब उस उबास की वजह से है जो हम सभी किसी-न-किसी मात्रा में ढोते हैं।"

"उबास तो भारत के बाहर यूरोप में भी है, और भी ज़्यादा।"

"पर वहाँ उसका समाधान लोग सेक्स में नहीं ढूँढ़ते। सेक्स से भी ऊब चुके हैं वे, जबकि यहाँ वह अब भी ख़ासी आकर्षण की चीज़ है।"

"जी नहीं, यह शुद्ध बदतमीजी है...और कुछ नहीं। उबास है तो उससे निपटने के और भी तरीके हो सकते हैं, या कि किसी को इस तरह परेशान किया जाए।

"लेकिन आपने कभी सोचा क्या कि उबास किस वजह से है?"

"किसी भी एक तरह के चलनेवाले सिलसिले में उबास तो आएगी ही पर सिलसिले के बग़ैर भी तो नहीं चलता।"

"मतलब कोल्हू के बैल को कोल्हू के इर्द-गिर्द चक्कर खाने की आदत पड़ जाती है, वह फिर उसी में रस लेने लगता है।"

"यह तो हर चीज़ का ख़राब पक्ष ही देखने जैसा हुआ। जीवन का इतना कुछ मिलता भी तो है इससे...जैसे नौकरी से काम करने का सन्तोष, परिवार से देने-लेने का सुख।"

"तो फिर एक प्यास क्यों रही आती है जीवन में?"

उसने अपना मुँह सामने रखे पानी के गिलास में डाल दिया, बड़ी-बड़ी आँखें सामने मेरी तरफ़। जवाब था क्या उसके पास...कुछ छटपटाहट तो है...क्या देखने-महसूसने की, क्या कर गुज़रने की...क्या होने की? कुछ पल वैसे ही बैठी रही गिलास के इर्द-गिर्द, फिर उठकर खिड़की पर चली गई।

खिड़की के बाहर हवा थी—सर्दी-गर्मी के बीच की। न इतनी तेज़ कि उड़ा ले जाए और न इतनी धीमी ही कि महसूस न हो। टूटते पत्ते हवा में हिचकोलियाँ खाते

हुए चले आते और अपने दरख़्त से काफ़ी दूर जाकर गिरते...वहाँ से भी कलथइयाँ खाते हुए पता नहीं कहाँ पहुँचते थे। बराबरी से भीतर कुछ कलथता था...पता नहीं क्या, क्यों...बदलाव की लोटों में ऊपर-नीचे होता था मन।

जैसे बाहर की हवा हमारे भीतर उतरकर रेंग रही हो...हर रेंग में खुनक-भरी चुभन।

"आप अपने जीवन से सुखी हैं?" कॉफ़ी बनाते हुए मैंने पूछा।

"आपको क्या लगता है?"

"मुझे तो लगता है कि हैं।"

"तो हूँगी ही।" वह लौटी, अपनी जगह।

"नहीं, मतलब..."

"देखिए, बड़ा मुश्किल होता है। यह इस पर निर्भर करता है कि आप सुख से क्या समझते हैं। मेरे पास एक अच्छी-ख़ासी नौकरी है, पारिवारिक जीवन सुखी है, माँ-बाप, सास-ससुर सब अच्छे हैं..."

"आप भाग्यवान हैं!"

"अच्छा..." वह हँसी, "लेकिन आप कहाँ के अभागे हैं...ज़रा सुनूँ?"

"नहीं, कुछ नहीं...कोई उस क़िस्म का दुर्भाग्य नहीं है। होता तो यह सब सोचने की फ़ुरसत ही न होती। शायद हमारी नियति ही हर हालत में अपूर्ण रहने में है। या तो आदमी रोजी-रोटी के चक्कर में होगा, पैसेवाला हुआ तो इस बीमारी या उस बीमारी का शिकार होगा, अपने-जैसा बीच का हुआ—थोड़ा सोचने-समझनेवाला तो फिर सवालों के इर्द-गिर्द अशान्त मन लिए डोलता रहेगा...किसी भी तरह सुखी नहीं होगा। कहते हैं सन्तोष होना चाहिए...तो यह तो वही है कि यह मानकर चलिए कि सब ठीक-ठाक है, कुछ करने की ज़रूरत नहीं।"

"ऐसा ही मानकर चलें तो ख़राबी क्या है?"

"ख़राबी क्या है, और एक दूसरे सन्दर्भ में रामकृष्ण परमहंस ने कहा भी था—तुम दुनिया का न सोचो, क्योंकि वह तुमने नहीं बनाई...आप कहती हैं कि अपना भी न सोचो..."

"आप सोचते कुछ ज़्यादा हैं, कॉफ़ी पीजिए!"

कहते हुए वह हँसी...थोड़ी दूर तक वह हँसी खुनखुनाती चली गई, हम दोनों ही झुनझुने के दो छोरों से बजते हुए...एकदम हल्के-फुल्के हो आए उस क्षण। आसपास का सब कुछ साफ़-सुथरा, कुछ-कुछ उजला-सा निकल आया था, जैसे वहाँ और कुछ नहीं, एक खुनकती हुई हँसी-भर थी...हम दोनों उसी में जज़्ब, उसका ही कोई हिस्सा।

कभी-कभी अनन्त वाकई बेकार ही कुरेदता है। अब अगर यही पूछने लगे कि मैं यहाँ क्यों आई...अरे, मन किया तो चली आई या अनन्त ने कहा और उसने मान

लिया...बात यहीं ख़त्म हो जानी चाहिए। दरअसल यह कोई सवाल ही नहीं बनना चाहिए...पर अनन्त ऐसा कुछ कुरेद देगा और वह कुरेद कुछ नोंक-सी सुवर्णा के भीतर भी उठा देती है, जैसे सुई से उँगली में फँसे बहुत ही बारीक काँटे को आख़िर टटोल लिया जाए...

उसकी हँसी से बाहर निकलकर मैं एक और बात से हिलग गया। वह एक बिन्दु पर पहुँचकर किस मजे से बातों की धार को तोड़कर रख देती है कि वे साबुन के बुलबुलों की तरह हवा में ही फट्ट हो जाएँ, जैसे इससे ज़्यादा उनकी कोई अहमियत ही न हो।

"आप जो सामने है, उसी में विश्वास करती हैं शायद।"

"विश्वास करें या न करें, हमारा कर्म तो उसी से तय होता है।"

"तो विश्वास?"

"जब करना उसी के अनुसार है तो बेहतर यही है कि वैसे ही विश्वास रखे जाएँ, वरना तो हम अपनी नज़र में ही ढोंगी निकलेंगे।"

"या कोई विश्वास ही न रखे जाएँ..."

"उसमें भी क्या बुराई है।"

मैं चौंका! ऐसा कैसे हो सकता है? हम चाहें या नहीं, हमारे कुछ विश्वास बन बैठते हैं...हमारी मान्यताएँ, मूल्य...ग़लत या सही। वह ऐसे दिखाती है जैसे कि कुछ सोचती नहीं जबकि उसकी बातें बिलकुल उलटी तरफ़ का इशारा करती हैं।

"अच्छा, एक बात बताइए—इस समय हम क्या कर रहे हैं?"

"कॉफ़ी पी रहे हैं।"

"बस...?"

"साथ-साथ कुछ बातें कर रहे हैं।"

"और...?"

"और क्या...?"

"नहीं, कुछ सोच भी रहे हैं, बातों के साथ कभी उनके पार, उनसे एकदम कटी हई चीज...देखिए, कितनी परतें हैं—कॉफ़ी, बातें...फिर किस चीज़ पर बातें, सोचना और क्या सोचना। आप इन सबमें कॉफ़ी पीने-भर को मानने को कहती हैं जबकि महत्त्व की दृष्टि से वह सबसे पीछे आती है।"

उसने बात आगे नहीं बढ़ाई। मेज़ पर एक तरफ़ रखी पत्रिका को उठाकर उलटने-पलटने लगी। मैं थोड़ा बेचैन हो आया...वह इतनी दूर आई और उसे बेकार ही गम्भीर-गम्भीर बातों में उलझा दिया। प्रभाव डालने की कुरेद मुझे तेज़ दौड़ा

गई थी, वरना मैं ही हमेशा ऐसी बातें करता हूँ क्या...दिखाना चाहता था उसे कि मैं बड़ा चिन्तक हूँ!

"बोर कर दिया आपको!"

"अरे..." वह चौंकी..."नहीं तो..."

"आप थक जाती हैं बातों से। सचमुच बातें—कैसी भी—थोड़ा पहले या बाद में बेकार लगने लगती हैं।"

"नहीं, उनके महत्त्व से इनकार नहीं किया जा सकता। बातों के मार्फ़त ही तो हम एक-दूसरे के जीवन में हिस्सा ले सकते हैं।"

"सिर्फ बातों से ही नहीं...दूसरे तरीकों से हिस्सेदारी अच्छी होती है, बातों से तो सतही रह जाती है अक्सर..."

"आपके यहाँ कौन-कौन-सी पत्रिकाएँ आती हैं?"

हम दूसरी तरफ़ सरक गए। पत्रिकाओं के नाम, दफ़्तर के ब्यौरे और अपने घरों में रखी किताबों की सूचनाओं का आदान-प्रदान चल पड़ा, साथ-साथ हर चीज़ पर अपनी-अपनी टिप्पणी भी।

उन बातों पर से गुज़रते हुए भी मेरे भीतर एक चहक लगातार बज रही थी, जो उसके आते ही भीतर कहीं उग आई थी। मुझे लगा कि परतों की बात करते हुए सबसे महत्त्वपूर्ण चीज़ को तो मैं गिनना ही भूल गया था। कौफ़ी, बातें, बातों के पीछे की सोच, बातों से असम्बद्ध सोच, अस्फुट-सा...पर हम इन सबसे परे थे। हममें कुछ हो भी रहा था और वही असल था।

'जाऊँगी...देर हो गई।" उसने ख़ुद को बटोरते हुए कहा।

कहने का स्वर कही हुई बात को काटता चला गया...पर फिर स्वर को भी काटती हुई वह उठ खड़ी हुई...ख़िलाफ-दर-ख़िलाफ़!

"इतनी जल्दी?"

"अच्छा...जल्दी? पूरा एक घंटा हो गया।"

"तो एक घंटा ही तो..."

"अच्छा जनाब! वह कुछ नहीं होता क्या?"

"एक घंटा इतनी जल्दी बीत गया, पता ही न चला।"

"मुझे भी नहीं।"

उसने पर्स उठा लिया था, पर वैसी ही खड़ी थी, अपनी जगह। मैं उठकर उसकी ही तरफ़ पहुँच गया...उसे नीचे तक छोड़ आऊँगा। उसकी बराबरी से, एकदम बगल में पहली बार खड़ा हुआ तो मेरा जीव जैसे पिघलकर बहने लगा...उसकी तरफ़। जो-जो भी कुछ मेरे 'मैं' नाम की चीज़ में था, वह जैसे टप-टप करके गिर

रहा था, मोम के धब्बों की तरह। अब मैं नहीं मेरी जगह हवा का एक गुच्छा था। मेरा सिर उसके कन्धे पर सरक गया था।

गहराई! गरदन और कन्धे के बीच वह गोरी गहराई...थमी...थमती हुई, मुझे सँभालती हुई! वहाँ सैकड़ों कटे-छँटे तत्त्व मिलकर फिर मेरा जीव बन गए...पूरा जीव। गमकती हुई गरमाहट में आकार ग्रहण करता जीव, गर्भाशय में बच्चे में जान कुछ-कुछ इसी तरह आती होगी।

मरना-जीना एक साथ, इतनी जल्दी-जल्दी...चेत लौटा तो सुगन्ध-ही-सुगन्ध। वह निश्चेष्ट खड़ी थी...अब भी, और मैं कहाँ-कहाँ डूब-उतरा आया था इस बीच, या क्या पता उसमें भी कुछ हुआ हो या हो रहा हो। मैंने सिर उठाया तो शान्ति में नम अपनी आँखें थीं...उपकृत। सामने वह निर्विकार, योगी!

क्षण-भर के लिए और रुकी वह, फिर आगे बढ़ी और अपने लिए दरवाज़ा खोल लिया। अब वह आगे-आगे और मैं पीछे-पीछे, बाहर के शोरगुल के बीच लकीर-सी खींचती जाती हमारे क़दमों की आवाज़।

मैंने उसके लिए कार का दरवाज़ा खोला, वह बैठ गई तो बन्द किया।

"बहुत अच्छा लगा, आप आईं आज..."

उसकी आँखें एक महीन मुस्कुराहट में मुँदी एक बार। चेहरा खिले हल्के लाल कमल-सा, पानी की हिलोरों में फड़फड़ाता हुआ...वह क्षण जब ख़ूबसूरती स्वयं को लाँघ जाती है।

वह मेरी तरफ़ देख रही थी, मेरा वजूद उन सुन्दर आँखों में उतर रहा था, जैसे किश्ती झील में सरकती है...आहिस्ता...आहिस्ता...

कोई दस्तक दे रहा है।

लोग उसे देखना चाहते हैं। वह कहीं थम जाए तो साथ चलना चाहते हैं। थोड़ा साथ चलो तो वे कुछ कहना चाहते हैं। सुनो, तो फिर वे दस्तक देने लगते हैं... खट...खट...खट...खट...

दफ़्तर में वह सबसे मिलती है। कुछ से घुल-मिलकर बातें भी करती है। ऐसी कोई गाँठ नहीं पालना चाहती कि वह औरत है तो यह नहीं, वह नहीं। जब उसे नौकरी दी गई तो यह तो नहीं सोचा गया था कि वह सजी-सँवरी बैठी रहेगी, सिकुड़ी-सिकुड़ी। अगर आदमी लोग ख़ूब खुलकर बातें कर सकते हैं तो वह क्यों नहीं? कोई ग़लत समझता है तो समझा करे। दिक़्क़त वहाँ पैदा होती है जब लोग खटखटाने लगते हैं...

बचपन से ही उसे हर चीज़ आसानी से मिलती रही है। दो लड़कों के बाद माँ-बाप की इकलौती लड़की...प्यार-ही-प्यार। शहर में बड़ा घर, नौकर-चाकर। कार से स्कूल, स्कूल से घर। फ्रॉक के साथ-साथ उचकते बॉब-हेयर!

'जिंगल बैल्स, जिंगल बैल्स, जिंगल ऑल द वे
ओ व्हॉट फ़न इट इज टु राइड इन ए वन हौर्स ओपन स्ले'

ज़रा आँख में आँसू आ जाते तो माँ-बाप सिखाते—'डोंट बी सैंटीमैंटल माइ डियर, रीजन इट आउट'। विज्ञान की छात्रा बनने से पहले ही वह अक़्ल और तर्क से काम लेना सीख गई थी। आदमी जो चाहे हासिल कर सकता है। उसकी सबसे बड़ी ताक़त अक़्ल है...जिसकी मदद से वह अपनी कमजोरियों के ऊपर उठ सकता है, उन्हें ताक़त में बदल सकता है, फ़ायदा उठा सकता है। रोना बेवकूफ़ी है, अक़्ल की मदद से हमेशा ख़ुश रहा जा सकता है...और तरक़्क़ी...वह तो सिर्फ़ अक़्ल के रास्ते ही हासिल की जा सकती है।

कॉलेज में पहुँची तब भी घूम-फिरकर वही। सभी की नज़रें उस पर। हर लड़का प्यार देने के लिए आतुर। वह जिस तरफ़ ही ज़रा-सा झुकती, वही कृतज्ञ हो जाता...बचकर निकल जाने की भी कला उसे आ गई थी इस बीच। सुन्दरता शायद अपने-आप सिखा देती है...पर उससे भी आगे अंग्रेज़ी उपन्यासों ने मदद की होशियार बनाने में—'रिबैका', 'गॉन विद द विंड'...और न जाने कितने उपन्यास। कैसे लड़कियाँ अक़्ल के रास्ते चलकर अपनी सुन्दरता की ताक़त चौगुना कर सकती हैं—प्यार करते हुए भी उसके ऊपर, पानी के नीचे सिर गया तो डूबे...

रमेश उसी के कॉलेज में था। एक सीधा-सादा, शर्मीला लड़का, सबसे दूर-दूर। उसने कभी ठीक से रमेश की तरफ़ देखा भी नहीं। चार-पाँच बरस बाद, एकाएक रमेश के घर से ही विवाह का प्रस्ताव आया। माँ-बाप ने उससे पूछा और उसने हाँ कर दी। कोई कमी नहीं दिखी उधर—घर ठीक-ठाक, रमेश पढ़ा-लिखा, चरित्रवान। एक अच्छी-ख़ासी नौकरी भी पा चुका था इस बीच। सास-ससुर के यहाँ रुपये-पैसे भी...न ज़्यादा, न कम, थोड़ी-बहुत ज़मीन-जायदाद भी। मना करने की कोई वजह ही नहीं दिखाई दी। वह किसी ख़ास जगह करना चाहती थी—ऐसा कुछ भी नहीं था। बस...हो गया, वैसी ही आसानी से जैसे उसके साथ और भी कितनी ही चीज़ें हो जाती हैं।

कोई फिर खटखटा रहा है...

अनन्त...जाने किस खोज में बेचैन आँखें, गहरी उदास। हर पल कशमकश में टूटता हुआ...अनायास ही उसके कन्धे पर आ गिरा...जैसे डगाल से कोई फूल

धप्प-से नीचे आ टपके आपके आँचल में। कन्धे पर किसी बेहद जीवित चीज़ के आ जुड़ने की सिहरन रेंग रही थी। कन्फ़्यूज़न...जैसे वह किसी दूसरे का सिर नहीं उसका अपना ही कोई हिस्सा था जो उसके अपने ही किसी 'गैप' को भरने चला आया था। अनन्त की आँखों की उदासी अक्सर अपनी-अपनी-सी लगती है, जबकि उदासी उसे एकदम पसन्द नहीं। वह तो हमेशा ख़ुश रहना चाहती है...

फ़ोन पर रंगीन नाख़ून।

"कैसे हैं?"

"ठीक! आप?"

"क्या कर रहे हैं?"

"बस..."

"आइएगा...मैं यहीं हूँ?"

सिल्क की साड़ी-ब्लाउज़, बादामी रंग के। घने-घने बाल...रूखे, हल्के झोंकों से इधर-उधर उड़-उड़ जाते हुए। मुझे देखते ही होंठ बारीक मुस्कान में थोड़ा फैल गए। हल्की लिपस्टिक।

"कैसे याद आ गई अचानक?"

"यों ही, मन किया..."

आँखों में उठते-गिरते तूफ़ान। एक अपनी ही तरह की अस्त-व्यस्तता वहाँ से निकलकर चेहरे पर बिछती थी, फिर शरीर में भी फैलती चली आती। शरीर में उठती हल्की-हल्की हिलोरें, काँपते रूखे बालों की तरह ही।

चाय के प्याले में चम्मच को हिलाती उँगलियाँ...पतली-पतली उँगलियों की लम्बाई नाख़ूनों में और भी तनती हुई। दोनों हाथों की एक-एक उँगली में अँगूठियाँ। एक में मोती जड़ा हुआ, दूसरे में डायमंड—मोती गोल, डायमंड आयताकार।

मोती की अँगूठी पास से देखने के बहाने मैंने हथेली अपनी तरफ़ ले ली, अपने दोनों हाथों में। कमल की पंखुड़ी को छूने-जैसा...फरफराहट मेरी गद्दियों को झुलसाती हुई। जल्दी ही उसने हाथ खींच लिया।

"मुझे मोती अच्छे लगते हैं, डायमंड से ज़्यादा..." उसने कहा।

"आप पर फबते भी हैं।"

"पता नहीं।"

क्या यह महज़ इत्तिफ़ाक़ था कि मेरे हाथों में उसका मोती की अंगूठीवाला हाथ ही आया...मोती जो उसे ज़्यादा पसन्द थे?

"सोना भी तो ख़ूब पहनती हैं आप।"

"हाँ...पर कोई ख़ास नहीं।"

"वैसे अंग्रेज़ी स्कूलों में पढ़ी लड़कियों की रुचि गहनों में होती नहीं।"

"कोई ज़रूरी नहीं कि जो बात सबके साथ हो, वह मेरे साथ भी हो।"

मेरा अनुभव दूसरा था। एक दिन मेरे आगे कॉन्वेंट की कुछ लड़कियाँ चली जा रही थीं, दस-बारह साल के आसपास की। सबकी बातचीत, भाषा, टोन, बोलने की लचक ठीक दूसरे-जैसी...इतनी कि यह फ़र्क़ करना मुश्किल था कि कौन बोल रही थी। मुझे अजीब लगा—यह शिक्षा हमें किस कदर एक-से साँचे में ढालती जाती है। बच्चों की वैयक्तीयता को उभारने की बजाय कैसे दबाती है! उनके हाव-भाव एकदम एक-से, कोई किसी से मिले तो हाय, बिछुड़े तो बाय। सब आदमी अंकल, सब औरतें आंटी। पति-पत्नी, प्रेमी-प्रेमिका के बीच भी वही शब्द...हाय...बाय!

सुवर्णा अपनी कलाई पर पड़ी सोने की चूड़ियों को घुमाने में लगी थी। उँगलियाँ घूम-फिरकर उसी चूड़ी को पकड़ लेतीं, जिसमें मोती जड़े हुए थे। सोने और मोतियों से खेलते हुए भी तब वह उनसे बहुत दूर थी। मुझे बुलाया था और जब मैं आ गया तो जैसे मेरी उपस्थिति में भी कोई दिलचस्पी नहीं बची थी उसकी। पहले कभी उसे इस तरह नहीं देखा था...खोई-खोई, बातों में जहाँ कहीं अटकने लग जाती, मैं कुछ पूछता तो चुप रह जाती...इस बीच मेरा सवाल ही भूल गई होती। अक्सर कुर्सी में नीचे और नीचे धँसती चली जाती...जैसे अँगड़ाई लेने का मन हो और न ले पा रही हो।

"क्या हम किसी शाम बाहर नहीं मिल सकते?" मैंने पूछा।

"कब?"

"कभी भी।"

"तब पूछकर देखिएगा।"

"आप मना करेंगी?"

"हो सकता है, तब पूछकर देखिएगा।"

"कल सोच रहा था कि आपकी तरफ़ सीधे क्यों नहीं देख पाता।"

"क्यों, मैं इतनी भयानक हूँ क्या?"

"नहीं, मतलब सीधा आपकी आँखों में।"

"क्यों, इसमें क्या है...लीजिए देखिए। चौंध लगती हो तो चश्मा लगा लीजिए। मैं तो लगाती हूँ।"

"आपको भी क्या चौंध लगती है?"

"सूरज की तो लगती ही है।"

"एक बात और—मैं अपने हमउम्र लोगों के साथ दूसरी मुलाक़ात में ही आपसे तुम पर उतर आता हूँ लेकिन आपके साथ...शायद आपसे कुछ डर लगता है।"

"अरे...क्यों...?"

"पता नहीं।"

"हाँ...मैं कभी बहुत नॅस्टी भी हो सकती हूँ, पर मुझसे डरा न करिए।"

"अगर मैं कभी आप से तुम पर उतर आऊँ?"

"उतरकर देखिए।"

"यों कोशिश करके नहीं...मतलब कुछ शब्द बड़े स्वाभाविक ढंग से कभी उग आते हैं हमारे बीच...तभी।"

"वैसे, आप भी अच्छा शब्द है...है न?"

वह हमेशा की तरह उचकती हुई, उत्साह से भरी हुई नहीं थी। एक भारीपन था, जैसे पिछली रात पूरी नींद न सो पाई हो। कहीं कुछ बिखरा-बिखरा था...अस्त-व्यस्त...जैसे पानी बाँध फोड़ने के लिए लहलहाता हो—किधर भी खुलकर निकल जाने को बेचैन, पर हर बार इधर-उधर टकराकर लौट-लौट आता हो...चक्करों में।

"चलना चाहिए...।" मैं उठा।

वह अनमनी-सी हो आई। शरीर थोड़ा बैठे-बैठे ही हिल गया...किनारे पर बँधी नाव के पानी में उतरने का पहला कम्पन। आँखों में लाल-लाल डोरे तिरने लगे थे...गुलाबों की पिसी हुई लाली जैसे उनमें गुलाल की तरह उड़ रही थी या फिर पन-छींटों से छरछराती आँखें थीं वे...रक्तिम।

वह कुछ नहीं बोली, शायद कुछ नहीं सूझा था। मुझे दरवाज़े की तरफ़ जाते हुए देखती रही। मैं दरवाज़े तक पहुँचा, पलटकर उसे देखा तो फिर वापस खिंचता चला आया। मेज़ पर उसकी एक बाँह फैली थी—गोरी...भरी-भरी बाँह, मुट्ठी में स्वयं को कसती, तोड़ती हुई। मेरा हाथ उस बन्द मुट्ठी पर जा गिरा।

"जाने का मन तो नहीं करता..."

उसकी बन्द मुट्ठी खुली, मेरी हथेली उसमें तैर गई। फड़फड़ाते दो पत्ते, एक-दूसरे को छूकर और भी फड़फड़ाते। हथेलियों के कटोरों में उतराते दो जीव।

मेरी उँगलियाँ धीरे-धीरे छोड़ते हुए भी उसने आख़िरी उँगली को अपनी तरफ़ खींचा, खींचकर फिर छोड़ दिया।

हम कहीं बाहर मिलें...मेरी यह माँग कब की थी। जब-तब उसके सामने मैं ऐसे या वैसे दोहरा देता था। उसके साथ दफ़्तरी माहौल के बाहर होने का मन था। एक दिन जब मेरा आग्रह कुछ ज़्यादा ही दिखा तो वह तैयार हो गई। कहाँ चलें...काफ़ी देर हम यही सोचते रहे। एकाएक वह उचक पड़ी—"चलो, चिड़ियाघर चलते हैं।"

दिन फैलने लगे थे। पाँच-दस दिन और कि जाड़ा बहुत पीछे छूट चुका होगा। धूप में चिलचिलाहट आती जा रही थी। पशु-पक्षियों में छाँह के लिए अकुलाहट साफ़ दिखाई देती थी। चिड़ियाघर के अन्दर आते ही सुवर्णा ने धूप का चश्मा लगा लिया था, कुछ ग़ौर से देखने के लिए उतार लेती थी।

"यहाँ एक छोटी रेलगाड़ी चलाई गई थी। गाड़ी पर चिड़ियाघर का चक्कर लगाना... यह शौक़ लोगों को ख़ूब खींचता था। भीड़ बढ़ गई...लेकिन चिड़ियों की संख्या घटने लगी। रेल की आवाज़ से वे बिचक जाती थीं...आख़िर रेल को बन्द करना पड़ा।"

क़िस्सा सुनकर उसे थोड़ा-सा ताज्जुब हुआ। "किले की दीवार यहाँ कितना अच्छा बैकग्राउंड बनाती है..." उसने कहा।

हम चल रहे थे...बातें करते हुए।

"वह देखो, झरोखे से एक आदमी झाँक रहा है।" मैंने ऊपर किले की तरफ़ इशारा किया।

"कहाँ...वह...उधर? हटो, वह तो कपड़ा है।"

"नहीं, आदमी है।"

वह रुक गई, टकटकी लगाए उसी तरफ़ देखती रही। थोड़ी देर में कपड़े-जैसी वह चीज़ हिली।

"हाँ, आदमी ही है...हिलता-डुलता **तो था** ही नहीं, आदमी कैसे लगता।"

"किले की भीतरी दीवार से सटे हुए कई कमरे बना दिए गए हैं, कई लोग रहते हैं उनमें।"

"अच्छा...! वैसे यह ठीक है, इमारतों का इस्तेमाल हो जाता है। रहने की इतनी किल्लत है इस शहर में...चलो, इधर से चलते हैं।"

हम उधर चल पड़े। सुवर्णा ख़ूब उत्साह में थी। हर चीज़ को ग़ौर करना और उस पर कोई-न-कोई टिप्पणी। मैं बाहर की चीज़ों को देखने से ज़्यादा उसे देख रहा था। ताजी-ताजी गर्मी से उसका रंग सुर्ख हो आया था। धूप से बचने के लिए जब वह साड़ी का पल्लू सिर पर ले लेती तो उसके ख़ूबसूरत नाक-नक़्श जैसे किसी चौखटे में सिमट आते, वह और भी ख़ूबसूरत दिखती।

सामने आइसक्रीम का ठेला दिखाई दिया।

"चलो, आइसक्रीम खाएँगे...औरेन्जबार।"

वह कितनी आसानी से बच्ची हो जाती है, जब चाहे तभी ही...या कि है ही बच्ची। औरेन्जबार चाटते हुए हम लोग आगे बढ़ने लगे...मुँह लाल-लाल। मुझे तो मुद्दत हुई थी औरेन्जबार खाए, जबकि बचपन में तो आइसक्रीम के नाम पर ऐसी ही कोई चीज़ जानते थे।

"आओ, दौड़ लगाएँ..." जल्दी ही उसने दूसरा प्रस्ताव रखा।

हम दौड़ने लगे, आइसक्रीम चाटते हुए। हाँफ जाते तो रुक जाते, धीरे चलने लगते। ख़ूब पैदल चले। जो रास्ते बहुत ही कम चले हुए दिखते वह उसी पर चलने को कहती। ऊपर चढ़ाई दिखती तो दौड़ती हुई चढ़ती। एक कटघरे की तरफ़ का रास्ता ऊबड़-खाबड़ था। वह उस तरफ़ बढ़ गई। सामने तार का जाल तानकर चिड़ियों के लिए एक घेरा-सा खड़ा किया गया था। हल्की चढ़ाई के पार जहाँ उतार शुरू होता था वहीं जाल के खूँटे गाड़े गए थे...नीचे गड्ढे-जैसा एक छोटा मैदान जाल से छुपा हुआ।

खूँटों के पास खड़े होकर वह नीचे बिछे जाल को देखने लगी। धूप से बचने के लिए उसने सिर ढक लिया था। उसके ठीक पीछे मैं था...उसे क़रीब-क़रीब छूता हुआ। ख़ूबसूरती की गन्ध...झोंके नथुनों को भिगो रहे थे...सब कुछ भरा-भरा-सा हो आया था।

जाल के नीचेवाला छोटा मैदान ख़ाली था, सिर्फ़ जहाँ-तहाँ उगी घास थी। कोने की छाँह में आख़िर एक मोर नज़र आया...अकेला और उदास।

"सुन्दर चिड़ियों के लिए होगा।" मैंने पीछे से कहा।

"क्यों लगाते हैं जाल वे?"

"इसलिए कि भाग न जाएँ।"

"फिर सब चिड़ियों पर जाल क्यों नहीं लगाते?"

"छोटी चिड़ियाँ तो खुलकर निकल ही जाएँगी..."

"क्यों, वैसा जाल भी बनाया जा सकता है...पर देखो, चिड़ियाघर में कितनी सारी छोटी-छोटी चिड़िया भी हैं, वे क़ैद नहीं हैं, मतलब, दूसरे तरीकों से भी उन्हें एक जगह रखा जा सकता है..."

"सुन्दर चिड़ियाँ ज़्यादा क़ीमती होती हैं...इसलिए उन्हें बचाकर रखना पड़ता है।"

वह सामने देखने लगी। चिड़ियों को क़ैद में रखने की बात अच्छी नहीं लग रही थी उसे।

"यहीं-कहीं ख़ूब सारी रंग-बिरंगी चिड़ियाँ हैं। इंग्लैंड में कार्डिफ़ के पास मैंने एक जगह बहुत ही सुन्दर बतखें देखी थीं...लाल, पीली, नीली चोंचोंवाली। कुछ-कुछ वैसी यहाँ भी हैं।" मैंने कुछ उत्साह में कहा।

"हाँ...! चलो, देखेंगे उन्हें..."

वह मीठी-सी ज़िद करते हुए मुड़ी, मुझसे टकराते-टकराते बची। रंगों की तलाश में हम फिर दूसरी तरफ़ चल पड़े। रास्ते में बन्दरों का इलाक़ा पड़ा। उसे बन्दरों से नफ़रत थी...।

“जाने कैसे देखते हैं और बेकार की हू-हू करते रहते हैं...” वह कह रही थी।

“हमारे पूर्वज हैं!”

“तभी तो आदमी भी...चीता कितना एलीगैंट होता है!”

“एलीगैंट कि चालाक...किस चालाकी से शिकार पर झपटता है।”

“वह तो सिर्फ़ शिकार की स्टाइल है। अपने-आपमें वह हमेशा एलीगैंट दिखता है। तुम्हें दिखाऊँगी।”

पानी पर तैरती तरह-तरह की बतखें...रंग-बिरंगी, कोई एकदम सफ़ेद, कोई मिले-जुले रंगवाली। कुछ पानी के किनारे अलसाई-सी...कुछ दरख़्तों पर डैने फड़फड़ाती हुई। अब उसे अच्छा लग रहा था, कुछ देर पहले चेहरे पर जो एक मलिनता आ बिछी थी वह धुल गई थी।

“कितने सारे रंग...सभी सुन्दर...एक-से-एक...लेकिन सफ़ेद के आगे सब फीके दिखते हैं।” बतखों को देखते हुए मैंने कहा।

“मुझे तो ऐसा नहीं लगता...वह देखो पीला...लाल...और यह काला भी...हर रंग की अपनी कशिश है।”

“ये मुझे नक़ली लगते हैं। सफ़ेद बड़ा है क्योंकि वह सबको पचा सकता है, मन में विशुद्धता का भाव जगाता है...सादगी, कुछ-कुछ वैसी सुन्दरता जैसी हममें तब दिखाई देती है, जब हम बग़ैर कुछ ओढ़े, बिना किसी बनावटीपन के पूरी विनम्रता के साथ अपनी असलियत में खड़े होते हैं।”

मैंने बात को कुछ ज़्यादा ही उलझा दिया था...कम-से-कम उसके चेहरे को देखकर तब ऐसा ही लगा।

“दूसरे रंगों में क्या नक़ली है? सब अपनी-अपनी जगह असली हैं।” उसने कहा।

“सफ़ेद सादा है।”

“सादा...वह तो कोई रंग ही न हुआ। रंग के माने ही हैं ग़ैर-सादा।”

“लेकिन सादा के बग़ैर हमारा काम चलता नहीं...”

“रंग ज़रूरी हैं। उनके बग़ैर क्या होगी यह दुनिया, सोचो। मेरा तो रंगों से जी ही नहीं भरता और कुदरत...हमेशा ही आसपास कोई ऐसा रंग मिल जाएगा जो आपने पहले कहीं नहीं देखा हो...इतने सारे रंग हैं कि पहचान के लिए ही एक ज़िन्दगी नाकाफ़ी है।”

यह पहली मर्तबा नहीं था, जब वह मुझे बुद्धिमान लगी थी...लेकिन यह पहली बार महसूस हो रहा था कि बुद्धि उसकी सुन्दरता का कितना बड़ा हिस्सा थी।

उधर से हम चीते की तरफ़ बढ़ गए।

"देखो, किस शान से चलता है। यह है एलीगैंस। काली पट्टियाँ इसकी खाल पर कितनी सुन्दर लगती हैं।" वह मुझे दिखाने लगी।

मैं उसकी बात मान गया। किसी जानवर को सिर्फ़ उसके एक काम...वह भी भोजन-जैसे ज़रूरी काम से ही चालाक मानना ज़्यादती थी।

हमारे सामने फैली पड़ी प्रकृति की दुनिया, भले ही थोड़ा सजी-सँवरी...उसके बीच इस तरह उचकते-कूदते हम कब से चल रहे थे। वह थक आई थी।

"तुम्हें काफ़ी पैदल चलना चाहिए।" अपने स्वर की आत्मीयता ख़ुद मुझे चौंका गई।

"तब से ही तो चल रही हूँ..." लड़याए बच्चे की तरह वह मुनमुनाते हुए बोली, उसे तब गोद में उठा लेने का मन हो आया था।

एक दरख़्त के नीचे सीमेंटवाली बेंच पर हम बैठ गए, उसकी असमिया सिल्क की साड़ी गन्दी हो जाएगी...इसकी उसे रत्ती-भर भी चिन्ता नहीं थी। उसने बताया—वह कभी नाचती थी, अच्छा-ख़ासा सीख लिया था, 'शो' भी कई शहरों में हुए थे। फिर नौकरी और बच्चों की वजह से छूट गया। अब फिर शुरू करेगी... तभी छोटे-छोटे भुनगे, हज़ारों की संख्या में, उसकी साड़ी पर रेंगते दिखाई दिए।

"देखो, ये भी तुम्हारे साथ के लिए मचल रहे हैं..." मैंने मज़ाक़ किया।

"तो क्या इन्हें भी ले जाऊँ साथ?" वह झुँझलाई और उठकर झाड़ने लगी। मैं भी उसकी मदद करने लगा।

"चलो, ये बैठने नहीं देंगे।"

इधर-उधर घास का फैलाव था। जहाँ-तहाँ पेड़ों की छाया में प्यार करनेवाले जोड़े थे, अपने में खोए हुए। उनकी छोटी, पर कितनी बड़ी दुनिया!

"जीवन के ख़ूबसूरत क्षण कैसे अपने-आप चले आते हैं, उन्हें मेहनत करके लाना नहीं पड़ता।" मैंने कहा।

"लाना भी पड़े तो क्या...लाना चाहिए।"

"क्या रमेश को मालूम है कि तुम मेरे साथ यहाँ घूम रही हो?"

"हाँ...मैंने बताया था उसे!"

"उन्हें ऐतराज नहीं हुआ?"

"इसमें ऐतराज की क्या बात है? अपना सर्किल तो मैं ही बनाऊँगी, रमेश तो नहीं...जैसे कि उसके लिए दोस्त मैं नहीं चुन सकती। रमेश को मालूम है कि मैं तुम्हारे साथ उठती-बैठती हूँ, उसे यह भी बताया था कि तुम मुझे अच्छे लगते हो।"

"तुमने यह कह दिया?"

“तो? क्या हुआ, ग़लत कहा?”

“नहीं! उसने क्या कहा?”

“कुछ भी नहीं...वह जानता है, मैं इस तरह की हूँ। वह मुझे समझता है।”

हम सड़क के रास्ते की बजाय दरख़्तों के नीचे चलते हुए लौटने लगे। हवा में झूमते पेड़...सरसराती पत्तियाँ...कच्ची ज़मीन...थोड़ा नम...पैर धँस-धँस जाते थे। एक इमारत बेल से आधा ढकी हुई थी। एक तरफ़ छोटे-छोटे पेड़ थे जिन पर से होकर बेल ऊपर गई थी। इमारत और पेड़ों के बीच एक रास्ता तंग पर ढका हुआ और ठंडा था। वहाँ से गुज़रते हुए हम एकाएक थम गए...एक-दूसरे के बहुत पास... उसका सिर मेरे कन्धे को क़रीब-क़रीब छूता हुआ, बालों की गन्ध उठकर नथुनों में...फिर उतरकर मुझे भरती हुई। भीतर कैसा स्निग्ध आलोक...मादक, अलौकिक भव्य, जैसे हर चीज़ के बन्ध खुल गए हों और उनसे रोशनियाँ फूट पड़ी हों।

मात्र एक हल्की-सी छुअन, पर कितनी दूर जाती हुई। एक पल...पर कितना बड़ा! जैसे वह छोटा-सा क्षण मेरे भीतर कोई अनन्त शक्ति उड़ेलकर चला गया... अब मैं मज़बूत था...चलते रहने के लिए, रास्ते में कुछ भी सहने के लिए। जीवन सुन्दर था, तमाम तकलीफ़ों के बावजूद।

3 मार्च, 1977

जीवन-यात्रा क्या सिर्फ़ एक सड़क पर आगे चलते चले जाना है, सुबह-दोपहर-शाम करते हुए या कि यहाँ पगडंडियाँ भी हैं...ऊँचाइयाँ, गहराइयाँ भी। अगर हैं तो महत्त्वपूर्ण क्या हैं? अगर महत्त्वपूर्ण ऊँचाइयाँ-गहराइयाँ हैं तो फिर हम क्यों जाने-अनजाने अपने जीवन का अधिकांश हिस्सा उन चीज़ों से भरे रखते हैं जो सिर्फ़ हमें लुढ़काती हैं, सड़क पर...सुबह से दोपहर की ओर, दोपहर से...

जीवन केवल वह है जो दिखता है या कि उसके पार भी सरहदें हैं...वे क्या सिर्फ़ इसीलिए नहीं हैं कि अदृश्य हैं, अनुभूति के अतिरिक्त उनका कोई प्रमाण नहीं? अन्तरंगता के एक उस क्षण में मुझे इन सरहदों की झलक दिखाई दे गई। मैं इन्हें छूना चाहता हूँ...पर शायद सड़क पर ही आगे-आगे बढ़ते हुए यह सम्भव न हो सके। ये वे सरहदें हैं जिन तक चलकर नहीं पहुँचा जा सकता, पर उन तक उठा जा सकता है। लोग कहते हैं कि सबसे महत्त्वपूर्ण मेरा व्यक्ति है, लेकिन किसी का सान्निध्य जो मेरे व्यक्ति को इतना फैलाव दे जाता है कि मैं पार देखने लगूँ...यह क्या है? और अगर पार की उन सरहदों तक अन्तरंगता में ही उठना है तो मैं कह सकता हूँ कि मुझे किसी की उँगली पकड़कर चलना होगा।

कौन सरहदें हैं ये...इनकी पहचान क्या है? जैसे धुन्ध में ढकी हिमालय-श्रेणी की एक चोटी इधर झलक जाती है, दूसरी कोई उधर...ये सरहदें हर व्यक्ति के अपने लिए उगती होंगी (अगर उगीं तो), वह भी विशेष क्षणों में, फिर दब जाती हैं। ये कैसे उगती हैं? ज़िन्दगी की वे परतें जो दिखाई नहीं देतीं उन्हें छू सकने के लिए अन्धा होना ज़रूरी है। आँखें खोले-खोले हम सिर्फ़ एक क़दम आगे-पीछे ही देख सकते हैं। अक्सर हम विपरीत भावनाओं का युद्ध-स्थल बने रहते हैं। आँखें मुँदने के सुख...निंदास में झूलना भी चाहते हैं और आँखें खोले...एकदम चौकस भी रहना चाहते हैं। हमें कोई दूसरी दुनिया भी चाहिए, साथ ही हम अपने संसार से चिपटे भी रहना चाहते हैं। पाना चाहते हैं पर खोने से बेहद डरते हैं और इसलिए शायद असली चीज़ें खोते ही चले जाते हैं, फिर ख़ुद को समझाते हैं कि चीज़ें जो खोईं वे असली थी ही नहीं।

जब से उससे मिला हूँ, ज़्यादा महसूसने-सोचने लगा हूँ। कितनी तरह के सवाल उठते हैं मन में। एक-से-एक सुन्दर बातें खिलती हैं...जैसे किसी ने आकर मुझे खोल दिया है, उत्साह-ही-उत्साह! मुझे लगता है कि मैं अपने बाहर से उखड़ा-उखड़ा नहीं, जुड़ा हूँ, बल्कि बाहर की हर चीज़ मुझे पूर्णता देने को है...सबका अभिन्न हिस्सा हूँ मैं। एक व्यक्ति में डूबने लगो तो तुम्हारा संसार सीमित हो जाना चाहिए, पर मेरा संसार तो कितना विस्तृत हो रहा है...हर चीज़, हर व्यक्ति से जोड़ना चाहता हूँ ख़ुद को।

एक दिन मुझे लगा कि अगर यह समझना हो कि जीवन का मर्म क्या है तो बच्चों को देखो...कैसे ज़िन्दगी की रोशनी फूटी चली आती है उनकी आँखों में। हर चीज़ जानने को उत्सुक, हर चीज़ लेने को आतुर। प्यार से कैसे फ़ौरन बँधते और खुलते हुए...दुगना प्यार देते हुए। चालाकियाँ भी...छोटी-छोटी मासूम। कैसे ज़िन्दगी से सटकर जीते हैं वे...उससे गरमाहट लेते हुए, उसमें गरमाहट पैदा करते हुए।

क्या मैं पैदा हो रहा हूँ?

कमल-जाल

ऊँचे-ऊँचे दरख़्तों का एक बड़ा कुंज-सा, ऊपर उलझी हुई डगालों से बन्द-बन्द, नीचे इधर-उधर छुटपुट गलियों में खुलता हुआ। उतरती शाम, ढेरों पक्षी रात के बसेरे के लिए यहाँ आते हैं...चिकचिकाते हैं जैसे उनके बीच डाल-डाल के लिए छीना-झपटी, गाली-गलौज चल रही हो। एक जाने किस बेचैनी में एक पेड़ छोड़ दूसरे पर चला जाता है तो पीछे-पीछे झुंड-का-झुंड चल देता है...डाल नए बोझ से थरथरा उठती है।

एक रात की बात, फिर भी चें...चें...चें...चें...

सुवर्णा चिड़ियों की चिकचिक में खो गई है—कितनी आपाधापी। कितनी बेचैनी? जो है, सिर्फ़ वही क्यों नहीं। सामने अनन्त है, उसे बहुत अच्छा लगता है, आजकल कहीं भी बोलने लगती है, उसके बारे में। रमेश से आज फिर कह गई—'अनन्त से बातें करना बहुत अच्छा लगता है, आज शाम मैं उसके साथ चाय पियूँगी, पार्कवाले खुले रेस्तराँ में।' रमेश का चेहरा कुछ मुर्झा आया था, जलन... लेकिन किसलिए। रमेश को समझना चाहिए कि जो-जो सुवर्णा को अच्छा लगता है वह सब तो रमेश के पास हो नहीं सकता, यह रमेश की कोई कमी भी नहीं। ज़िन्दगी ऐसी ही है...बस। सुवर्णा क्या अपनी पसन्द को उन्हीं चीज़ों तक सीमित रखे जो रमेश के पास हैं और उन्हीं में ख़ुद को बन्द कर दे...घोंटकर रखे? जलन कितनी 'निगेटिव' चीज़ है...सुवर्णा ने पढ़ा है उसके बारे में, अपने पास कभी फटकने नहीं दिया—ख़ामख़ाह ही एक नुकसानदेह चीज़ को पाल लेना! दरअसल यह सब पुरानी बकवास है। जब लोगों के पास काफ़ी समय था...तो बैठे हुए हैं, तपा रहे हैं ख़ुद को जलन की आग में! आज के आदमी के लिए ऐसी फ़ालतू चीज़ों के लिए समय ही कहाँ है। कितना कुछ घट रहा है हर पल...कितना सारा सामने है...।

पर यह क्या है कि अनन्त सामने है और उसे सोम की याद आ रही है...जैसे इन दिनों अनन्त से पहचान, उसे पसन्द करना...फिर उसका साथ...यह सब उसे सोम की तरफ़ ही ढकेलते रहे हों।

तीन साल पहले ही सोम से भी इसी तरह मिलना-जुलना होता था। एक-दूसरे के बिना रहना मुश्किल। मिलते ही सोम एकान्त ढूँढ़ता था। एकान्त पाते ही पागल की तरह चिपट जाता था। सोम की मदहोशी सुवर्णा को भी पागल कर देती थी। सोम यह भी भूल जाता कि सुवर्णा दो बच्चों की माँ है, सोम से तीन-चार साल बड़ी है। सोम को समझाने की वह कितनी कोशिश करती लेकिन सब व्यर्थ। वह अड़ गया था—शादी करेगा तो उसी से...अगर वे दोनों एक ही शहर में हुए तो वह सुवर्णा का किसी और के साथ रहना बर्दाश्त नहीं कर सकेगा, आत्महत्या कर लेगा एकदम फ़िल्माना! सोम के साथ होना जैसे किसी तेज़ धार में बहे चले जाना था... कुछ सोचने, अक़्ल के इस्तेमाल का ज़रा भी मौक़ा नहीं। वह यही टटोलती रहती कि सोम का साथ उसकी ज़िन्दगी में क्या जोड़ रहा है...क्या प्लस! हाथ में कुछ नहीं आता, सिवाय एक वहशीपन के, नशे की हालत...सोम तो पता नहीं जोश में क्या-क्या बकता ही था, वह भी कभी-कभी अनाप-शनाप सोचने लगती। जल्दी ही लगने लगा कि वह सब ख़ुद को तकलीफ़ पहुँचाना ही था। सोम का शादी, बीवी... यह सब सोचना जायज़ माना जा सकता है पर सुवर्णा की ज़रूरतें तो ये नहीं थीं?

आज सोम की बातें करने का मन है। अनन्त कुरेदता है और सुवर्णा झर-झर बताती चली जाती है। शायद कोई रिश्ता कभी पूरी तरह ख़त्म नहीं होता...उसकी सुन्दरता, उदासी, मस्ती...अपना हिस्सा बन जाते हैं। वह हमें काफ़ी-कुछ बदल जाता है—वह क्या है जो आज है, कल नहीं था...कल की सुवर्णा और आज की सुवर्णा में क्या फ़र्क़ है...और अब वह कौन-सी खोज है जो उसे एक रिश्ते से दूसरे की ओर लिए चली जा रही है?

"तुम्हारा अब भी सम्पर्क है, सोम से?" अनन्त पूछता है।

"वह दूसरे शहर में है, ख़त लिखता रहता है...मैं ही नहीं लिखती, कभी नहीं लिखा। वह सब ख़त्म करना चाहती हूँ, अपने लिए उतना नहीं, जितना उसके लिए। अगर न करूँ तो उसके लिए ज़िन्दगी कभी शुरू ही न होगी, वह कभी शादी नहीं करेगा। हमें अलग हुए साल से ऊपर हो गया। इस बीच वह आया भी था, काम का बहाना कर मैं ही नहीं मिली।"

"ग़ज़ब का नियंत्रण हासिल है तुम्हें ख़ुद पर...पर कभी सोचा कि इस तरह का नियंत्रण कितना तोड़ता है?"

"क्यों तोड़ता होगा, उस सम्बन्ध को बनाए रखना कौन-सी अक़्लमन्दी थी?"

"क्या बेवकूफ़ी, क्या अक़्लमन्दी...मैं तो आज तक यही न समझ पाया, पर जब अपने हिसाब से तुमने ठीक ही किया तो उदास क्यों हुआ करती हो?"

वह कुछ नहीं बोली, अस्त-व्यस्त बालों को सँभालने लगी। वे उड़ रहे थे, उन्हें कभी-कभी वह जहाँ-तहाँ से खींचती, कभी हाथ से थोड़ा सँवारती...पर वे फिर उड़ने लगते।

"सोम के जीवन में मैं पहली औरत थी, उसके लिए ज़िन्दगी की कोई नई चीज़! मैं उसकी भावनाओं को समझती थी, इसीलिए झेलती चली गई...लेकिन एक सीमा के आगे सिर्फ़ पागलपन बचा था। पागल-जैसे होकर जीना और सच में पागल होना...इनमें बहुत फ़र्क़ नहीं है। मेरे कितने सम्बन्ध बनते-बनते रह गए, एक मुक़ाम पर आकर यकायक टूट गए। लोग सीमाएँ लाँघने लगते हैं।"

"मेरे ध्यान में तो कभी तुम्हारे चेहरे, गरदन और कन्धे के अलावा कुछ आया ही नहीं।"

"लेकिन आगे हो सकता है कि तुम भी उस मुक़ाम पर आ जाओ जब मेरे लिए तुम्हें हटा देने के अलावा और कोई रास्ता ही न बचे। मैंने काफ़ी संयमी लोगों को डिगते देखा है, न चाहते हुए भी उनके साथ फिर कठोरता से पेश आना पड़ा।"

"मैं तो घबराने लगा।"

"नहीं, ऐसी कोई बात नहीं है...जब तुम सीमा के आगे जाने लगोगे, मैं बता दूँगी।"

"तुम्हें पता चल जाता है।"

"हाँ।"

सुवर्णा अपने भीतर टटोलने लगी...ग़लत नहीं कह रही। बाहर की इस नरम-नरम खाल के अन्दर कहीं वह बेहद सख़्त है। इस सख़्ती को जब चाहे वह छू भी सकती है। एक लकीर उसने अपने चारों तरफ़ खींच रखी है, जिसे लाँघने की इजाज़त वह किसी को नहीं देती...क्या लक्ष्मण-रेखा...नहीं, ऐसा कुछ नहीं, पर कुछ है ज़रूर जो एकाएक फनफनाकर उठ बैठता है, उसकी सारी कोमलता सोख लेता है, वह कुछ और ही हो जाती है फिर।

दीपक भी इसी तरह गया। सुवर्णा ने अनन्त को उसका भी क़िस्सा बताया—दीपक उसकी ही बस्ती में रहता था...उन दिनों जब वह कॉलेज में थी। दूर-दूर रहता हुआ वह सुवर्णा पर कविताएँ लिखता रहता, मामूली घर का होने की कुंठा से पीड़ित। बड़ा आदमी बनने के लिए वह बम्बई चला गया और जब लौटा तब तक सुवर्णा, रमेश के घर पहुँच चुकी थी। ढूँढ़ता-ढाँढ़ता दीपक एकाएक प्रकट हो गया। अब उसके पास कुछ होने का आत्मविश्वास था और थीं वे ढेरों कविताएँ

जिनमें सुवर्णा थी। उन कविताओं को सुनना, पढ़ना सुवर्णा को अच्छा लगता था। अक्सर वह दीपक के मुँह से सुनती, कभी अकेले में चुपचाप पढ़ती। वे कविताएँ उसके सौन्दर्य से फूटी हैं...वह किसी की इस हद तक प्रेरणा बन सकती है... यह सोच-सोचकर पुलक से भर आता सुवर्णा का मन। दीपक से हमदर्दी महसूस होती थी। कभी-कभी लगता कि अगर उसे अपने विवाह के पहले पता चल जाता कि दीपक उस पर कविताएँ लिखता है तो पता नहीं क्या होता...लेकिन अब इस मुक़ाम पर फिर से मिलना! हमदर्दी ही हो सकती थी...बेशक इसे वह हमदर्दी की तरह प्रकट नहीं करती थी। जिसने उसको मन में सँजोए हुए इतने साल बिताए, अब भी बिता रहा है...अविवाहित...उसे वह कुछ तो देगी ही...थोड़ा प्यार...बहुत आदर और नीचे-नीचे ढेर सारी हमदर्दी।

जहाँ तक सुवर्णा कविताओं में हो, उसे परी कहकर याद किया जाए...वहाँ तक उसे अच्छा लगता रहा, लेकिन दीपक का जुनून कुलाचें भरने लगा, जज़्बात बाँध तोड़कर बह चले—'तुम आज की रात मेरे साथ रह जाओ...सब कुछ छोड़कर मेरे साथ चलो...' कुछ इस तरह की बातें करने लगा वह। वहीं से सुवर्णा लौट आई।

वह एक छोटा-सा क़िस्सा था। दीपक बहुत जुनूनी था। उसके साथ बादलों में ही तैरते रहना था, दुनिया से ऊपर...हवा से भी हल्के। कुछ ठोस महसूस करने की कहीं रत्ती-भर भी गुंजाइश नहीं। दीपक बेशक भावनाओं में बहता रहे...उसकी मर्जी, लेकिन यह उम्मीद करना कि सुवर्णा भी...? ज़िन्दगी के आधार ठोस होते हैं, उन्हें अदेखा करना जानबूझकर बेवकूफ़ बनना है। कोई भी चीज़ वहीं तक ठीक है जहाँ तक वह ज़िन्दगी को बेहतर बनाए, उसमें कुछ अच्छा जोड़े। ये हवाबाजी... इससे थोड़ी देर की गुदगुदी के अलावा क्या मिल सकता है?

एकाएक सुवर्णा चौंक गई...अनन्त भी तो क्वाँरा है, उसे क्वारे ही क्यों मिलते हैं...यह सोम और दीपक से फ़र्क़ क्यों होगा? कहीं यह तो नहीं कि सोम को भूलने के लिए ही वह अनन्त से लिपटी चली जा रही है, या कि सोम के चले जाने से जो ख़ालीपन-सा आ गया था, उसे भरना चाहती है। नहीं, अगर ऐसा होता तो सुवर्णा को इस समय ख़ुश होना चाहिए था। पास अनन्त है—अपरिचय का रोमांस, नए-नए की ताज़गी...अनन्त में कुछ है जिसे वह नहीं जानती, दिखाई देने पर शायद पहचान भी न सके। वह जानना चाहती है, कोई उकसाता है जानने को...पर वह बुझी-बुझी भी है। उसे अच्छा नहीं लग रहा...फिर एक आदमी से उलझती जा रही है। क्या इसके अलावा कुछ और नहीं होगा उसकी ज़िन्दगी में—एक के बाद दूसरे, दूसरे के बाद तीसरे से उलझ बैठना...फिर अलग खींचना ख़ुद को? वही सिलसिला हर बार...इसमें कुछ होता तो सोम, दीपक से उचटकर उस तरह अलग होना पड़ता?

सुवर्णा को लगता है जैसे कुछ है उसके भीतर...वह रोशनी में आएगा तो जीवन भर उठेगा, फिर कोई कमी नहीं रह जाएगी, बिना किसी द्विधा के वह महसूस कर सकेगी कि वह इसी...इसी के लिए पैदा हुई थी। बाहर की किसी चीज़ की ज़रूरत नहीं होगी तब। वह कौन-सी चीज़ है, क्या करना चाहती है सुवर्णा...क्या...

...छटपटाहट में वह इधर से उधर भागती है कि शायद यहाँ...या कि वहाँ... उसे वह मिल जाएगा, यह...या कि वह...सुवर्णा को वह दे देगा जिसकी रोशनी में वह अपने भीतर का वह बहुमूल्य पा लेगी। कुछ नहीं मिलता। हर व्यक्ति के यहाँ उसकी अपनी गाँठें होती हैं जिससे अलग क़िस्म के उलझाव पैदा हो जाते हैं और फिर उन्हीं में डूबते-उतराते रहिए। जल्दी ही यह महसूसना भी ठप्प पड़ जाता है कि हम आगे जा रहे हैं, कुछ ऊपर उठ रहे हैं।

सुवर्णा जानती है कि यही है जो होगा। फिर भी नए-नए से उलझ बैठती है, जैसे कि उसे रस आता हो इसमें, लत हो इसकी। बात सिर्फ़ ख़ालीपन भरने की नहीं है...वह व्यस्त रह सकती है, ढेरों चीज़ें हैं उसके पास—पढ़ना, घर को देखना, बच्चों पर ज़्यादा ध्यान देना...नाचना फिर से शुरू कर सकती है। ख़ालीपन भर भी जाता है इन सबसे, पर बेचैनी...छटपटाहट...ज्यों-की-त्यों बनी रहती है। क्या पाना चाहती है वह...किसके लिए यों दौड़ रही है...कहाँ जाना चाहती है... क्या बनना चाहती है...

चिड़ियों की चिकचिक थम रही है। जिन्हें जो डगाल मिली उसी में वे दुबक रही हैं। उनका एक रैनबसरा, हमारी पूरी ज़िन्दगी। दूसरी सुबह वे उड़ जाएँगी, अगली रात पता नहीं कौन डाल! आदमी उड़ना नहीं जानता, क्या इसीलिए वह जो डाल मिली उसी से चिपका रहता है, अलग हुआ नहीं कि असुरक्षित महसूस करने लगता है!

चिड़ियों को दरख़्तों की फुनगियों पर सुला हम बाहर निकल आए। झाड़ियों के बीच बजरी का एक छोटा-सा रास्ता था जिस पर चाँदनी के धब्बे उछले हुए थे। हमारे क़दमों के नीचे कर्र-मर्र होती बजरी। सामने पार्क का मैदान था जहाँ हरियाली पर सफ़ेद चाँदनी की बड़ी चादर फैली हुई थी। धीरे-धीरे चलते हुए हम बीच में कहीं गली से नीचे उतर गए, एक गोल-गोल झाड़नुमा पेड़ की आड़ में। आँखें एक-दूसरे में जाने क्या टटोलने लगीं। होंठों की पत्तियाँ, लपलपातीं, कुछ खोजती... फोहों की तरह दूसरे के घावों पर जीभ फेर देने को व्याकुल। उसके होंठ...हल्के लाल, चिकने...भरे-भरे, वर्षा में भागते नवजात पुरइन-दल से काँप रहे थे। होंठों की वह कँपकँपी...किसी ज्वाला-रेखा की थिरक-सी...जीवन-ज्वाला...आओ मुझमें उतर जाओ...तुम आओ...

हम न बँधते तो जैसे ढह जाते...दूसरा जैसे हमारे प्रश्नों का उत्तर था...चिरन्तन, और हम उससे चिपक गए थे।

"तुम्हारा पास होना मुझमें विश्वास भरता है अनन्त!"

"कहोगी, मैंने दौड़कर तुम्हें पीछे से पकड़ लिया।"

"नहीं, तुम मुझे मिल गए हो।"

"क्या है यह?"

"जानना...या कोई नाम देना ज़रूरी है क्या? जो है बहुत अच्छा है, बहुत क़ीमती।"

"और वह मुक़ाम कब आएगा जब मेरा संयम ढहने लगेगा?"

"ओह..." अलग हो, वह रास्ते पर चलने लगी..."तुम तो बात को पकड़ लेते हो। चिन्ता न करो, आएगा तो बता दूँगी।"

"सिर्फ बताओगी...?"

"तुम्हें सँभाल भी लूँगी, चलो..."

वह उदास है, रोने का मन करता है...सुवर्णा ने फ़ोन पर कहा। मुझे बुलाया। मैं ख़ुश था अपने महत्त्व पर। पहुँचा तो वह इत्मीनान से फ़ोन पर बात कर रही थी। उस पार कोई पुरुष था।

रमेश नहीं...दीपक या सोम भी नहीं...कोई और। सुवर्णा के मुँह से पिघलती हुई हूँ...हूँ...निकल रही थी, बीच-बीच में तुम, तुम्हारा वग़ैरह भी। ख़ासी अपनत्व-भरी बातचीत, हालाँकि इधर से बोलना कम-से-कम हो रहा था।

उसने कभी कहा था—आप भी अच्छा शब्द है। हम तुम पर कैसे और कब पहुँचे...मैं याद करने की कोशिश करने लगा। क्या जिस रास्ते हम पहुँचे, उसी रास्ते ये दोनों पहुँचे या पहुँच रहे थे...क़स्बई मानसिकता! मैंने स्वयं को झिंझोड़ा।

"तुम्हें कोई काम है इधर...आसपास?" फ़ोन रखकर उसने पूछा।

काम...? मैं चौंका। मैं किसी काम के लिए तो इधर नहीं आया था, उसके लिए आया था...उसने बुलाया था।

"मतलब हो तो कर आओ—इस बीच मैं एक मीटिंग निपटा आती हूँ।"

"मुझे तो इधर कोई काम नहीं है।"

"अच्छा तो यहीं बैठो, मैं जल्दी हो आती हूँ।"

मुझे कोई और मौक़ा दिए बग़ैर, काग़ज़-पत्तर समेट वह चली गई। मैं इधर-उधर पड़ी कोई पुरानी पत्रिका उलटता-पलटता, कुछ फ़ोन आदि से दिल बहलाता

हुआ बैठा रहा। उसका कमरा बदल गया था इस बीच। दीवार पर चित्र नए थे... पर उन्हीं-उन्हीं जगहों पर लगाए थे उसने जहाँ वे पुराने कमरे में थे।

मेरे फ़ोन छोड़ते ही उसके आने शुरू हो गए...एक के बाद एक। मैं उठाता नहीं था तो जैसे वे बन्द होने के पहले और चीख़ते थे। इतना बड़ा सर्किल था उसका! मुझे लगा मैं बाजार में बैठा हूँ।

वह पूरे एक घंटे बाद आई। पीछे से मुझे थपथपाती हुई कमरे में घुसी और फ़ौरन ही अपनी चीज़ें समेटने लगी।

थकान का एक पूरा-का-पूरा गट्ठर तब मेरे माथे पर रेंग रहा था। बोझ की वजह से मैं ठीक से उसकी तरफ़ देख भी नहीं सकता था।

"आय एम सो सॉरी! चलो, आइसक्रीम खाएँगे...ख़ूब घूमेंगे..." बच्चों को आइसक्रीम!

कार में बैठते समय मैंने उसके हाथ में पत्रिका देखी जो वह बैठक से लाई थी। पत्रिका में नाम लिखा था—श्याम मोहन। उससे मैं परिचित था। जहाँ तक मैंने समझा था सुवर्णा फ़ोन पर उसी से बातें कर रही थी जब मैं आया था।

वह एकदम खिली हुई थी। मैं उसमें उस उदासी को खोज रहा था जिसका ज़िक्र उसने फ़ोन पर किया था। उसकी उदासी सोखने मैं आया था पर वह सुख मेरे भाग्य का नहीं था, शायद। वह उदास जब थी, तब थी...अब उदास मैं था। मेरे अन्दर क्या हो रहा है...वह काफ़ी-कुछ भाँप चुकी थी...पर वह और मैं भी उस चीज़ को दूर रखने की कोशिश कर रहे थे।

हम बाहर आ गए। हल्की बूँदाबाँदी से ज़मीन चिपचिपा आई थी। चलते हुए बड़ा ही लिस-लिस लग रहा था। एक तरफ़ बाँसों के उलझे हुए घने दरख़्त थे... झुरमुट। गर्मी में यही जगह ताज़ा-ताज़ा ठंडक से लबालब होती है, इस मौसम में थोड़ा-बहुत सूखी होगी...बरसात में गर्म मूँगफली की तरह। झुरमुट के पार एक पुरानी ख़ूबसूरत इमारत दिखती थी...मैं उधर जाना चाहता था लेकिन सुवर्णा आइसक्रीम के ठेले की तरफ़ बढ़ गई। बारिश के बावजूद उसने औरेन्जबार ख़रीदी।

"कुछ बात करो न..." चाटते हुए चलते-चलते उसने कहा, कुछ झुंझलाकर।

मैं कोशिश करके भी कुछ बात नहीं कर पाया। हमारी रफ्तार में कहीं फ़र्क़ आ गया था। एक बेंच पर हम जा बैठे। मैं उसकी आँखों में झाँकने लगा। उन आँखों में कतराना कहीं नहीं था...मैं क्या उसे सही-सही पढ़ सकता हूँ, समझ सकता हूँ? मेरे दाएँ हाथ को अपनी गोद में लिये वह मेरी भाग्य-रेखाएँ पढ़ने लगी। "तुम्हारी हार्ट लाइन वीनस की तरफ़ झुकी है और वीनस भी कितना उठा हुआ है...यह देखो, तुम्हारी उम्र...लम्बी है और तुम्हें कोई बड़ी बीमारी नहीं होगी।"

“उम्र लम्बी होना ही काफ़ी होता है क्या?”

“क्यों नहीं...मुझे तो अपनी उम्र लम्बी ही चाहिए।”

“क्या फायदा...अगर करने के लिए कुछ ढंग का न हो, क्या करना चाहोगी तुम लम्बी उम्र में?”

“जो अब कर रही हूँ।”

“बुढ़ापे में?”

“तब दूसरी चीज़ें होंगी...बुढ़ापे की अपनी अलग सुन्दरता है।”

थोड़ी देर में हम उठकर चलने लगे और चलते रहे...चलना मुझे हल्का कर रहा था। हम एक बड़े मकबरे पर आ पहुँचे। मुख्य दरवाज़ा खंडहर लेकिन अन्दर की इमारत काफ़ी-कुछ साबुत...एक भीमकाय इमारत में सिर्फ़ एक मकबरा! ऊपर जाने के लिए ज़ीना। मैं कुछ सीढ़ियाँ चढ़ा...उसकी तरफ़ मदद का हाथ बढ़ाया। मेरा हाथ पकड़कर वह दो सीढ़ियाँ चढ़ी, फिर मना कर दिया...सीढ़ियाँ ऊँची-ऊँची थीं। वह नीचे उतर गई। उसके पीछे-पीछे मैं भी नीचे आ गया, क़ब्र के इर्द-गिर्द डोलने लगा...तभी वह पीछे से आकर मेरी गरदन पर क़रीब-क़रीब झूल गई। वह स्पर्श...हम नि:शब्द हो गए। किसी दूसरी ही भाषा की डोर ने हमें बाँध दिया था। उसे न देख पाते हुए भी मैं उसमें डूब गया...समाधि एक लम्बे अव्यतीत क्षण की।

एक क्षण ही...पर पूरा डूब जाना...जहाँ हमारे अलग-अलग शरीर, हमारा अलग अस्तित्व...सब जैसे घुल गए थे। सब ख़त्म...हम भी...यह अहसास भी ख़त्म कि हम ख़ुद से ऊँचे उठ गए हैं उस क्षण, कुछ न होने का पूरा और भरा-भरा अहसास! कौन-सा सुख है यह...इस लोक का तो नहीं है, हर किसी के साथ, क्यों नहीं ऐसी अनुभूति होती? इस दैवी सुख के आगे क्या सब कुछ बेमानी नहीं है—वह कौन है, किसकी है...क्या है...जैसी है वैसी क्यों है?

हम खंडहरों में थे...पर हाथ में जैसे एक मशाल आ गई थी जिसकी रोशनी में खंडहर भी ख़ूबसूरत और अपने थे। हम कुछ ढूँढ़ रहे थे जो ज़िन्दगी की ओट था पर जो हमें बुला रहा था।

बाहर आते समय हमारे हाथ एक-दूसरे में गुँथे हुए थे और हम क़रीब-क़रीब सटकर चल रहे थे।

“मुझे लगता है कि तुम्हारा हाथ यूँ लिये हुए मैं सबके सामने निकल सकती हूँ...” वह कह रही थी।

उसकी आँखें मुझे आश्वस्त कर रही थीं जैसे कि कह रही हों—मैं वह नहीं हूँ जो सब हैं, वह भी नहीं जो दिखती हूँ। मैं, मैं हूँ। मुझे समझो...पहचानो...

7 अक्तूबर, 1977

विवाहेतर सम्बन्ध...भारतीय परिवेश में! अगर ये सम्बन्ध ग़लत हैं तो फिर बन क्यों जाते हैं? विवाह के बाद आदमी और औरत क्या जीवित व्यक्ति ही नहीं बचते कि उनके दूसरों से सम्बन्ध बनें ही नहीं!

दैवी सुख की अनुभूति...यह क्या मात्र भुलावा है...छल, जैसा कि हम अक्सर हर उस अनुभूति को कहते हैं जो हमारी पकड़ के बाहर होती है या फिर बार-बार, रोज़-रोज़ हमारे अनुभव का हिस्सा नहीं होती। यह तो जीवन को बेहद सीमित कर देना हुआ।

मैं क्या चाहता हूँ जीवन से...कोई अर्थ है यहाँ या कि बस उम्र की लड़ पर रेंगते हुए बीत जाना-भर है। अगर सिर्फ़ बीतना-भर है तो बीच-बीच में अर्थ की तलाश...यह बेचैनी क्यों उठती है, एकदम तृप्ति-भरे जीवन में भी उदासी की हल्की छाया क्यों पड़ती रहती है, क्यों कोई पूरा सुखी नहीं हो पाता? दूसरी तरफ़ से देखें कि अगर जीवन सिर्फ़ शरीर-यात्रा है, इसके अलावा कुछ नहीं है यहाँ... तो फिर आदमी कैसी भी तकलीफ़, दुःख, निराशा के बीच जीवित क्यों बना रहता है...बड़ी-से-बड़ी दुर्घटना के बाद भी उठ खड़ा होता है...क्या सिर्फ़ इसलिए कि मर नहीं सकता...या कि जीने में निहित कुछ है...कोई नैतिकता...जीना जैसे कोई पवित्र अनुशासन है जिसका उल्लंघन आसानी से नहीं किया जा सकता...वह क्या है जिसके लिए यह स्वतःप्रेरित अनुशासन है?

मन में प्यार के लिए विशेष ललक उठती है। मनोवैज्ञानिक इसमें कई दूसरी चीज़ें भी ढूँढ निकालेंगे। वे इसे एक रोग मान सकते हैं और उसके कई उपचार भी सुझा सकते हैं...पर मेरा मन इतनी सीधी-सीधी व्याख्याओं से सन्तुष्ट नहीं हो पाता।

क्यों ऐसा हुआ है कि उससे मिलने के बाद बाहर का जीवन भी सँवरता दिखा, उसके साथ जिस पूर्णता की अनुभूति होती है, वह किसी दूसरे के साथ क्यों नहीं?

मेरे लिए हर तरह के अवसर सामने हैं—बेहद पढ़ा-लिखा व्यक्ति, सफल पत्रकार...बौद्धिक बन सकता हूँ...आध्यात्मिक विकास की तरफ़ जा सकता हूँ, और कुछ नहीं तो पैसे या पदोन्नति की महत्त्वाकांक्षाओं में तो पड़ ही सकता हूँ। क्या मैं जीवन के दूसरे महत्त्वपूर्ण पक्षों की उपेक्षा करने जा रहा हूँ...पर वह तो होता ही है जब हम किसी एक लाइन को पकड़ लेते हैं। नहीं पकड़ते तो फिर हर तरफ़ थोड़ा-थोड़ा मुँह मारते हुए अध-प्यासे-से फिरते रहते हैं जीवन-भर, जीवन में कुछ करने, पाने या होने-जैसा कोई सुख फिर हमारा नहीं होता। जिस दिशा में मैं प्रेरित हूँ वहाँ क्या हासिल करने का सुख मेरा होगा? वैसा कुछ हो या न हो पर यह

निश्चित लगता है कि प्रेम आडम्बर के मलबे को हटाकर हमारा एकदम प्रामाणिक स्वरूप हमारे सामने ला देता है...यही क्या कोई कम प्राप्ति है?

वैसे जीवन के सन्दर्भ में कुछ हासिल करना, कुछ कर गुज़रना...ऐसी परिकल्पनाएँ मुझे बेमानी लगती हैं। वहाँ जहाँ सब कुछ ख़त्म ही होना है अन्ततः, वहाँ किसे प्राप्ति कहा जाए? चूँकि सब कुछ ख़त्म होता है...इसीलिए शायद हर व्यक्ति की कशिश कुछ ऐसे के लिए होती है जो ख़त्म न हो। मुझ-जैसे साधारण व्यक्ति की यह कशिश जीने के क्रम में ही व्यक्त होती है...शायद प्रेम नश्वर के बीच किसी अनश्वर के लिए हमारी ललक का मूर्त रूप है। बाहर से देखो तो प्रेम में सब कुछ और भी तेज़ी से ख़त्म होता दिखता है...पर दरअसल ख़त्म होता नहीं। पूरेपन की अनुभूति वहाँ बेशक क्षणिक हो समय की माप से...लेकिन वह अपने पीछे कितना कुछ छोड़ जाती है...कितना कुछ।

रस्साकशी

एक शाम उसके घर जाने का तय हो गया था, ऐसे ही चलते-चलते। "आना, हैव सम ड्रिंक्स, मैं भी तुम्हारे साथ थोड़ा-सा लूँगी।"—सुवर्णा ने कहा था।

"रमेश मना नहीं करते?"

"इसमें मना करने की क्या बात, क्या मैं कोई पियक्कड़ हूँ? वह ख़ुद ही कभी-कभी बनाकर मुझे देता है। छोटा-सा पैग गरम पानी के साथ पिओ तो गला, जुखाम वग़ैरह ठीक हो जाता है। आना, बातें करेंगे।"

पहुँचा तो दोनों ने एक साथ ही मेरे लिए दरवाज़ा खोला, जैसे दोनों ही मेरा इन्तज़ार कर रहे थे। मेरा आना उन्हें अच्छा लग रहा था—'वैलकम'...सुवर्णा की तो ख़ैर आँखों से झलक रहा था, पर रमेश के मुँह से बाकायदे निकला। वह चुस्ती जो रमेश में पहले झलक-झलक गई थी, आज जैसे उसका स्थायी-भाव थी। वह पैंट-बुशर्ट में था, पैरों में पेशावरी सैंडिले, पॉलिश से चम-चम। मुँह चिकना और बाल करीने से काढ़े गए।

वैलकम कहते हुए वह थोड़ा-सा झुका, आवाज़ में भी अतिरिक्त गरमाहट। पहली बार जब मैं यहाँ आया था तब स्वागत के लिए उसका स्वर सामान्य ही रहा था...मद्धिम, वही जो बोलने में होता था...एक-सा, न ऊँचा, न नीचा। आज उसमें उत्साह था...साफ़-साफ़।

रमेश मेरे पास बैठा। बातों के लिए उसने उस दिन के अख़बार की कोई रिपोर्ट उठा ली। उस पर चलते हुए हम धीरे-धीरे देश की सामाजिक-राजनीतिक स्थिति पर सरक गए। मैंने कहा, आजकल हिंसा बहुत बढ़ रही है तो उसने आँकड़ों से बताया कि दूसरे देशों के मुकाबले भारत में हिंसात्मक घटनाएँ अब भी कम हैं। फिर पुलिस की बात उठ गई। उसका कहना था कि ग्राफ़ पर आबादी, बेकारी और साथ-साथ अपराध ऊपर चढ़ते चले गए, अब भी ऊपर जा रहे हैं...लेकिन पुलिस

कर्मचारियों की संख्या वही वर्षों पहले की है। उनकी मदद के लिए जो उपकरण हैं वे बहुत पुराने हैं और प्रशासनिक ढाँचा, कार्यप्रणाली वग़ैरह बाबा आदम के ज़माने के चले आ रहे हैं। बराबरी से पुलिस पर दबाव बढ़ते चले जा रहे हैं—हर चीज़ के लिए पुलिस...हर चीज़ के लिए वही जिम्मेदार, कोई गाली देने से नहीं चूकता...।

बातचीत में भी रमेश वैसा ही था जैसा कि देखने में—साधारण और साफ़ विचार—वही जो अफ़सर वर्ग के होते हैं, विशेष अपने कुछ नहीं। विश्वास उतने ही गहरे जैसे कि मद्धिम आवाज़...ज़्यादा गहरे होने से व्यक्ति दकियानूस दिखने लगता है! हमारी बातचीत...पटरी पर लुढ़कते इंजन-सी उठती थी तो विश्लेषण के स्तर पर ही...भावना, आस्था...कुछ नहीं। कुल मिलाकर वह एक तराशा हुआ व्यक्ति था, जिसकी हर चीज़ सलीके की हो जाती है। मिलो तो अच्छा लगेगा, पर थोड़ी देर को ही। न मिलो तो कोई फ़र्क़ नहीं पड़ेगा। मैं बड़ी जल्दी ऊब आया। सोचने लगा—ये बातें हममें क्या जोड़ती हैं आख़िर? जानकारी थोड़ी-बहुत बढ़ाती हों तो बढ़ाती हों लेकिन हमारे तबके के लोगों का अच्छा-ख़ासा वक़्त इन्हीं बातों में जाता है। शायद इनसे हम बीच-बीच में अपने-आपको दिलासा देते चलते हैं कि हम जड़ नहीं हैं, देश के बारे में भी सोचते हैं, कुछ विचार रखते हैं।

रमेश की जानकारी अच्छी थी। नौकरी में उसकी ख्याति भी अच्छी सुनी जाती थी। चारों तरफ़ थोड़ा-थोड़ा अच्छा...इसी से घिरा बैठा था मैं...कब से।

"अच्छा आप क्या लेंगे...चाय, कॉफ़ी, शर्बत..." रमेश ने पूछा और जैसे मुझे उबार लिया, अपनी अच्छाई से ही।

"रमेश, लैट्स गिव हिम सम ड्रिंक्स..." सुवर्णा बीच में आ गई, बड़े ही सहज ढंग से। अभी तक कभी भीतर कभी बाहर करती रही थी, मुझे पूरी तरह रमेश पर छोड़े हुए।

'ओ.के., व्हॉट वुड यू लाइक टु हैव...व्हिस्की, रम, जिन?" रमेश हिन्दी अच्छी-ख़ासी बोल लेता था, इतनी देर से बोल ही रहा था, पर व्हिस्की वग़ैरह आख़िर विदेशी चीज़ें थीं...शायद इसीलिए अंग्रेज़ी में ही पूछी जानी थीं।

"थोड़ी-सी रम ले लूँगा।"

"यस...इन इंडिया, वी मेक गुड रम...व्हिस्की सो-सो...।"

वह आलमारी की तरफ़ बढ़ गया। पॉलिश से चमकती लकड़ी की उस आलमारी का नीचे का एक खाना बार था। भीतर सिर्फ़ चार-पाँच बोतलें थीं, वह भी आधा भरी हुईं। ख़ाली गिलास भी जैसे नमूने के बतौर रखे गए थे, गिनती के ही—बियर, व्हिस्की और वाइन के लिए अलग-अलग। ऐसा लगता था कि बार कुछ-कुछ ज़बरदस्ती ही बना लिया गया था...घर में यह भी होना चाहिए!

रमेश ने गिलास में बड़े पैग से थोड़ा ज़्यादा ही रम डाली और मेरी तरफ़ पीठ किए ही पूछा—"सोडा और वाटर?"

"पानी, बग़ैर बर्फ़!"

"अच्छा, बर्फ भी नहीं?"

"कोई परहेज नहीं है, पर आज नहीं लूँगा।"

रमेश एक ही गिलास बनाकर लाया और मेरे सामने रख दिया।

"आप?"

"मैं नहीं पीता।"

पहली बार उसमें कोई ख़ासियत नज़र आई, सभी में कुछ-न-कुछ निकल ही आती हैं!

"मुझे तो शराब की हर घूँट कविता की नई पंक्ति-सी लगती है। एस्थेटिक प्लेज़र लगता है पानी, बशर्ते मात्रा कम रहे..." सुवर्णा को प्रभावित कर गई वह बात, शोरगुल के बीच भी कोई महत्त्वपूर्ण चीज़ हाथ से नहीं जाने देती थी वह।

'चियर्स' करके मैं शुरू हो गया, लेकिन बड़ा ऊल-जलूल लग रहा था। मैं चुस्की लेता हुआ...वे मुझे देखते, मज़ा लेते हुए।

"रमेश, मुझे भी थोड़ी-सी दो न...थकी हूँ।" सुवर्णा अब जैसे मुस्तकिल तौर पर हमारे पास बैठने को आ रही थी।

"नहीं, तुम्हें ज़रूरत नहीं है।"

"रमेश, प्लीज़!"

"नो!"

रमेश का स्वर सूखा था, पर चेहरे पर समानान्तर एक ख़ास चिकनाहट... कान्ति उतर आई थी, जैसे कि अधिकार...अथॉरटी...इनमें ही उसका व्यक्तित्व समग्रता प्राप्त करता था। उसने अफ़सर की तरह दो-टूक निर्णय लिया था और उस पर अडिग था। उसने यह भी साफ़-साफ़ जाहिर कर दिया था कि वह इस बात के ख़िलाफ़ था कि उसकी पत्नी किसी और के सामने शराब पिए। दूसरी चीज़ों में अमीरों की नक़ल करते हुए भी यहाँ वह अपने मध्यवर्गीय संस्कार को कसकर पकड़े हुए था। यह उसकी दूसरी ख़ासियत थी जो उभरी थी।

सुवर्णा सहम-सी गई, आगे माँग नहीं की...यह भी प्रकट नहीं किया कि वह कहीं से आहत हुई है। उलटे हमारे साथ और सक्रिय रूप से जुड़ने के ख़याल से स्टूल खिसकाकर हमारे पास ले आई और अब तक जो बातों में दूर-दूर रही थी... अब जमकर उतरने लगी। मेरी तरफ़ पूरी तरह मुखातिब होकर उसने धीरे-धीरे दूसरे विषयों की बातें शुरू कर दीं—साहित्य, नाटक, कला, दर्शन। रमेश को इनमें क्या

दिलचस्पी...वह चुप होता चला गया। रमेश उपेक्षित महसूस न करे...इसलिए मैं बीच-बीच में उसकी तरफ़ लौटना चाहता पर...सुवर्णा रास्ते में आ जाती, बात का कोई नया जोड़ लिये हुए...और हम फिर अपने रास्ते चल पड़ते। एकाध बार मुझे लगा जैसे वह जानबूझकर ऐसा कर रही थी।

रमेश ढीला-ढाला दिख रहा था अब। मुझे तब लगा कि चुस्ती उसके अपने व्यक्तित्व का हिस्सा नहीं थी। उसे मिली थी, अफ़सरी से, जो ख़ास मौकों पर चिलक उठती थी। एक वैसा मौक़ा थोड़ी देर पहले था...कुशल मेज़बान की तरह गरमाहट से स्वागत करने का, दूसरा सुवर्णा को पीने से मना करने का...दोनों गुज़र चुके थे। जब तक कोई तीसरा मौक़ा उपस्थित नहीं हो जाता, उसे ढीला ही महसूस करना था। उसकी चुस्ती रोल का मोहताज थी।

"लीजिए, अब यह शुरू करिए...कब से उसे लिये बैठे हैं...?" कहीं बातों के बीच ही मेरे सामने रम का नया गिलास बनाकर ठक-से रख दिया रमेश ने, जब कि अभी मेरा पहला गिलास ही ख़ाली नहीं हुआ था। कब वह उठा और कब गिलास बना लाया...पता ही न चला। जो ख़ुद न पी रहा हो उसका इस तरह पिलाना, दूसरे को इस तरह बेवजह पियक्कड़ समझ लेना...थोड़ा अपमानजनक लगा। मुझे हैरत हुई कि जो बाहर से इतना सीधा, सौम्य नज़र आता है, वह भीतर से इतना लम्पट कैसे हो सकता है। पैग भी उसने फिर ख़ासा बड़ा बनाया था। क्या उसका इरादा यह था कि मैं धुत्त हो जाऊँ? मैंने गिलास की तरफ़ ख़ास ध्यान नहीं दिया...और पहले की तरह बातों में डूबा रहा। मेरी तटस्थता से भन्नाकर जैसे वह उठा और रिकॉर्ड-प्लेयर पर एक रिकॉर्ड चढ़ा आया...पश्चिमी संगीत का रिकॉर्ड, तेज़ वॉल्यूम पर...और फिर ख़ुश-ख़ुश मेरी तरफ़ आया।

"इसे सुनिए, जो भी सुनता है फिर सुनता ही चला जाता है..."

हमारी बातें बन्द हो गईं। मुझे मजबूरन वह रिकॉर्ड सुनना पड़ रहा था। उठकर जाने का मन था, लेकिन एक पूरा गिलास ख़ाली करने को पड़ा था। एक बार तो तबीयत हुई कि मैं भी उसी असभ्य तरीके से नए गिलास को वैसे ही छोड़कर चल दूँ।

"अब मेरे लिए और मत बनाइएगा..." मैंने रमेश को पहले से ही मना कर दिया।

"बस?"

वह एक शब्द...व्यंग-भरा स्वर, जैसे कि वह कह रहा हो कि तीसमारखाँ तो बहुत बनते थे, माद्दा इतना ही निकला...या कि जैसे वह अपनी अमीरी दिखा रहा हो कि हम तो थे दरियादिल, अब तुम्हारी औकात ही इतनी निकली!

हल्के नशे में मुझे उसकी नादानी पर और भी हँसी आ रही थी। सोच रहा था कि अगर मैं शराब थोड़ी ज़्यादा पी लूँ और लड़खड़ाने लगूँ तो...तो वह सुवर्णा

को बता सकेगा—देखो, ये हैं तुम्हारे दोस्त! मैं इसीलिए तुम्हें सबके सामने शराब नहीं पीने देता...लेकिन अगर मकसद ऐसा ही कुछ हो तो शराब के साथ कुछ उलटा-सीधा मिलाकर भी दिया जा सकता है।

वे बातें जिनमें हम थे जब अंग्रेज़ी रिकॉर्ड ने हमें उखाड़ दिया...वे क्या थीं... उस कर्कश आवाज़ के बीच मैं फिर उन्हें याद न कर पाया, हालाँकि सुवर्णा सामने ही बैठी थी, पहले की तरह। मैं नरम-ख़याली के मूड में था, उखड़ने लगा।

"चलना चाहिए।"

"तुम्हें रिकॉर्ड अच्छा नहीं लगा, तुम्हारी संगीत में दिलचस्पी नहीं दिखती। होना चाहिए...इट एड्स...।"

वह थी, मुझसे पहली बार निराश हुई दिखती थी। थोड़ी-थोड़ी हर चीज़ में दिलचस्पी की अपेक्षा थी मुझसे।

"मैं नहीं सोचता संगीत, कला या धर्म सिर्फ़ दिलचस्पी की चीज़ें हैं...या कि एक और चीज़ फायदे की हमने जोड़ ली...बस। ये आदमी की ज़रूरतें हैं, हम पर भीतरी प्रभाव डालती हैं...आत्मिक संगीत के ज्ञान से वह प्रभाव कम-ज़्यादा हो सकता है।

"मुझे संगीत का बिलकुल ज्ञान नहीं तो भी भारतीय संगीत भीतर कुछ करता है, जबकि पश्चिमी संगीत एकदम ऊपर से बह जाता है। संस्कार कह लीजिए।"

"तुम्हारी पहली बात सही हो सकती है पर दूसरी एकदम नहीं। संगीत, संगीत है, मुझे तो यह रिकॉर्ड भी उतना ही मूव करता है जितना रविशंकर का सितार।" सुवर्णा ने तर्क दिया।

"जैसे आजकल डिस्को...अब वह सिवाय पागल हल्ले के और क्या है?"

"वाह! उसका अपना संगीत है, संगीत भी पीढ़ियों के साथ बदलता चलता है, हाँ, उसका मज़ा लेने के लिए समझ चाहिए।"

रिकॉर्ड चल रहा था। कोई नहीं सुन रहा था, रिकॉर्ड और संगीत को लेकर हम बहस में उलझे थे, अपने-अपने पक्षों की एक-एक दलील मोहरों की तरह आगे बढ़ाते हुए। सुवर्णा और मैं जो कुछ देर पहले ही जुड़ने-जोड़नेवाली बातें कर रहे थे...अब क़रीब-क़रीब झगड़ रहे थे, तर्क-दर-तर्क। रमेश मज़ा ले रहा था। थोड़ा नशे की वजह से मैं कुछ ज़्यादा बोल रहा था...और थोड़ा कर्कश भी। मुझे अपनी बकबक साफ़ सुनाई दे रही थी। वे दोनों एक तरफ़ हो गए थे।

"चलूँगा..." मैं उठ खड़ा हुआ। अपनी नज़रों में और नहीं गिरना चाहता था। गिलास को मुँह में उड़ेला और दोनों से नमस्ते कर बाहर को निकल लिया। वे दोनों भी उठ गए।

"रमेश! आई सी हिम ऑफ..." दरवाज़े पर से ही सुवर्णा ने रमेश से कहा।

रमेश ने रिकॉर्ड बन्द कर दिया और बार को सँजोने में लग गया। हम अपने पीछे दरवाज़ा बन्द कर बरामदे में निकल आए और बाहर के गेट की तरफ़ चलने लगे।

"बोर हो गए?" उसने कहा।

"नहीं, बेकार की बहस में उलझ गया।"

"बेकार की क्यों?"

"बहस होती ही बेकार है। कड़वाहट पैदा करती है...कुछ नहीं निकलता उससे।"

"ऐसा नहीं है। हमें दूसरे का नजरिया पता चलता है, अपनी बात को तौलने-परखने का मौक़ा मिलता है। कभी-कभी बहस करना चाहिए।"

उसके लिए तो हर चीज़ अच्छी है...पर मेरे लिए भी तो हर चीज़ उतनी ही आसानी से बेकार की। हममें से कौन सही है...क्या मालूम!

मैं कुछ कहने जा रहा था कि देखा, रमेश क़रीब-क़रीब दौड़ता हुआ हम तक आ पहुँचा था...मुझ पर शराब का असर देखना चाहता था या कि पत्नी को एक पियक्कड़ के साथ छोड़ने का जोखिम नहीं उठाना चाहता था।

मैंने हाथ जोड़े, जवाब में दोनों के हाथ भी जुड़े। सुवर्णा की जुड़ी हथेलियों के पीछे वही मुस्कराती आँखें...दीयों-सी टिमटिमातीं। चलने के लिए मुड़ने को हुआ तो उसने एक हल्का हाथ मेरी बाँह पर मार दिया।

साढ़े छः बजे शाम। रमेश कब का दफ़्तर से आ गया है, सुवर्णा नहीं पहुँची है। जान-बूझकर वह थोड़ी देर से ही निकला घर के लिए, सुवर्णा तब भी नहीं पहुँची। चलने से पहले उसे फ़ोन किया था, वह अपने कमरे में नहीं थी। दफ़्तर पाँच बजे बन्द हो जाता है पर ऐसा अक्सर होता है कि रमेश पहुँचे और घर में स्वागत के लिए नौकर के अलावा कोई नहीं...कभी-कभी वह भी इधर-उधर। लड़के खेल-कूद में। बरामदे में बैठकर रमेश अकेले ही चाय पिए— सबेरे का अख़बार या कोई पत्रिका वग़ैरह पलटते हुए। ऐसे में उसे लगता है कि पत्नी का क्षेत्र घर ही होना चाहिए—पति दिन-भर की भागा-दौड़ी के बाद घर आए तो कोई पास बैठनेवाला तो हो!

सबेरे दफ़्तर में एक बड़े अफ़सर का फ़ोन आया। रमेश उनसे मिल चुका था, सुवर्णा ने परिचय कराया था। उनके फ़ोन भी घर पर आते रहे हैं, पर सुवर्णा के लिए ही। आज रमेश के लिए था...मन में उत्सुकता, हल्की फुरफुराहट।

"सुवर्णा मुझे अपने कमरे में लंच दे रही हैं, बारह बजे। तुम भी आ जाओ!"

"यस सर!"

स्थिति कैसी भी हो, बात कोई भी...बड़े अफ़सर के लिए लचक-भरा 'यस सर' ही निकलता है, आदतन। न करना तो दूर, बहाना करने की बात भी मन में नहीं आ सकी उस क्षण। बाद में ज़रूर सोचता रहा कि क्या कोई बहाना किया जा सकता था? नहीं...बड़े अफ़सर को बुरा लगता।

बात कुछ और होती अगर रमेश और मिसेज रमेश की तरफ़ से बड़े अफ़सर को घर बुलाया जाता, वह निमंत्रण देने गया होता...या कि सुवर्णा ने कम-से-कम उसके साथ बैठकर ही योजना बनाई होती। ख़बर मिली बाहर के व्यक्ति से!

रमेश समय से पहुँच गया। बड़े अफ़सर के अलावा अनन्त भी, वह बड़े अफ़सर का परिचित है। बातों से पता चलता है कि श्याम मोहन भी आनेवाला है। सुवर्णा आगे-आगे, हमेशा की तरह...रमेश पीछे, एक किनारे की कुर्सी पर। वह सिर्फ़ उन्हीं बातों का जवाब देता है जो उससे ही पूछी जाती हैं। अगर सवाल बड़े अफ़सर के हों तो जवाब कुछ ज़्यादा ही नम्रता के साथ...रमेश को अपनी वह नम्रता चुभती भी है, जब देखता है कि उसी शख़्स से उसी वक़्त उसकी पत्नी किस आत्मविश्वास से बातें कर रही होती है...चहकती हुई।

श्याम मोहन का फ़ोन। वह नहीं आ सकता, व्यस्त है। यहाँ सभी उस वर्ग के हैं जो व्यस्तता का मतलब ख़ूब जानते हैं। क्या हो गया...सुवर्णा के कहने-भर से ही भागा चला आया करता है। नहीं आ रहा होगा क्योंकि यहाँ वह केन्द्रबिन्दु नहीं हो सकेगा, बड़ा अफ़सर किसी दूसरे को कैसे होने देगा।

लंच के बाद सभी बड़े अफ़सर को नीचे छोड़ने जाते हैं। रमेश उनके लिए कार का दरवाज़ा खोलता है।

"रमेश, तुम चले जाओ साथ में...छोड़ने।"—सुवर्णा का सुझाव।

रमेश बड़े अफ़सर के साथ कार में बैठ जाता है, पीछे छूट जाते हैं सुवर्णा और अनन्त।

बड़े अफ़सर के दफ़्तर पहुँचकर कार रुकी कि रमेश पहले उतर जाता है। दूसरी तरफ़ से कार खोलने के लिए भागता है, लेकिन तब तक बड़े अफ़सर उतर चुके होते हैं। जो लंच में कैसे हँसी-मज़ाक़ कर रहे थे, वे ही कार में गम्भीर बने रहे...और अपने दफ़्तर के पास पहुँचकर एकदम औपचारिक हो गए। बड़े अफ़सर धन्यवाद देते हुए हाथ मिलाते हैं और फिर अपने कमरे में दाखिल हो जाते हैं, एक बार भी रमेश को आने, कॉफ़ी वग़ैरह के लिए नहीं कहते। रमेश समझता है--अनुशासन का हिस्सा है यह सब, वह ख़ुद अपने मातहतों के साथ ऐसा ही करता है।

क्या सोच रहा था वह...हाँ, पत्नी और घर। कोई ज़रूरत नहीं थी कि सुवर्णा नौकरी करती। सुवर्णा ने कहा उसके लिए ज़रूरी है तो फिर रमेश ने मना नहीं किया...

पर बात नौकरी तक ही कहाँ रही। अब सुवर्णा अगर ज़्यादा मिलनसार है तो रमेश को भी इस बात की क़द्र करनी चाहिए। यह जाहिर करना ही कि उसे यह पसन्द नहीं कि पत्नी के इतने दोस्त हों...यह ओछापन हो जाएगा। सुवर्णा के दोस्त घर आएँगे और रमेश को वे पसन्द नहीं, फिर भी साथ बैठना है, उनमें दिलचस्पी लेना है!

आख़िर क्या है जो रमेश को पसन्द नहीं...यह कि सुवर्णा के इतने सारे अपने दोस्त क्यों हैं...वह किसी से इतनी आत्मीय क्यों हो...वह रमेश के ही दोस्तों तक ख़ुद को सीमित क्यों नहीं रखती...या कि सिर्फ़ एक खराश है यह कि उसकी पत्नी सुन्दर है इसलिए लोग उसे घेरे रहते हैं, बड़े अफ़सर भी उसके यहाँ लंच करते हैं। उस दरबार में रमेश की उपस्थिति...एक मुसाहिब की तरह ही! सुवर्णा को हर तरह के दोस्त चाहिए—एक कवि तो दूसरा कलाकार, तीसरा पत्रकार तो चौथा खिलाड़ी। वह कहती है कि उनके जरिये वह घर बैठे-बैठे ही उन-उन संसारों के बारे में जान लेती है, लेकिन जानने से फायदा...जबकि आपको रहना अपने संसार में ही है...रमेश को यही समझ में नहीं आता।

कोई फ़र्क़ नहीं पड़ता अगर वे दोनों अपने-अपने ढंग से जिएँ...लेकिन फिर कहीं कोई फ़र्क़ पड़ने लगता है। वे कुछ घंटे जब पति-पत्नी एक-दूसरे के पास होते हैं, तब भी अगर पत्नी के जेहन में दूसरे ही उतराते रहें...कभी-कभी सुवर्णा बहुत थकी हुई लौटती है, जो बचा वह बच्चों पर लगा दिया। रात को रमेश ने थोड़ा अपनी तरफ़ खींचने की कोशिश की, तो—'रमेश! प्लीज़...मैं थकी हूँ, कितना काम था आज!' अक्सर तो वह सिर-दर्द की शिकायत लिये ही आती है। रात होते-होते गोलियाँ गुटकना शुरू कर देती है ताकि...ऐसा होने लगा है कि अपना सबसे अच्छा वह बाहर के लिए रखती है, बचा-खुचा रमेश के लिए।

चाय ठंडी हो गई है। उसे फेंककर रमेश पॉट से नई चाय उड़ेलता है...दूसरा कप। सामने घर का बगीचा अलसाया पड़ा है। गेट की वह बड़ी लता अब भी घनी-घनी छायी हुई है पर नीचे से सूख रही है...सुवर्णा के ध्यान में पता नहीं आया या नहीं। बगीचे का रख-रखाव तो वही करती है।

सुवर्णा की कार भीतर घुसी...हल्की धूल उड़ाती पीछे की तरफ़ चली गई। वह आ रही है...तेज़-तेज़ क़दम। रमेश बरामदे से ही उसे आता देखता रहता है। वह हाँफती हुई आती है, धम्म-से ख़ुद को सामने की कुर्सी पर पटक देती है जैसे कि हाथ के पर्स को बगल की कुर्सी में।

"कितनी बेकार की होती हैं ये शाम की मीटिंगें...समय साढ़े-चार का जानबूझकर रखा जाएगा...और फिर बेवजह खींचते चले जा रहे हैं...फ़ालतू की बातचीत चलेगी...रमेश, कैन आइ हैव ए कप ऑफ़ टी?"

"क्या तुम्हारी इस मीटिंग में चाय नहीं मिली?"

"वह तो पाँच के आसपास थी...अब तो साढ़े छः से ऊपर हो रहे हैं।"

"ओह!"

यह जानते हुए भी कि सुवर्णा का मतलब है, रमेश चाय बनाकर दे...रमेश बिना कुछ कहे चाय की ट्रे सुवर्णा की तरफ़ खिसका देता है। ट्रे में पहले से ही एक ख़ाली कप रखा है, कब से सुवर्णा का इन्तज़ार करता हुआ...वह देख ले। रमेश का ट्रे खिसकाना...सुवर्णा को हल्की-सी कुरेद चुभती है, फिर वह बनाने लगती है।

सुवर्णा की मीटिंग...श्याम मोहन की व्यस्तता। रमेश को इन शब्दों के मतलब थोड़े-बहुत मालूम हैं। किसी से न मिलना हो कहलवा दो—मीटिंग में हैं। मीटिंगों पर विश्वास करना ही पड़ता है क्योंकि वे हर दिन, हर वक़्त, हर किसी के साथ और हर जगह होती हैं। आज उसके ही वर्ग के हथकंडे रमेश को दिक़्क़त में डाल रहे थे। सुवर्णा की मीटिंग हो भी सकती थी, नहीं भी।

"तुम्हें समय से घर लौटना चाहिए।" रमेश की आवाज़ ठंडी...पर जैसे सुवर्णा को जलती हुई छड़ छू गई हो। चाय बनाते-बनाते वह रुक जाती है, पैनी दृष्टि से रमेश को देखती है। उस छोटे-से जुमले के ठंडेपन के नीचे कहीं सख़्ती थी, अधिकार की।

"नौकरी में चाहिए और चाहने-मायनेवाले शब्द नहीं होते।" सुवर्णा का जवाब उतना ही सख़्त है।

"तुम्हारी मेरी तरह की नौकरी नहीं है कि देर से आना ही पड़े।"

"तुम्हारा मतलब है, मैं ही घर जल्दी नहीं पहुँचना चाहती?"

"यह मैं कहाँ कहता हूँ, पर दूसरी औरतें भी तो नौकरी करती हैं, वे कैसे समय पर लौट आती हैं। जो नहीं आतीं उनके बारे में फिर लोग तरह-तरह की बातें करते हैं।"

"मुझे लोगों से नहीं तुमसे मतलब है, तुम क्या कहते हो...क्या सोचते हो...और तुम यह जानते हो कि मैं सब औरतों की तरह नहीं हूँ, मेरा अपना व्यक्तित्व है..."

बात वहीं पहुँचकर भटक जाती है, हर बार की तरह। ख़ामोशी के काँटे इधर-उधर से गड़ने लगते हैं। रमेश को कोफ़्त है कि वह इन्तज़ार करता रहता है। सुवर्णा को तकलीफ़ है कि वह जब थकी-माँदी घर पहुँचती है तो सिर्फ़ नसीहतें...ताने... उसके स्वागत के लिए होते हैं। कुछ देर दोनों अलग-अलग अपने-अपने चाय के प्यालों से हिलगे रहते हैं।

"रमेश, कहीं तुम मुझ पर शक तो नहीं करते...तुम्हारी बातों में कुछ ऐसी ही बू है, जैसे मैं कहीं और गई थी। तुम्हें मालूम है कि मैं तुमसे छिपाकर कुछ नहीं करती। मेरे सभी दोस्तों के बारे में तुम्हें मालूम है। मुझे जब उनके साथ जाना होता है, तुम्हें बता देती हूँ...फिर मैं क्यों कहीं छिपकर जाऊँगी...मुझे क्या ज़रूरत!"

"मैं चाहता हूँ कि यह शाम का समय तो साथ बीता करे...फिर रात को तो अक्सर मुझे ड्यूटी पर जाना ही होता है।"

"वह मैं भी चाहा करती हूँ।" और यह चाहना ही असली चीज़ है, समय की पाबन्दियाँ नहीं, जो तुम थोपना चाहते हो। तुम यह भी जानते हो कि मैं इस तरह के बन्धन पसन्द नहीं करती।"

वह उठ जाती है, नाराज। अपने जीवन में किसी क़िस्म के दख़ल को वह यों ही कुचलकर रख देती है...कुछ-कुछ इस तरह कि रमेश ही छोटा महसूस करने लगे। रमेश कहीं नहीं पहुँच पाता। पहुँचा भी कहाँ जा सकता है, जब सुवर्णा को अपने रास्ते चलना है और रमेश को पीछे छूटते रहना है। कभी अगर दोनों को साथ चलना भी है तो वह पीछे-पीछे घसीटा जाता रहेगा...जैसे आज के लंच में। सुवर्णा कहा ही करती है कि अगर उसके दोस्त ज़्यादा हैं और रमेश के कम हैं या कि उसे घूमना-फिरना पसन्द है, रमेश को नहीं तो इसके लिए वह क्या कर सकती है। रमेश अक्सर ऐसा महसूस करता है कि उन दोनों के साथ दफ़्तर बराबर बना रहता है। घर में भी वे पति-पत्नी नहीं, दो सहकर्मी हैं। उन दोनों में भेद-ही-भेद हैं...टकराहट के ढेरों मुद्दे...जिन्हें कम-से-कम वह दाबे रहता है, इस तरह बचाता है...लेकिन टकराहट हुई तो उसे फिर दोस्ती या प्यार में बदलने के लिए क्या है उनके पास?

रमेश से यह शिकायत की जाती है कि वह घर के मामलों में दिलचस्पी नहीं लेता। अब अगर शुरू से ही सुवर्णा का रवैया ऐसा रहा है कि हर चीज़ में उसे आगे आ जाना है, अपनी बात ही मनवाना है...वह चाहे घर में रंग की बात हो या कि बगीचे में कौन पौधा कहाँ लगेगा...तो अब रमेश की भी आदत हो गई है कि हर चीज़ को पत्नी पर डाल दे। वह सँभाल ही लेगी...रमेश आगे बढ़ा तब भी, पीछे रहा तब भी। सुवर्णा आगे आए बग़ैर रह ही नहीं सकती।

सुवर्णा बाथरूम में घुस जाती है, अपने आप पर काबू पाने के लिए...

रमेश की शिकायतें इसलिए हैं कि उसके मन में औरत का एक बना-बनाया खाका है, जिसके बाहर की कोई भी तस्वीर उसके गले के नीचे नहीं उतरेगी, लेकिन रमेश यह भूल जाता है कि वह दफ़्तर में काम करनेवाली औरत है, सिर्फ़ औरत नहीं। रमेश को उन तनावों का अहसास ही नहीं जो उसकी पत्नी के लिए हर वक़्त मौजूद होते हैं...बराबर, चाहे वह घर में हो या दफ़्तर में या दोस्तों के साथ—दफ़्तर का काम...उसके तनाव, बच्चों का ख़याल, सामाजिकता निबाहना, घर चलाना, सब कुछ एक साथ। ये हर वक़्त सुवर्णा को अलग-अलग दिशाओं

में खींचते रहते हैं। दफ़्तर में कोई यह न कह सके कि वह किसी भी तरह आदमी से कम है, घर में रमेश, सास-ससुर या कोई भी यह न महसूस करे कि उसके काम पर जाने की वजह से गृहस्थी पर ध्यान नहीं दिया जा रहा, बच्चों को यह न लगे कि उनकी माँ काम पर जाती है, इसलिए उन्हें पूछनेवाला कोई नहीं। रमेश को क्या है—सिर्फ अपना दफ़्तर। उसे तो यह भी पता नहीं चलता कि घर कैसे चल रहा है—कहाँ से चावल आ रहा है, दाल कब आई...और यह तो वह सोच ही नहीं सकता कि सुवर्णा एक अलग व्यक्ति भी है। कुछ उसकी अपनी...निहायत अपनी चीज़ें भी हो सकती हैं—ज़रूरतें, सरोकार या इनकी खोज—अपनी ज़िन्दगी के बारे में सोचना, पूरेपन की तलाश या कि कुछ भी जिसे वह ठीक-ठीक अपने लिए भी नहीं रख पाती अभी।

सभी रोल बख़ूबी निबाह ले जाती है वह। कहीं फिसलती है तो पत्नी के रोल में ही और यह इसलिए कि रमेश उस पर ज़रूरत से ज़्यादा निर्भर है। वह एक सीधा-सादा आदमी है, इतना सीधा कि अक्सर सूखा भी लगता है। उसकी अपनी कोई दुनिया ही नहीं। दफ़्तर के बाद...बस, घर और बच्चे। उसके अपने कोई दोस्त नहीं। जो बने हैं वे सुवर्णा के मार्फ़त ही। रमेश कह सकता है कि वह उसे बहुत चाहता है, लेकिन बच्चे होने के बाद बात सिर्फ़ चाहने-भर की नहीं रह जाती। रमेश को बच्चों में भी कोई दिलचस्पी नहीं। सब कुछ सुवर्णा पर छोड़कर वह इत्मीनान में रहता है। घर में जितनी देर रहेगा, अख़बार पढ़ता रहेगा। अक्सर तो नाश्ते की मेज़ पर अख़बार लिये हुए आ जाएगा और उसके बाद दफ़्तर...जैसे कि घर से उसका ताल्लुक सिर्फ़ सोने, खाने और अख़बार पढ़ने से ही है। घर की सारी जिम्मेदारी पत्नी सँभाले, बाजार करे, गृहस्थी चलाए; यहाँ तक कि घर में कहाँ क्या सजावट होना है, कौन पर्दे कहाँ लगाने हैं यह भी वही देखे। बच्चे स्कूल जाते हैं या नहीं, पढ़ने में कैसे हैं, कमज़ोर हैं तो क्या करना है, यह सब बीवी देखे...और वह चाय पीता हुआ हुकुम चला दे कि सुवर्णा को समय से घर आ जाना चाहिए। रमेश घर में पैसा लाता है तो वह भी लाती है...तो फिर हर जिम्मेदारी बराबरी से बाँटना भी क्यों नहीं? पिछले कुछ महीनों से एक और सवाल बड़ी बारीकी से उनके बीच उठने लगा है...उनमें से किसकी तनख़्वाह का कितना हिस्सा ख़र्च हो रहा है। हो सकता है कि यह सिर्फ़ बैंकों में अलग-अलग खाते रखने की मजबूरी से हो! उसे यह सुविधा ज़रूर है कि वह रमेश के खाते से चाहे जितने पैसे निकालने का फैसला कर सकती है लेकिन रमेश से कहते वक़्त संकोच क्यों महसूस होने लगा है, क्या कहीं यह भी है कि दोनों अपने-अपने खातों में ज़्यादा-से-ज़्यादा पैसा रहने देना चाहते हैं? घर के मसलों को बातचीत से सुलझाया जा सकता है। बातचीत

होती भी है। रमेश हर चीज़ के लिए तैयार हो जाता है...जो भी, जैसा भी सुवर्णा कहे, लेकिन जब करने की बात आती है तो कुछ नहीं...उसका रवैया वही पुराना... वैसा ही। ऐसे में लगता है कि ख़ासा ठस आदमी है रमेश। अक्सर सुवर्णा बच्चों के भविष्य को लेकर घबरा उठती है—रमेश का बच्चों से एक बड़ा ही औपचारिक-सा सम्बन्ध है और वह भी उनकी माँ के मार्फ़त ही, अलग से कोई नहीं। ऐसे में बच्चों की मानसिकता क्या बनेगी, हर चीज़ के लिए वे किसकी तस्वीर सामने रखकर चलेंगे? वह ख़ुद बच्चों को चाहे जितना प्यार दे डाले पर क्या पिता की कमी पूरी कर सकती है? कभी-कभी दहशत होने लगती है कि ऐसे माहौल में पले बच्चों में असुरक्षा की भावना ज़रूर उग आएगी! क्या करेंगे वे जीवन में? उसे अपना बचपन याद आता है...कैसे माँ-बाप एक-एक चीज़ का ध्यान रखते थे, पता ही नहीं चलता था कि क्या किससे मिली। उसे अपने माँ-बाप से जो मिला उसका एक-चौथाई भी उसके बच्चों को मिल रहा है क्या?

अभी तो फिर भी हालात को बदलने की छटपटाहट है, वह भी जाती रहेगी तब? कितना अजीब है यह सिलसिला कि पहले कशिश साथ होने की होती है। जहाँ साथ हुए, तो धीरे-धीरे एक-दूसरे को हड़प लेने की महीन-महीन लड़ाई चालू हो जाती है—वह रमेश को पानी बना सकेगी या रमेश उसे पत्थर बना लेगा...

नहीं, रमेश एक सीधा और नेक इनसान है, उसकी परेशानियाँ भी इसीलिए हैं...धीरे-धीरे सब ठीक हो जाएगा।

"रमेश..." वह बाहर निकलकर आवाज़ देती है। रमेश अन्दर आ जाता है।

"अब छोड़ो भी यार...हमने साथ-साथ सिनेमा कब से नहीं देखा। चलो, रातवाला शो चलते हैं। मैं जल्दी से खाने का इन्तज़ाम कराती हूँ..."

पानबहार

सुवर्णा ने घड़ी देखी और फ़ोन लगाया—'मैं बोल रही हूँ।' उसके बाद 'हूँ... हाँ', बोलना कम, उधर का सुनना ज़्यादा। मैं सामने बैठा था इसलिए वह खुलकर बात नहीं कर पा रही थी। जो फ़ोन पर था वह फ़ौरन आना चाहता था। सुवर्णा कसमसा रही थी ...आख़िर उसने धीरे-से कह दिया—'आ जाओ।'

कुछ ऐसा होने लगा था कि उससे दफ़्तर में जब भी मिलने जाओ, मुझे बग़ैर आमना-सामना हुए इस व्यक्ति से टकराना ही था...वह जो फ़ोन के पार था। मेरे सामने अपनी तरफ़ से फ़ोन वह कम ही करती थी...पर ऐसा हो ही जाता था कि मैं फ़ोन की उन बातों के आसपास होता। जब पहुँचता तब बातें हो रही होतीं, या जब वहाँ होता तो दूसरी तरफ़ से फ़ोन आ जाता। यहाँ तक होने लगा था कि घंटी बजी और मुझे, कुछ-कुछ सुवर्णा को भी अन्देशा होने लगता कि वही फ़ोन होगा... और वही निकलता जैसे कोई बाकायदे ध्यान रखता हो कि इस वक़्त मैं उसके यहाँ हूँगा। वैसा नहीं था...तो फिर दूसरे मायने यही निकलते थे कि उस शख़्स से सुवर्णा की न केवल रोज़ बल्कि दिन में कई बार बातें होती थीं। बातें भी वही... जैसे धीरे-धीरे बर्फ घुल रही हो और अक्सर सुवर्णा की तरफ़ से एक ही तरह की समाप्ति...'फ़ोन करूँगी'...

हम अकेले होते थे फिर भी जैसे कोई तीसरा व्यक्ति हमारे बीच लगातार मौजूद रहता था।

फ़ोन पर बात ख़त्म होते ही मैंने आज्ञा माँगी, सुवर्णा को असुविधा में नहीं डालना चाहता था। उसने रुकने के लिए एक बार भी नहीं कहा, उलटे उठकर फ़ौरन खड़ी हो गई। मुस्कुराहट में फैलती हल्की लिपस्टिक, पिघलती हुई नज़रें..."अच्छा...!"

मैं चलने को हुआ। वह पास आई। एक झटके में मुझे चिपकाया और जल्दी ही चूमकर छोड़ दिया...एक हरकत...निर्जीव, निष्प्रयोजन, कुछ आया न गया।

कहाँ डुबाते हुए वे क्षण जो मैंने उसी के साथ अनुभव किए थे, कहाँ यह मशीनी स्नेह-व्यापार।

"आज तुमने सिगरेटें कम पी हैं..." वह मुझे शाबाशी दे रही थी, ख़ुश-ख़ुश..."फ़ोन करना"...मुस्कुराता उसका चेहरा। एक हाथ आधा उठा, 'बाय' करता हुआ।

मैं बाहर के गेट पर पहुँचकर ही रुका। सड़क पर इधर-से-उधर दौड़ती सवारियाँ ...बसें, स्कूटर, कारें, टैक्सियाँ। लोगों की भीड़...हर कोई दूसरे-जैसा, किसी की अपनी कोई पहचान नहीं। आदमी कहीं जाता हुआ भी नहीं दिखता था, जैसे ठेला जा रहा हो...इधर-से-उधर, उधर-से-इधर!

श्याम मोहन की कार इमारत के अहाते में घुस रही थी। एक्ज़िट सीज़र—एंटर एंटोनियो!

श्याम मोहन से मेरा थोड़ा-बहुत परिचय था। बीच की श्रेणी का एक अफ़सर। फिलहाल मंत्रालय में तैनात था, इसलिए थोड़ा ज़्यादा ही महत्त्वपूर्ण। जैसा इकहरा शरीर वैसा ही व्यक्तित्व, सीधा-सपाट। हर बात को मज़ाक़ में लेना और उसी पर बिठाए-बिठाए ओट कर देना, जैसे ज़िन्दगी की कोई चीज़ उसे हिला नहीं सकती थी क्योंकि ज़िन्दगी ही एक बड़ा मज़ाक़ थी। लड़कियों को आसपास रखने का शौक़ था। उनसे रौनक रहती थी, और हर पल तबीयत मस्त। बहुत चुनने-चुनाने की भी ज़रूरत नहीं। उसकी महफिल में कोई भी चलती थी...सुन्दर भले न हो पर सुस्त नहीं होनी चाहिए, बस। जिस पद पर वह था उसकी वजह से लड़कियाँ भी उससे चिपकी रहना चाहती थीं—कोई-न-कोई काम, कुछ-न-कुछ उम्मीदें। उनकी मदद का रास्ता निकालना...इसी में श्याम की होशियारी और दोस्ती थी। जो जमावड़ा श्याम मोहन के यहाँ इकट्ठा होता था, वह हमेशा हा-हा हू-हू करता रहता था, थोड़ा गम्भीर होता था तो सिर्फ़ श्याम मोहन से अपने काम की बात करते वक़्त ही।

जो दफ़्तर में, वही घर में। छोटा-सा परिवार। पेंचीदगियाँ एकदम बाहर। पत्नी अपनी नौकरी पर, लड़का-लड़की अपनी पढ़ाई पर...सब अपने-अपने में व्यस्त। पढ़ाई की देख-रेख की जिम्मेदारी बाहर मिशनरी स्कूल और अन्दर एक ट्यूटर पर जो एक दिन लड़के को, दूसरे दिन लड़की को पढ़ा जाता था। सरकारी मकान का सर्वेंट-क्वार्टर एक परिवार को दे रखा था—आदमी श्याम के घर का बाहरी काम देखे, औरत भीतर का। श्याम की पत्नी का काम इन लोगों से काम लेना। कुशल प्रशासक की तरह जिम्मेदारियाँ बाँटकर श्याम मुक्त था—दफ़्तर की फ़ाइलों के लिए और हँसने के लिए। जिसके लिए हर चीज़ खिलवाड़ और हँसने की थी, उससे अन्तरंग सम्बन्ध होना क्या जोड़ता होगा सुवर्णा में? वे उन्हीं दो सोफ़ों पर

बैठेंगे पास-पास, जहाँ थोड़ी देर पहले हम थे...श्याम शायद ठीक उसी जगह, जहाँ मैं था। सोफ़ों के बीच बड़ी गोलमेज़ पर जो दो कॉफ़ी के ख़ाली प्याले अक्सर पड़े मिलते थे...वे...

आज गोलमेज़ पर पीछे छूटा हुआ मैं था।

•

'प्रेस-कॉन्फ्रेंस की रिपोर्ट ले जाइए...मेरे पास आपके लिए और कुछ नहीं है...कल कुछ मैटर देंगे...ड्राफ़्ट चाहिए? दूसरा हिस्सा दो-चार दिनों बाद...

एक के बाद दूसरा, दूसरे के बाद तीसरा चला आ रहा है। सुवर्णा को सबकी तरफ़ ध्यान देना है, हर से मुस्कुराकर बात करनी है। मंत्री की प्रेस कॉन्फ्रेंस एक घटना होती है। उसकी रिपोर्ट और सम्बन्धित चीज़ों को प्रेस में देने के लिए प्रेस-कॉन्फ्रेंस के फ़ौरन बाद का समय बड़ा जानलेवा होता है।

लोग आ रहे हैं, जा रहे हैं, लेकिन विनय हिलगा हुआ है...कभी कुछ पढ़ता, कभी डायरेक्टरी में कोई फ़ोन नम्बर ढूँढ़ता, कभी फ़ोन करता, कभी आनेवाले को देखता, कभी सुवर्णा को बात करने के लिए अपनी तरफ़ घसीटता हुआ और कभी सिर्फ़ सुवर्णा के फुरसत हो जाने का इन्तज़ार करता हुआ!

शहर के बाहर से आया जिसके पास समय-ही-समय होता है।

"कल सबेरे की गाड़ी से मुझे जाना है..." थोड़ी देर को कमरा ख़ाली हुआ तो उसने सुवर्णा से कहा। मतलब साफ़ था...डेढ़ दिनों से आया हुआ है, सुवर्णा व्यस्त रही है। आज आख़िरी दिन है जब वे साथ हो सकते हैं।

"हाय अनन्त!" अनन्त के प्रवेश पर उसका बुझा-बुझा स्वागत। सुवर्णा के मन में हल्की खीझ। दो दिनों को व्यस्त हो आओ, फिर सभी एक साथ...इसीलिए वह समय तय किया करती है ताकि 'ऑर्गनाइज' किया जा सके पर कभी ऐसा नहीं भी हो पाता, दूसरों की वजह से। अनन्त भी आज ज़रूर मिलना चाहता था। कहना पड़ा—'आ जाओ, दफ़्तर से थोड़ा पहले निकल लेंगे।'

जब से विनय आ टपका, यों ही बिन बताए...तभी से सुवर्णा उसे कई तरह के कार्यक्रम सुझा रही थी—यहाँ हो आए, वहाँ हो आए, बारह बजे का सिनेमा देख आए, 'अर्थ' पिक्चर अच्छी है, दोपहर बाद वह ख़ाली हो जाएगी...पर वह बन्दा इशारे को न पकड़ने का जैसे फैसला किए बैठा है। कभी डायरेक्टरी में कुछ ढूँढ़ेगा, इधर-उधर फ़ोन करेगा और फिर कभी खोया-खोया-सा सिर्फ़ सुवर्णा की तरफ़ देखता रहेगा...चेहरा दीन! शायद डरता है कि एक बार वह गया तो सुवर्णा फिर व्यस्त हो जाएगी, पता ही न चलेगा कि कहाँ है।

सुवर्णा ने विनय और अनन्त का परिचय कराया और फिर अपने काम में लग गई...एक-के-बाद एक आते हुए लोग।

"क्या प्रोग्राम बना तुम्हारा?" फुरसत पाते ही सुवर्णा ने विनय से पूछा, सीधा और खड़ा सवाल।

"कल सबेरे जा रहा हूँ।"

"कल का नहीं आज का"...सुवर्णा का स्वर थोड़ा सख़्त।

"आज...आज तो कुछ नहीं, बस तुम्हारे साथ।"

"मुझे इन्हें लिफ्ट देनी है अभी...साढ़े छः बजे तक घर पहुँच जाऊँगी। तुम सीधा वहीं पहुँच जाओ।"

"ठीक है फिर। मैं एक दोस्त के यहाँ हो आता हूँ। वहाँ अगर फँस गया तो नहीं पहुँच सकूँगा...अगली बार सही।"

विनय ने भी अपनी तरफ़ से एक झटका छोड़ दिया। सुवर्णा ने कुछ नहीं कहा और जैसे बग़ैर परवाह किए हुए बाहर निकलने के लिए पर्स वग़ैरह उठाने लगी। वह एक फ़ोन और करने के बहाने वहीं लटका रहा...हल्का उदास हो आया। अनन्त और सुवर्णा बाहर निकल आए।

"एक मिनट रुको...मैं अभी आई।"

गैलरी से एकाएक वह कमरे में लौट गई जैसे कुछ भूल आई हो।

"देखो...खाना साथ ही खाएँगे," सुवर्णा ने विनय से कहा—"साढ़े छः बजे तक ज़रूर पहुँच जाना...मैं इन्तज़ार करूँगी।"

वह मुस्कुराई, फिर बाहर निकल गई, पर्स में कुछ रखने-जैसा दिखाते हुए।

"परसों इतवार को सास-ससुर आ रहे हैं..."—रास्ते में वह अनन्त से कह रही थी—"कहलवाया है कि मेरे हाथ का बना वैजीटेरीयन खाना खाएँगे। मुझे बनाना आता नहीं। खाना पकाने की किताबें देखनी होंगी। इतना काम और इतवार को भी आराम नहीं। काम करनेवाली औरत पर यह साफ़-साफ़ ज़्यादती है। बच्चों के इम्तहान भी पास आ रहे हैं, उन्हें पढ़ाना है...और ये मीटिंगें...सेमिनार, जान ले लेंगे...पर छोड़ो वह सब...अच्छा हुआ निकल लिए...मैं बेहद थकी हूँ। तुम्हारे साथ थोड़ा हल्का हो सकूँगी।"

बाहर सुवर्णा की कार। फिर पास के पार्क की तरफ़...मैं पीछे छूटे हुए के बारे में सोच रहा था।

"वह ग़लत समय पर आया...निराश होना पड़ा।"

"कौन?"

"वहीं जो कमरे में था...बेचारा!"

"आई नो...लेकिन पुराने वक़्त की ख़ातिर आख़िर कब तक?"

"पुराना साथी है?"

"हाँ, रमेश का दोस्त है। कभी उसका हमारे यहाँ काफ़ी आना-जाना था। एक समय जब वह मुझ पर काफ़ी 'कीन' था। रमेश की तैनाती बाहर हो गई, तब भी आता-जाता रहा। फिर इसका भी तबादला लखनऊ का हो गया। अभी भी वहीं है, एक-दो दिन को कभी-कभी आ जाता है।"

"मामला कहाँ तक आगे बढ़ा था?"

"कोई ख़ास नहीं।"

उसका ख़ास जुमला जिसकी आड़ में वह आराम से सच...सिर्फ़ सच बोल लेती थी। मैं कुरेदे जा रहा था।

"क्या कभी साथ सोना भी?"

"हट!"

"उसके अलावा कुछ 'किसेज़?'"

"याद नहीं...हो सकता है एक-दो बार..." बेहद लापरवाही से उसने कहा, चेहरा पैना हो आया था।

"आपकी पसन्द की दाद देता हूँ!" मुझे विनय में वाकई कहीं से कुछ भी तो ऐसा नहीं दिखा था जिसके लिए उस-जैसी लड़की उसे पास भी फटकने देती।

"मैंने यह तो नहीं कहा कि मैं उसे पसन्द करती थी। क्या रोक सकती हूँ लोगों को? तुम्हें बताया था मेरे साथ यह होता आया है कि मुझे लोग पसन्द करने लगे ...और वह भी बड़ी जल्दी..."

उस क्षण वह बहुत साधारण हो आई थी। क्या था उसके भीतर जो उसे हर किसी ऐरे-गैरे के लिए प्रस्तुत कर देता था, जो इस बात में ही सुख ढूँढ़ता था कि लोग उसे पसन्द करते हैं...साथ ही वह कौन-सी गाँठ थी जो उसे एक हद के आगे फिर किसी से जुड़ने भी नहीं देती थी? जैसे दरवाज़ा खटखटाकर वह शैतान बच्ची की तरह भाग जाती थी...या कि उसे यह तुष्टि चाहिए थी कि उसके लिए एक साथ कई बेचैन रहें? लोग उसे ख़ूबसूरत मानें, उसके दरबार में आएँ, तारीफ़ करें और वह सबको टाँगे रहे। या कि इस तरह की कोई सुनियोजित योजना नहीं थी, सिर्फ़ एक बदहवासी थी कि जो भी टकराए उसके साथ खेलते-कूदते चलो...मन का चुनाव करने का समय ही जीवन कहाँ देता है!

"मैंने तुम्हें बताया था, शायद..." अन्त में उसने कहा।

उसने नहीं बताया था। कितने और भी क़िस्से होंगे जो यों ही इधर-उधर पड़े होंगे, स्मृति-भंडार के किसी कोने में। इतनी जल्दी-जल्दी एक स्थिति से निकलकर

दूसरी पर जाना, दूसरी से फिर पिछली में लौटना...क्या वह...क्या वह मुझे एकदम नकारकर शाम को विनय के साथ पूर्ववत हो सकेगी?

आसपास बड़े-बड़े दरख़्त...ऊपर नीला आकाश और नीचे हरी-हरी घास। वह हवा पीती हुई-सी चलने लगी...कुछ-कुछ उन्मत्त, प्रकृति से जैसे अपना अपनापन लेती हुई। पुरुषों का साथ उसे भटकाता है तो प्रकृति के पास पहुँचकर जैसे वह ख़ुद को पा लेती है। कितना ही कलुषित होकर आए, प्रकृति उसे धो देती है...ताज़ा कर देती है। तभी तो वह बार-बार प्रकृति के पास होने को दौड़ती है।

कमरे की झिक-झिक मन से उतर चुकी थी, सुवर्णा हल्की हो रही थी। अब वह सिर्फ़ मेरे पास होने को जीना चाहती थी। हम घास पर बैठ गए।

"ख़ूबसूरती क्या वह है जो किसी एक क्षण अनायास ही उग आती है—किसी में हँसने से, आत्मीय या करुण हो जाने से—या कि कोई स्थायी भाव है जो किसी के साथ बराबर जुड़ा होता है?" मैं उससे पूछ रहा था।

"तुम बहुत बड़ी-बड़ी बातें करते हो...पर पहले यह बताओ कि मुझमें कौन-सी ख़ूबसूरती तुम्हें दिखाई देती है या कि मुझ पर किस तरह उगती है?"

वह हमेशा ख़ूबसूरत होती है उन क्षणों को छोड़कर जब तार्किक बनने या होशियार दिखने की कोशिश में उसके चेहरे पर एक पैनापन आ बिछता है। तब वह सस्ती हो जाती है...अपनी तारीफ़ से ख़ुश, या कि ऐसे किसी अहसास से ही ख़ुश कि लोग उस पर 'कीन' हैं।

"तुम्हारी ख़ूबसूरती तुम्हारा हिस्सा है। वह उगती नहीं, होती है...सिर्फ़ कभी-कभी चली जाती है थोड़ी देर को।"

उस क्षण ऐसा लगा जैसे मैं उसे समझने लगा हूँ, धीरे-धीरे। उसके भीतर एक जिजीविषा है जो किसी की भी तरफ़ लपकती है। मेरे भीतर एक राख है जिसमें बाहर से कोई चिंगारी आकर चमक पैदा कर दे तो कर दे...वरना वह राख ही रहेगी। उसका गुण चमकना था, मेरा बुझा रहना। उसकी जैसी चमक के लिए एक होशियारी भी चाहिए थी...न सोचने की होशियारी! उछल-कूद में क्या मिलता है, क्या यह सब उसे और भी विभाजित नहीं करता चला जाता...इस तरह की बातें वह नहीं सोचती थी। एक पढ़ी-लिखी ख़ूबसूरत महिला, आर्थिक रूप से आत्मनिर्भर...वह देखती है कि सभी उसके पैरों पर लोटने के लिए आतुर हैं...तो वह भी सभी को अपने ढंग से देखना, इस्तेमाल करना चाहती है...जहाँ तक और जैसे वह चाहे। नारी के सदियों से चले आ रहे बन्धनों के बाद न केवल मुक्ति का अहसास बल्कि मनुष्यों की दुनिया को अपने ढंग से चलाने के सुख की प्रतीति भी।

"तुम्हारे दोस्तों को मैं बहुत पसन्द नहीं कर पाया। जितनों से मिला वे सब थर्डरेटर हैं, मुझे मिलाकर।"

"मैं ऐसा नहीं मानती। सबमें कोई-न-कोई ख़ास बात है, बाहर से नहीं दिखता।"

"अच्छा, तुम्हारे दोस्तों में कोई ऐसा भी है, जिसकी कमी तुम्हें इतना खटके कि बर्दाश्त के बाहर हो जाए।"

"पता नहीं...ये सब बातें मेरी समझ में नहीं आतीं। मैं इस तरह सोच नहीं पाती।"

धूल की एक परत मेरे चेहरे पर आ बिछी। वह अब भी किसी मिसमिसाहट के बीच थी...कुछ ऐंठ रहा था उसके भीतर।

"शायद मेरे अन्दर भी वह है...बिल्ली...कैटिश...यू नो...लेकिन मैं सोचती हूँ वह मेरा बहुत ही फ़ालतू पक्ष है। मेरी कशिश अपने जीवन के लिए कुछ बेहतर ढूँढ़ने की है।"

"और तुम उसे इस तरह ढूँढ़ रही हो?"

"मुझे लगता है, मैं एक सफ़र पर हूँ...शायद कुछ मिल जाए या फिर इसी अहसास पर आ जाऊँ कि जो कुछ मुझे मिलना है वह मुझे अपने भीतर ही ढूँढ़ना होगा।"

"यह तो कितने दार्शनिकों ने हमारे लिए तरह-तरह से सोचकर रख ही दिया है।"

"पर यह तो तुम मानते हो कि हर किसी को अपने दर्शन की खोज ख़ुद ही करनी पड़ती है। किताबी दर्शन एक सीमा के आगे काम नहीं आते। हमें अपना सलीब ख़ुद ही ढोना पड़ता है।"

हम खेल रहे हैं अपने-अपने खेल...दो बच्चों की तरह, जो एक साथ खेलते हुए भी अपने-अपने खेलों में डूबे होते हैं—एक खेल उनका अपना अलग, एक साथ-साथ। मैं छटपटाता हूँ, सिर्फ़ उसी से खेलना चाहता हूँ। वह खेलती है पर जब-कब बड़े बच्चे की तरह फटकार भी देती है...चुप! इस तरफ़ मत देखो, अपना खेलो...

लौटते हुए थोड़ा एकान्त पा मैंने उसे बाँधना चाहा।

"श्याम...नहीं, देखो...कोई आ जाएगा, श्याम...प्लीज़।"

एक बार नहीं, दो-दो बार उसके मुँह से श्याम निकला। ऐसी आत्मीय स्थिति में भी आपके साथी के मन में किसी दूसरे की कल्पना उठे, आपको इस तरह मिटाकर रख दे? श्याम...प्रेम का प्रतीक! राधा को हर जगह श्याम दिखते हैं... थोड़ी देर मेरे मुँह में एक कड़वी हँसी चकलयाती रही, फिर मैं बुझता चला गया।

उसने कुछ नहीं देखा, या कि वह कहीं और पहुँच चुकी थी। रास्ते में कार रोककर उसने मुझे उतारा और 'बाय' करके चली गई।

सुवर्णा घर पहुँची तब तक विनय आ चुका था। वह जानती थी कि तमाम नाराजगी के बावजूद वह सीधा पहुँचेगा, साढ़े छ: के पहले ही। ऐसा सभी के साथ होता है, सुवर्णा को होल्ड है उन पर...लेकिन उस वक़्त अपनी वह ताक़त थोड़ा खली ही उसे। विनय के लिए थोड़ी खीज भी मन में उठी पर उसे दबा लिया सुवर्णा ने।

"हाय विनय! अच्छा किया तुम आ गए। दफ़्तर में कोई-न-कोई आता ही रहता है। अपने लिए ज़रा भी समय नहीं।"

"अनन्त से छुट्टी मिल गई?"

"मैंने पाँच मिनट में नहाया, तब तक तुम ये पत्रिकाएँ देखो।"

फरफराते हुए अपने कमरे में, कभी-कभी अकेले होना भी कितना अच्छा लगता है! वार्ड-रोब खोलकर अपना पर्स फेंका और पहनने के लिए कपड़े निकालने लगी। नीली साड़ी देखकर ख़याल आया कि विनय को नीला रंग पसन्द है...तो नीली ड्रैस ही निकाल ली और बाथरूम में घुस गई। नहाते समय आदतन कोई धुन गुनगुनाती रही। पता नहीं कितना समय लगा...वह चाहे भी तो नहाने में जल्दी नहीं कर सकती, पानी गिरता है तो लगता है जैसे जिस्म पर कोई उँगलियाँ फेर रहा हो। नहाकर निकली तब तक रमेश आ चुका था।

"विनय आया है।" रमेश ने कमरे में आकर बताया।

"हाँ...मैंने खाने पर बुला लिया। तुमसे भी इत्मीनान से मुलाक़ात हो जाएगी। कहता था कि कल जा रहा है।"

"पर आज तो तुमने श्याम को बुला रखा है।"

"सचमुच? यह कैसे? मैं भूल ही गई थी।"

"और मैंने रवि को बुला लिया।"

"दैट बफून...क्या ज़रूरत थी?"

"एक तुम्हारा तो एक मेरा।"

"कोई और नहीं मिला तुम्हें? रमेश प्लीज, थोड़ा बैठो विनय के पास। मैं तैयार हो लूँ। डिनर के लिए भी समझाना होगा।"

रमेश चला गया। वह मेकअप के लिए बैठ गई...निश्चिन्त। ड्राइंगरूम से विनय और रमेश की बातें सुनाई पड़ती थीं पर सुवर्णा के कानों तक पहुँचते-पहुँचते बातें मात्र आवाज़ों की उठती-गिरती टुकड़ियाँ रह जाती थीं। कुछ बज रहा था... बस, ऐसा भान होता था।

रामू को हिदायतें...चिकन, दाल, मीट, कीमा...आलू की सब्ज़ियाँ—सूखी और रसेदार दोनों, सादा दही और खीरे का रायता भी। रामू भुनभुनाया—पहले से ख़बर दी होती तो सामान दोपहर को ले आता। कोई बात नहीं—अभी चला जाए।

मीट दो तरह का और सब्ज़ी चार ज़रूरी हैं। सब्ज़ी बनाने में ज़्यादा परेशानी हो तो एक की जगह भर्ता बना डाले। बाजार जा ही रहा है तो मछली भी देख ले। रामू खीझ रहा था। सुवर्णा अपनी ग़लती महसूस कर रही थी पर घर फ़ोन करने का समय ही कहाँ मिला।

जैसा खाने का मीनू—दिखाने को ज़्यादा, ज़रूरी कम—वैसी ही बातें। सुवर्णा ने आते ही रमेश को उठा दिया...जैसे खो-खो खेल में बैठे हुए खिलाड़ी को पीछे से खो करके उठा देते हैं, हक्का-बक्का वह एक क्षण को खड़े होने की जगह ही तलाशता होता है। रमेश थोड़ी देर को वहाँ हिलगा रहा कि बात का छूटा सिरा तो पूरा कर लेता, पर सुवर्णा ने आते ही जैसे वह सब कच्च-से काट दिया था।

"तुम दिन-भर के गन्दे हो, जाकर जल्दी कपड़े बदलो!" सुवर्णा की आख़िरी झिड़की, रमेश को भीतर जाना पड़ा।

एकदम वैसा तो नहीं...पर कुछ-कुछ वैसा क्षण, जिसको पाने की कोशिश विनय दो दिनों से कर रहा था। मुश्किल से हाथ आया था, इसलिए पाते ही लपक लिया।

"तुम्हारी कमी बहुत महसूस करता हूँ, तुम भी कभी याद करती हो?"

"हाँऽऽऽ!" सुवर्णा ने 'हाँ' को खींचते हुए कहा, नज़रें थोड़ा पिघलती हुईं। "तुम्हारे लिए भर्ता बनवा रही हूँ। मेरी साड़ी देखी...नीला रंग तुम्हें अच्छा लगता है न?..."

विनय कृतज्ञता में मुस्कुराया।

"तुम्हारे तो कई दोस्त हैं?"

"हैं तो! तुम कैसे हो वहाँ...दोस्त बने?"

"हाँ...पर तुम्हारे-जैसा एक भी नहीं।"

सुवर्णा हँसी। तभी श्याम और रवि आ गए...उन्हें देखकर विनय का चेहरा धुँधला गया। सुवर्णा स्वागत के लिए उठ गई। 'हाय'...'हाय' होने लगा। रवि सभी का दोस्त था, विनय का भी। हर-एक से परिचय से थोड़ा ऊपर ही...इतना कि अनौपचारिक हो सके, उसके बाद फिर वह और उसकी बेतकल्लुफी होती थी। जैसे उसके स्थूल शरीर में पैंट से कमीज बाहर निकल-निकल पड़ती थी, वैसे ही उसकी बेतकल्लुफी बही-बही फिरती थी। इधर ज्यों-ज्यों वह रिटायरमेंट के क़रीब होता जाता था उसका बोलना, बात-बात पर हँसना और अपनी तारीफ़ ख़ुद करने की आदत...ये तेज़ी से बढ़ते चले जा रहे थे। जैसे उसे कोई बराबर गुदगुदाता रहता था।

"सो कम्पनी बहादुर!" आते ही रवि, विनय की तरफ़ बढ़ा और उसकी पीठ पर धौल जमाते हुए बोला—"अवध की शामें रास नहीं आ रहीं...तो पुरानी कॉलनी का दौरा करने निकले हो..." जवाब का इन्तज़ार किए बग़ैर वह श्याम और सुवर्णा की तरफ़ मुड़ गया जो एक तरफ़ खड़े-खड़े फुसफुसा रहे थे..."बस यही मुश्किल

है। दो मिले कि दुनिया समझो ख़त्म...हमारे लिए नहीं, आपके लिए ही। अपुन के लिए तो बाहर चकाचक है, यह गोंद-जैसी लिस-लिस फुसुर-फुसुर नहीं...पर सुवर्णा! नए टैस्ट के लिए क्रिकेट टीम का एलान कब करनेवाली हो तुम...और कप्तानी की इज़्ज़त किसे बख्शोगी..."

"रवि, कभी तो सीरियस हुआ करो?" सुवर्णा थोड़ा तीखी हुई।

"सीरियस...? माय डियर, व्हैयर टु और व्हैयर फ्रॉम...कौन है सीरियस... ज़रा बताएँगी? इस देश के नेता या कि अफ़सर, पति या पत्नी, बाप या कि बेटा, तुम या कि श्याम...या कि रमेश, कौन सीरियस है...प्रे शैल आय बी ऑनर्ड विद अ रिप्लाई?"

"अच्छा, अभी बैठो...तो मैं ड्रिंक के लिए कहती हूँ।"

वे बैठ गए, अलग-अलग सोफ़ों में। रमेश भीतर से आया, स्वागत के लिए।

"हाय...मिस्टर हस्बैंड...डियर हबी...हबीबी...भाई शादी करे तो बीवी ख़ूबसूरत हो, रौनक बराबर रहती है।" रवि फिर चहका।

"हलो श्याम...हाउ आर यू...?" रमेश ने श्याम से हाथ मिलाया।

"ठीक हूँ। तुम कैसे हो? सुना तुमने...ग्रैंड लेडी वापस आ रही है।"

"यू मीन मिसेज गुलाटी, कमिंग ऍज व्हाट?" रमेश उत्सुक हो आया। श्याम की यही ख़ासियत थी। उसे पहले पता होता था, रमेश के विभाग की तैनातियों के बारे में भी, जैसे कि आदेश उसके आसपास ही होते हों। ऐसी ही जानकारियों की हवा छोड़कर श्याम एकाएक महत्त्वपूर्ण बन बैठता था।

"वह मारा पापड़वाले को"— रवि बीच में आ गया— "अजी ग्रैंड लेडी और कहाँ बैठेगी! हथिनी को सीट भी अपने कद और वजन की चाहिए। वैसे रमेश, तुम्हारी खुफिया ने कभी यह पता किया कि यह जो मिस्टर गुलाटी है...वह वाकई मिस्टर गुलाटी है? मतलब शादी वाकई हुई भी...कोई सुबूत...गवाह? सिर्फ़ फ़ोटो नहीं चलेंगे। वह तो मोहब्बत करनेवाले गजरे वग़ैरह डालकर होटल के कमरों में फटाफट...बेबी विनय! तुम उदास क्यों हो, माना कि इन दिनों तुम्हारे यहाँ सूखा चल रहा है, पर चलो...यह देखो ड्रिंक आई। उठाओ, चढ़ाओ...देखो फिर कैसी नदियाँ बहती हैं..."

रवि हँसने लगा। श्याम और रमेश, मिसेज गुलाटी की तैनाती के गम्भीर प्रश्न पर उलझे हुए थे। इस महिला की वापसी और प्रशासन...फिर देश के भविष्य पर उसका असर...दोनों तरफ़ से कुछ-न-कुछ चल रहा था। उनके चेहरे गम्भीर थे। सुवर्णा ने ख़ुद को मेज़ पर प्लेटें बिछाने में लगा लिया था। रवि ड्रिंक के गिलासों में सोडा-बर्फ डालने लग गया।

"तुम तो पिओगे नहीं..." उसने रमेश से पूछा—"विकेट-कीपर क्यों पिएगा! तुम श्याम? तुम तो लोगे ही छलिया बाबू, हर बार ही नए अवतार लेते हो...आप बेबी? क्वाटर...या कि हाफ कर दूँ, हिम्मत करके..."

"मैं अपने लिए बना लूँगा।" विनय ने धीरे-से कहा।

"और हुमायूँ क्या करेगा...कुमायुँ में पैदा हो और बदायूँ में मर जाए! मैडम, आप दूर से अपना ताजमहल या कि ताशमहल देखेंगी या कि थोड़ा-बहुत..."

"जी नहीं...थैंक्स। मेरे पास अपनी ड्रिंक पहले से ही है...छाछ...लस्सी!" सुवर्णा आकर विनय के बगल में बैठ गई और श्याम और रमेश की तरफ़ इशारा किया..."क्या बातें हो रही हैं उधर, सोच सकते हो?"

"इस बार तुम्हारे साथ अकेले?"

"अगली बार..." सुवर्णा ने धीरे-से कहा, फिर तेज़ आवाज़ श्याम और रमेश की तरफ़ फेंकी—"क्या अभी भी मिसेज गुलाटी...?"

"नहीं, हम तो यह सोच रहे थे कि भारत को पड़ोसी देशों के मामलों में किस हद तक दख़ल करना चाहिए?"

"आई नो...अगर रूस कर सकता है तो भारत क्यों नहीं, हम किस सुपरपावर से कम हैं? क्यों विनय, तुम क्या सोचते हो?"

रवि ने श्याम और विनय के गिलास उन्हें पकड़ाकर अपना गिलास मुँह में लगाया।

"चियर्स जेंटलमैन।"

"लेडी भी हैं यहाँ।" विनय ने कहा।

"क्या वाकई? चलो, वे पी नहीं रहीं...इसलिए..."

"विनय, क्या तुम भी भारत को औरों की तरह सिर्फ़ एक भूखा और कमज़ोर राष्ट्र मानते हो?" सुवर्णा ने पूछा।

"नहीं, बात वह नहीं है।" विनय ने गम्भीरता से शुरू किया। "बात भीतर कहीं जाकर संस्कृति की है...कल्चर..."

"कल्चर होती क्या है...क्या मैं पूछ सकता हूँ?" श्याम और रमेश इधर को आ गए।

"साइंस का उलटा जो कुछ है, वह कल्चर है।" रमेश था।

"नहीं," विनय बोला, "जो चीज़ें आपको दिखाई दे रही हैं, जिन्हें आप छू सकते हैं—यह गिलास, घर, जॉब, बीवी...वे आपसे छीन लिये जाएँ तो फिर आप जिस चीज़ पर टिकेंगे वह कल्चर है।"

"क्या बात है।" रवि उचक पड़ा— "क्या महीन कताई की है बरख़ुरदार ने...

पर सवाल है कि हर वर्ष छब्बीस जनवरी को राजपथ पर जो परेड होती है वह कल्चर है कि..."

"रवि, तुम्हारे रहते कभी बात कहीं नहीं पहुँच सकती।"

"कौन कहाँ पहुँच सकता है मदाम, आप ही कहाँ पहुँचीं...तो वह तो सिर्फ़ बात है। हमारे यहाँ बड़ी ताक़त बनने से ज़्यादा बड़ा मसला है अपने भूखों को खाना खिलाना...और हर बार पड़ोसी देश बड़े आराम से एक बलवा मचाकर अपनी आबादी का एक बड़ा हिस्सा हिन्दुस्तान में ठेल देते हैं...कितने चालाक हैं, भाई लोग!"

"रवि ने एक पते की बात कही है।" रमेश ने शाबाशी दी।

"आज के ज़माने में यह सब कैसे रोका जा सकता है?" श्याम था।

"जैसे आदमी और औरत का मिलना कैसे रोका जा सकता है...क्यों? सुपरपावर...माइ फुट...भाई गिलासवालो, बातों के साथ-साथ ज़रा गिलास पर भी नज़र रखो। हमारी मोहतरमा मशहूर हैं। थोड़ी ही देर में डंके पर चोट होने लगेगी—खाना तैयार है, खाओ और जाओ..."

"मैं देखती हूँ...क्या तैयारी है?"

"देखा?" रवि ने ख़ुद को शाबाशी दी, श्याम और विनय को अपने-अपने गिलास गुटकने को मजबूर किया और नया बनाकर उनके सामने रख दिया।

"मैं ग़लत नहीं होता हुज़ूर...आँखों के रंग पहचानता हूँ, इसलिए कि सबको देखता हूँ...आप जनाबों की तरह नहीं कि सिर्फ़ इक-दूजे के लिए! चुनचुन चाचा चने और चूँ-चूँ के मुरब्बे को चाय के साथ चबाते-चबाते चौपड़ पर चौपट हो गए...और छोड़ गए अपने भतीजे रवि को दुनिया की बकवास बर्दाश्त करने!"

"तुम्हें हर बातचीत बकवास लगती है, रवि?" श्याम ने गम्भीरता से पूछा।

"आप लोगों की तो ज़रूर ही।"

"जब 'इंटलेक्चुअल्स' की बातें बकवास हैं तो फिर..." विनय ने शिकायत की।

"जी हाँ।...'इंटलेक्चुअल्स'...की ही बकवास हैं।"

"उसमें तो फिर आप भी शामिल हैं।" श्याम ने कहा।

"यह इंटलैक्चुअल की जाति तो साली कॉक्रोच की तरह बढ़ रही है...जिसने भी अंग्रेज़ी बोलनी सीख ली, हो गया। ग़लती से मैं भी ग़लत सोहबत में पड़ गया कि फिर निकलना ही नहीं हो पा रहा...और मदाम हैं कि सारी दुनिया को देखेंगी, हमारी तरफ़ एक नज़र भी नहीं।"

सभी हँस पड़े, खाने की मेज़ के पास से सुवर्णा भी। पार्टी गरम हो गई थी।

"तुम्हारा क्या ख़याल है यह जो मैच भारत जीता, उसके पीछे कोई साँठ-गाँठ थी?"

"जी नहीं, साँठ-गाँठ तो दो राजनेताओं के बाकायदा तय करके अलग-अलग रास्ते जाने में होती है।"

"चुनाव में ये लोकदल और जनसंघ के कुछ चांस बनते हैं क्या?"

"हम वैस्टइंडीज़ से क्यों हार जाते हैं?"

"रूस, अफगानिस्तान पर ही नहीं रुका रहेगा...देखना।"

"सुपर स्टारवाली फ़िल्में पिट रही हैं...यह अच्छी बात है।"

"मुक्केबाजी गई, स्टारडम गया...मज़ा आ गया।"

"हमारा देश भी क्या यार बस जनता टाइप के गठबन्धन बनाता और तोड़ता रहता है...क्या कुछ और नहीं हो सकता यहाँ?"

"जहाँ हम-जैसे निखट्टू हों वहाँ..." रवि हँसा।

"तुम तो एक पल को भी सीरियस नहीं होते। होते तो देखते कि दरअसल हम सब अपनी-अपनी मुक्ति की तलाश में भटक रहे हैं।"

"हाँ...निर्वाण...बुद्धवाला निर्वाण...या कि गीता का मोक्ष, मोक्षा! निर्वाणा!!"

"गीता में मोक्ष नहीं...वहाँ तो निष्काम कर्म की बात है। लॉर्ड कृष्णा ने कहा है..."

"और एक्ज़िस्टैंशियलिज़्म? वह भी तो यही है। आज का हैमलेट...क्या हम कह सकते हैं कि हम ख़ुश हैं?"

"क्यों नहीं हैं?"

"हाँ...बच्चे उधर सो रहे हैं, मेज़ पर खाना है...हम थे, तुम थे और समाँ रंगीन, समझ गए न..."

"मुझे तो शिकायत की कोई वजह नज़र नहीं आती। दरअसल जब हम आज को ऐन्जॉय नहीं करते...कल की ही सोचते रहते हैं तो ख़ुश नहीं हो सकते, मैं तो..."

"तुम्हें मालूम है ख़ुशी क्या है?"

"क्यों नहीं...जो हम अभी हैं यही ख़ुशी है...हर पल ख़ुशी है।"

बहस गर्मी पकड़ती गई। सभी तरह के विषय, हर तरह की दलीलें, हर दिशा की चिन्ताएँ...व्यक्तिगत, राष्ट्रीय...अन्तरराष्ट्रीय। रवि इस बीच चार पैग चढ़ा गया। श्याम और विनय दूसरे पैग के बाद सावधानी से चल रहे थे। रमेश श्याम से मिसेज़ गुलाटी के बारे में कुरेद रहा था...उसकी बैकिंग क्या है...इतनी जल्दी राजधानी से बाहर जाकर फिर वापस लौट आने का रहस्य?

खाने की घोषणा हुई। श्याम और विनय अपने-अपने गिलास ख़त्म कर मेज़ पर। रवि ने उन्हें लानत भेजते हुए अपने लिए एक और गिलास बनाया और उसे मेज़ पर साथ लेता आया। खाने की मेज़ पर विश्वयुद्ध की सम्भावना, बोर्ग-मैकनरो...

क्रिकेट...पाकिस्तान के हथियार, रेलवे बोर्ड के चेयरमैन की बर्खास्तगी...सब कीमा और गोश्त के साथ इधर से उधर होते रहे, जनरल नॉलेज की किसी सड़ियल किताब की तरह।

"रवि बहकने लगा है..." सुवर्णा ने धीरे-से रमेश से कहा।

"इतना पीना उसके स्वास्थ्य के लिए ठीक नहीं है।" श्याम ने जोड़ा।

"तुम उसे मना क्यों नहीं करते?"

"वह किसी की सुनता है?"

"क्या होगा उसका?" विनय की चिन्ता थी।

"एक दिन शाहजहाँ की बेगम मुमताजमहल ने कहा कि जहाँपनाह मुद्दत हुई चने का शोरबा चखे..." रवि अपनी धुन में ऊबड़-खाबड़ रास्ते चला जा रहा था, अब सभी के लिए उलझन नहीं दया का पात्र।

"रमेश...तुम जल्दी से 'स्वीट-डिश' लो और रवि को घर छोड़ आओ! उसे जितना खाना था, खा चुका। तब तक बाकी धीरे-धीरे खाना ख़त्म करते हैं।" सुवर्णा ने कहा।

"मैं छोड़ आता हूँ।" श्याम बहादुरी से आगे बढ़ा।

"नहीं-नहीं...रमेश छोड़ आएगा, पास ही तो है।" सुवर्णा बोली।

रवि के गले के नीचे किसी तरह थोड़ी स्वीट-डिश खिसकाई गई और उसे फिर बहकाकर उठाया गया।

"अच्छा चलते हैं, फिर...साहब बहादुरों को हिन्दुस्तानी पसन्द ही नहीं आते... फिर मिलेंगे...ओ.के. बेबी...बाय श्याम...थैंक्स सुवर्णा...रमेश...अरे, तुम तो साथ चल रहे हो।"

रमेश और रवि के जाने के फ़ौरन बाद श्याम भी उठ गया।

"तुम आराम से खाओ।" सुवर्णा ने विनय से कहा, "तब तक मैं श्याम से कुछ ज़रूरी बातें कर लेती हूँ...मेरे डेपुटेशन का मामला चल रहा है।"

"मेरी भी एक फ़ाइल..." विनय रुँआसा हो आया।

"तुम अपनी बात अलग से कभी कर लेना उससे...फिलहाल मैं अकेले में बात करना चाहती हूँ, वह जल्दी जानेवाला है।" सुवर्णा ने सख़्ती से कहा।

विनय का मुँह लटक आया। श्याम और सुवर्णा बाहर बगीचे में निकल गए। बगीचे में ओस की महीन-महीन नमी थी और आधी रात का उतरता हुआ एकान्त।

"क्रिएट्स अ सीन यार...दिस रवि। इसे क्यों बुला लिया?"

"रमेश ने...यह बकबकिया पता नहीं उसे क्यों अच्छा लगता है।" सुवर्णा ने कहा।

"और यह लखनवी?"

"यह तो पीछा ही नहीं छोड़ता। रमेश का पुराना दोस्त है। एक-दो दिनों को आता है, रमेश उसे हमेशा खाने पर ज़रूर बुलाता है।"

"ख़ासा जायका है।"

श्याम और सुवर्णा क़रीब-क़रीब सटकर चलने लगे। तभी बरामदे में विनय निकल आया और वहीं से आवाज़ लगाने लगा।

"फ़ोन है...फ़ोन, जल्दी आओ!"

"कौन है। पूछ नहीं सकते?" सुवर्णा ने चिल्लाकर कहा।

"फ़ोन।"

"अरे भाई! ग़लत नम्बर होगा। किसका है?"

"फ़ोन...फ़ोन..." विनय रट लगाए था।

ईडियट! श्याम भुनभुनाया, फिर जोर से कहा—"बोल दो, सब घर छोड़ गए।"

"नहीं, बोलो—होल्ड करें, आती हूँ।" सुवर्णा ने कहा।

बाईं तरफ़ आम के पेड़ों की आड़ थी...वे अँधेरे में उतर गए। श्याम ने सुवर्णा को चिपकाना चाहा। सुवर्णा ने प्रतिरोध नहीं किया, चेहरे पर तरल भाव...लेकिन अगले क्षण एकाएक वह छिटककर अलग हो गई...

"रमेश...तुम यहाँ क्या कर रहे हो?"

रमेश को सामने के गेट से आना था, शायद कार बाहर ही खड़ी कर आया था।

"आम का जो पेड़ हमने लगाया था उसे देख रहा था कि कुचल तो नहीं गया, गाड़ी इधर से मुड़ी थी।"

"जाओ देखो, फ़ोन है। इतनी रात तुम्हारे ही फ़ोन होते हैं।"

"डार्लिंग, तुम्हारा भी हो सकता है...अनन्त, बड़े साहब...। तुम देखो। मैं श्याम को 'सी ऑफ़' करता हूँ। मेरा हो तो मैं घर पर नहीं हूँ।"

"कार कहाँ छोड़ आए?"

"बाहर है, सोचा शायद किसी और को छोड़ने जाना हो?"

सुवर्णा श्याम को बाय करके चली गई। श्याम, रमेश के साथ अपनी कार की तरफ़ बढ़ गया।

बरामदे में विनय था...भनभनाया खड़ा हुआ, कब से। सुवर्णा के बराबर से आते हुए उसने सुवर्णा को एक कोने में छेंक लिया।

"मेरे लिए तुम्हें ज़रा भी वक़्त नहीं मिला।"

"क्या करूँ विनय...प्रेस-कॉन्फ्रेंस! मैं इसीलिए तो यह विभाग छोड़कर डेपुटेशन पर जाना चाहती हूँ। अगली बार आओगे तब यह झमेला नहीं होगा...फ़ोन है।" सुवर्णा ने निकलना चाहा।

"ग़लत नम्बर होगा।" विनय सुवर्णा को अपनी तरफ़ खींचने लगा।

"विनय, क्या करते हो...हटो...आसपास नौकर हैं...अच्छा लगता है?"

"कोई नहीं आता, सब समझते हैं। तुम मेरे लिए समय ही नहीं निकाल पातीं..."

विनय ने सुवर्णा को अपनी तरफ़ घसीटकर चूम लिया। बाहर कार के स्टार्ट होने की आवाज़ आई। सुवर्णा ने विनय को क़रीब-क़रीब धक्का देकर ख़ुद को अलग किया और भीतर फ़ोन की तरफ़ बढ़ गई।

कितने दिन सुवर्णा से बात किए बग़ैर गुज़र गए। फ़ोन करने का मन तो होता था पर पेशतर इसके कि भीतर बलवती इच्छा रूप ग्रहण करे...कोई जैसे उसके बनते आकार को फाड़ देता। सब फिर तितर-बितर...मैं अपना ख़ालीपन ढोता चला जाता, जैसे वर्षों से आदत हो। उसकी तरफ़ से भी फ़ोन नहीं आया, व्यस्त होगी—दस तरह के काम और दसियों तरह के लोग!

आख़िर उसका फ़ोन आया।

"क्या हो गया...इतने दिनों कोई ख़बर नहीं...बाहर थे क्या?"

"नहीं।"

"परेशान हो?"

"नहीं।" दूर होते हुए भी भाप लेती है सुवर्णा।

"लगते तो हो!"

"थोड़ा हो सकता हूँ, पर कोई बात नहीं।"

"कोई बात कैसे नहीं...मेरी वजह से हो?"

"नहीं। हम परेशान होते हैं तो सिर्फ़ अपने कारण।"

"मिलोगे?"

"नहीं।"

"फ़ोन भी नहीं करने की सोची थी?"

"हाँ।"

"मिलने आओगे आज?"

"नहीं...अभी कुछ दिनों अपने-आपसे ही जूझना चाहता हूँ।"

"देखो..."

उस एक छोटे-से शब्द में तब कितना दर्द सिमट आया था, दूसरे की कितनी चिन्ता। अजीब बात है—फ़ोन पर वह जो कह लेती है, उसे या ठीक वैसा सामने नहीं कह पाती। ऐसा लगता था जैसे वह क़रीब-क़रीब रोनेवाली थी...उस पार।

"तुमसे बहुत सारी बातें करने का जी करता है। तुम मेरे बहुत प्यारे दोस्त हो...एक तुम्हीं हो जिससे मैं सब कुछ कह सकती हूँ, जिसके पास होकर हल्की हो सकती हूँ। आओगे?"

मैं विशिष्ट बना दिया गया था, टालना मुश्किल हो गया।

पहुँचा तो उसके पास कुछ लोग बैठे थे। मुझे देखते ही उसकी आँखों में चमक आ गई, खोया कुछ मिल जाने की ख़ुशी। जल्दी ही उसने आगन्तुकों को खिसका दिया।

"बाहर चलते हैं...यहाँ कोई-न-कोई आता रहता है।"

वह उठ खड़ी हुई, अपना पर्स आदि सँभालना शुरू कर दिया। जैसे ही हम बाहर निकलने के लिए कमरे के दरवाज़े पर पहुँचे कि उधर से श्याम मोहन आ गया...एकदम फ़िल्मी इत्तिफ़ाक़!

'हलो-हलो' हुई...मेरी भी। सुवर्णा का चेहरा एकाएक हल्का काला पड़ गया उस क्षण।

'आओ-आओ' करती हुई वह मुड़ी, मेज़ का चक्कर लगाती हुई वापस अपनी कुर्सी पर पहुँची और कॉफ़ी के लिए फ़ोन लगाने लगी। फटाफट तीन कॉफ़ी के लिए कह दिया। अक्सर हमें छिपने के लिए कैसे छोटी-छोटी चीज़ों की आड़ ढूँढ़नी पड़ती है।

कितनी छोटी दुनिया! वही लोग...एक तंग घेरे में भिनभिनाते हुए, स्थितियाँ भी घूम-फिरकर हू-ब-हू वही। उस रोज़ मैं श्याम मोहनवाली स्थिति में था। आनेवाले कल को फिर यह हो सकता था कि वे निकलते होते, जब मैं घुसता। तब हम इस स्थिति को बचा ले गए थे, आज किसी अदृश्य शक्ति ने आदमी की चतुराई का बाजा बजा दिया था। अब भी मामला उतना गया-गुज़रा नहीं था। हम तीनों साथ बैठकर कॉफ़ी पी सकते थे...कॉफ़ी में बात को बहा सकते थे, पर श्याम मोहन को बर्दाश्त नहीं हो रहा था...मेरा वहाँ होना उतना नहीं जितना शायद हमारा साथ-साथ बाहर के लिए निकलते होना। वह बैठा नहीं, कुर्सी को हाथों से पकड़े थोड़ी देर खड़ा रहा...खोया-सा, चेहरा तनाव से खिंचा हुआ। उसने यह जताने की एक कमज़ोर-सी कोशिश की कि वह किसी को ढूँढ़ते-ढूँढ़ते ही इधर चला आया था। जल्दी ही कुछ काम-आम का बहाना करके वह चला गया।

सुवर्णा का चेहरा अब भी भकभकाया हुआ था। मैं सामान्य रहा था, अब स्थिति का कुछ-कुछ मज़ा भी लेने लगा था...क्योंकि आज मैं अन्दर था और श्याम बाहर। श्याम की जगह मैं होता तो मेरी हालत बदतर ही होती।

"चलो चलें..." श्याम मोहन के जाते ही जैसे सब कुछ झटकते हुए वह बोली।

"कॉफ़ी?" मैंने याद दिलाया।

मना करने के लिए उसने फ़ोन लगाया, फिर तीन की जगह दो लाने के लिए कह दिया।

"क्या सोच रहे हो?" उसने मेरी तरफ़ देखा।

"जो तुम सोच रही हो।"

वाकई हम दोनों सिर्फ़ गए हुए के बारे में ही सोच रहे थे।

"श्याम मोहन परेशान था।" मैंने कहा।

"हाँ, समझ में नहीं आता, वह क्यों इतना परेशान हो गया।"

ये मोटी-मोटी बातें वह नहीं समझती या फिर समझती तो है पर उनके होने को अस्वीकार करती चली जाती है...जैसे इन चीज़ों से बहुत ऊपर उठी हो। उठी भी हो सकती है, लेकिन तब उसका अपना चेहरा क्यों काला हो आया था?

"वह जानता है तुम्हारे बारे में...कि हम दोस्त हैं, मिलते-जुलते हैं।" उसने आगे कहा।

फिर वही बात...वे ऊँचाइयाँ जिन्हें हम छू लेते हैं...क्या इसे सिर्फ़ दोस्ती ही कहा जाएगा? आदमी और आदमी तो ज़्यादा अच्छे दोस्त होते हैं, एक-दूसरे को बेहतर समझते हैं...वे क्यों नहीं उन ऊँचाइयों तक उठ पाते? दोस्त सिर्फ़ एक लचीला शब्द है, इसलिए आज के अक़्लमन्द आदमी के लिए बेहद सुविधाजनक। हम दोस्त ज़रूर थे पर उतने ही जितना दोस्ती की आपसी समझ का तत्व प्यार में घुला हुआ होता है। हो सकता है उसकी तरफ़ से हमारा सम्बन्ध मात्र दोस्ती का ही हो...पर फिर जहाँ हम दोस्ती की सीमाओं को पार करने लगते हैं, वह हिचकती क्यों नहीं, मुझे टोकती क्यों नहीं? निश्चित ही उसकी मर्जी के ख़िलाफ़ कोई उसके साथ एक सीमा के आगे नहीं जा सकता। आख़िर आज भी कहीं तो रोके हुए ही है वह मुझे, दीपक और सोम को भी कहीं रोका ही था।

"इस तरह तुम पर कितना जोर पड़ता है, कभी महसूस किया? यह विभक्त व्यक्तित्व, रोल्स तेज़ी से बदल-बदलकर जीना...इसमें जो भागमभाग है, उसका क्या असर पड़ता है...कभी सोचा? तुम अपनी ताज़गी तेज़ी से खो रही हो।" मैंने कॉफ़ी पीते समय कहा।

"मैं ऐसा नहीं मानती। विभक्त क्या है इसमें...तुमसे कुछ बता नहीं पाई, परेशान थी। पता नहीं मेरे साथ क्यों ऐसा होता है...मेरे लिए मुश्किल होता है लोगों को रोकना...मैं किसी का दिल नहीं दुखाना चाहती।"

"ख़ूबसूरत लड़कियों के साथ ऐसा होता है। सब ख़ूबसूरती का साथ चाहते हैं, अलग-अलग मकसद के लिए, लेकिन दूसरी लड़कियाँ कैसे रोकती हैं...और तुम भी आख़िर कहीं-न-कहीं तो रोकती ही हो।"

मैं ऐसे बात कर रहा था जैसे कि उसका संरक्षक होऊँ...शायद अनायास ऐसे रोल से चिपक गया था जिससे ख़ुद को आश्वस्त कर सकता कि श्याम मोहन से ज़्यादा उसका नज़दीकी मैं ही था...पर क्या वाकई था?

"जो यह दिल दुखाने की बात तुम करती हो तो क्या तुम इसे रोक पाओगी, जब तुम सभी से इतना घनिष्ठ होने की कोशिश करोगी?"

"आदमी के कैसे चार-चार बराबरी के घनिष्ठ दोस्त होते हैं।" उसके स्वर में तीखापन और व्यंग दोनों थे।

"वह आदमी-आदमी की बात है...आदमी-औरत की नहीं। वहाँ भावनाएँ आ जाती हैं।"

"क्यों आ जाती हैं। क्यों परेशान हो उठा श्याम मोहन? आई एम नॉट सम वन्स पर्सनल प्रोपर्टी यार..."

वह एकाएक तैश में आ गई। वह एक पढ़ी-लिखी महिला...अपने पैरों पर खड़ी, अपने बारे में सोचने-समझने की कुव्वत रखनेवाली...और यहाँ लोग उसे अपनी-अपनी तरफ़ खींचने के लिए रस्सी लिये खड़े थे। पति को वह ऐसा कोई अधिकार दे भी दे पर बाकी दूसरों की क्या हैसियत थी?

"देखो..." वह कह रही थी..."तुमको आज मैंने यहाँ बुलाने की ज़िद की... आज जब तुम इतने अच्छे मूड में नहीं हो, मेरी तरफ़ से थोड़ा उचटे-उचटे भी हो... तो यह बता दूँ कि तुम्हें मुझे वैसे लेना होगा जैसी मैं हूँ...और अगर तुम सचमुच यह सोचते हो कि तुम्हारे लिए यह मुश्किल है तो यही वह मुक़ाम है जहाँ से हम अलग हो जाएँ। पीछे का इतना कुछ याद करने को तो रहेगा। आख़िर हमने साथ-साथ कुछ बहुत अच्छे लम्हे जिये हैं। जहाँ तक मेरा सवाल है मैं उन लम्हों को बहुत क़ीमती मानती हूँ..."

फ़ोन पर वह कितनी पिघली-पिघली थी और यहाँ उस समय मेज़ के पार से अपनी शर्तें मुझ पर फेंक रही थी जैसे हम दो व्यापारी थे जो किसी समझौते पर बहस कर रहे थे। चीज़ों को सीधा-सीधा लेना...तार्किक बातचीत—ग्रेसफ़ुली पार्ट! पीछे सोचने को इतना रह जाएगा...उसकी भी क्या ज़रूरत? उसे वैसा ही लेना जैसे कि वह थी...यह रमेश के लिए ठीक हो सकता है जिसे हर हालत में उसके साथ रहना है...पर प्यार में कहीं-न-कहीं आदर्श का पुट भी तो मिला होता है, तभी तो उसमें खींचने की ताक़त होती है। वह आगे ले जाता है, सिर्फ़ बाँधे नहीं बैठे रहता।

"आज मैं साफ़-साफ़ बातें कर लेना चाहती हूँ। अगर हममें से किसी को भी लगता है कि हम सिर्फ़ निबाह रहे हैं तो अलग हो जाना ठीक। जो इतने अच्छे से इतने दिनों चला उसे क्यों घिसटने दें?"

"तुम क्या सोचती हो...हम एक ही समय में कई से ऐसे अन्तरंग सम्बन्ध रख सकते हैं...या कि हर नए रिश्ते से पुराने को सिर्फ़ काटते चले जाते हैं, जाने-अनजाने?"

"क्यों नहीं रख सकते? हर सम्बन्ध के शेड्स अलग-अलग होते हैं। ज़िन्दगी जो ऐसे सम्बन्ध बनाने का मौक़ा देती है...उन मौकों को ठुकरा देना ज़िन्दगी का अपमान करना है, अधार्मिक होना है।"

"तुम्हारे इस तरह नए-नए सम्बन्ध बनाते रहने से रमेश को ज़रूर शिकायत होती होगी।"

"क्यों होगी? मैं उसे काफ़ी देती हूँ। शिकायत उसे हो जिसका कुछ छीनकर मैं कहीं और दे आती होऊँ। मैं रमेश या अपने घर की क़ीमत पर कुछ नहीं करती। अब इसका क्या किया जाए कि रमेश की ज़रूरतें ही इतनी कम हैं और मेरे पास इतना ज़्यादा है देने को..."

"क्या एक साथ कई से प्यार भी किया जा सकता है?"

"हर सम्बन्ध प्यार ही तो नहीं होता...प्यार मुझे चाहिए भी नहीं। जीवन में बहुत मिला कॉलेज के दिनों से ही...जिसे देखो मुझे प्यार करना चाहता था। अब मुझे एक दोस्त की तलाश है। तुम एक अच्छे दोस्त हो सकते हो, जिससे आदमी अपना सारा कुछ कहकर हल्का हो सकता है। प्यार में फ़िज़ूल का तनाव होता है जिससे ज़िन्दगी का कुछ भला नहीं होता, जबकि दोस्ती में हम वाकई बहुत कुछ ले-दे सकते हैं।"

क्या इस तरह हिसाबी-किताबी ढंग से जीवन को देखा जा सकता है। मैं सोच रहा था...प्यार इसीलिए व्यर्थ क्योंकि उसमें तनाव है, पर हम किसी चीज़ का मूल्यांकन ऐसे ही तो करेंगे कि वह जीवन में क्या जोड़ता या घटाता है।

"तुम्हारी वह एक रिश्ते से दूसरे को काट देनेवाली बात...ऐसा बिलकुल नहीं है। मैं कुछ भी नहीं करती। कभी-कभी जोरों से लगता है कि मेरे भीतर धुन्ध-ही-धुन्ध है...पता नहीं क्या हूँ मैं और मेरे साथ क्या होता है..."

अक्सर आदमियों का यह समाज सुवर्णा को कीचड़-भरा दलदल लगता है...ऊपर से हरा-हरा लेकिन एक सीढ़ी नीचे ही घिन लगी काई, कूड़ा-करकट...कीचड़... सबका मिला-जुला कुछ। बड़े विश्वास से वह कहीं पैर रखती है कि खप्प से नीचे धँसता चला जाता है। एक लिस-लिस-सी चिपचिपाहट उसे घेर लेती है। हर आदमी में घूम-फिरकर एक ही कशमकश—उसे पालतू बना लेने की। श्याम अच्छा आदमी

है, उम्र में उससे पन्द्रह साल बड़ा। वह सोचती है कि श्याम के लिए यह काफ़ी था कि सुवर्णा उसके पास हो...साथ-साथ किसी रेस्तराँ में कॉफ़ी वग़ैरह पी ली, कुछ बातें हो गईं...योगा या राजनीति की, कभी सुवर्णा ने श्याम को थोड़ा मुग्ध-जैसा होकर देख लिया, कभी थोड़ा छेड़खानी कर लेने दी...हो गया। सुवर्णा का क्या जाता है अगर इतने में ही कोई व्यक्ति अपनी उम्र के बावजूद नौजवान महसूस कर लेता है...यह क्या कि वह परेशान हो गया। श्याम कैसे यह सोच सकता है कि सुवर्णा सिर्फ़ उसी के ही साथ उठे-बैठेगी...

गोद में आ गिरे किसी छोटे-से फूल की तरह मासूम है अनन्त...यह अनन्त! ज़रा-सी बात पर दुखी हो जाएगा और फिर भीतर-ही-भीतर घुटता रहेगा, बेवजह। उसका व्यक्तित्व जैसे उलझनों के रेशों से ही बुना हुआ है। बेहद ईमानदार है, अपनी उलझनों में भी ईमानदार। इन्हीं उलझनों के बीच कमल की कली की तरह फूटती चली आती है कोई उड़ान...सुवर्णा को वह झलकाती हुई, जो उसने कभी नहीं सोचा था। अनन्त की भावनाएँ उसे एक औरत की तरह नहीं बल्कि उसे एक व्यक्ति की तरह लेती हैं, उसके पूरेपन में। उसे उठाकर ऊपर ले जाती हैं...अनन्त के साथ अक्सर ऐसा महसूस हुआ है कि सुवर्णा एक वीणा है जिसमें अनन्त तरह-तरह का संगीत निकालता है...जैसे सुवर्णा के व्यक्तित्व का वह पहलू खुल रहा है जो अब तक नहीं खुला। वह सिर्फ़ वही नहीं है जो दिखती है।

जिस दुनिया की बातें अनन्त किया करता है वह उसे छू नहीं पाती। अक्सर वह दुनिया अनन्त की पकड़ से भी बाहर होती है...पर यह अहसास ही कि ऐसी कोई दुनिया है—यही जैसे जीवन को कितना वजनदार बना देता है। जिस अन्तरंगता की बात अनन्त करता है, डूबकर जिन ऊँचाइयों को कभी छू लेने का अपना अनुभव बताता है...वह भी ऐसा करना चाहती है, पर हो नहीं पाता। अनन्त को देखते हुए कभी-कभी लगता है कि वाकई ख़ुद को बिखेर देना कितना आसान है...समेटना, समेटकर रखना कितना मुश्किल! भौतिक दुनिया, दुनियादारी में रहे आना कितना आसान है, लेकिन जिसे कोरी फ़िलॉसफ़ी, हवाई ख़यालों की आसान दुनिया कहते हैं...वह दरअसल कितनी मुश्किल है! यह भी कि बाहर से जो उसकी अपनी ज़िन्दगी बँधी दिखती है...शादी, नौकरी, घर में...वह दरअसल कितनी बिखरी है और अनन्त की जो बाहर से बिखरी, लावारिस दिखती है वह भीतर से कितनी कसी है।

कभी-कभी उसे अनन्त से डर लगता है। वह जैसे देखता है, बातें करता है... एक-एक शब्द महसूस करते हुए, उसमें भीगते हुए। ऐसे में वह अपना जीव पिघलते हुए महसूस करती है, कोमलता के झीने-झीने ताने-बाने में सिहर-सिहर उठती है...

लगता है जैसे वह क़ैद होती जा रही है...भावनाओं की क़ैद...अगर उसने ख़ुद को ढीला छोड़ा तो शिकार हो जाएगी। अमरीकी औरतें कहती भी हैं—प्यार आदमी की सबसे बड़ी साजिश है। कितना अजीब है यह कि श्याम से एकदम फ़र्क़ होते हुए भी अनन्त भी कहीं उसकी ही तरह सोचता है...वही अधिकार...सिर्फ़ उसकी हुकूमत...क्यों?

वह अपने बालों को खींच रही थी...बेहद परेशान, नारी मुक्त...पर लाचार, अक़्ल की सारी पाबन्दियों के बावजूद!

"तुमने मुझे सँभालने की जिम्मेदारी ली थी न...पिछली बार सँभाला भी था। सब कुछ धुल गया था उस दिन, लेकिन आज इस तरह पराया मान गालियों की बौछार शुरू कर दी तुमने।"

"मुश्किल होता है हमेशा...मैं भी तो चाह सकती हूँ कभी कि कोई मुझे सँभाल ले।"

उजले चेहरे पर बड़ी-बड़ी काली आँखें...आँसू कगार तक आकर लौटते हुए... भीगे पंखों-सी फड़फड़ाती पलकें। हम एक-दूसरे को सँभालने के लिए टटोल रहे थे, लेकिन दूसरा सँभाले इसके लिए जिस सम्पूर्णता के साथ ख़ुद को समर्पित कर देने की अपेक्षा होती है वह हममें से कोई पूरा नहीं कर पा रहा था। हमारा अहं आड़े आ रहा था...वह तो गुस्सा बैठी ही थी और मैं पता नहीं किस हिचक में जकड़ा बैठा था।

"कितनी बार सोचा था तुम्हें बताऊँगी...जिस दलदल में फँस बैठती हूँ!"

कितनी तरह की चुभनें, खरोंचें उस चेहरे पर उछली हुई थीं तब। तकलीफ़ में खिंचा उसका चेहरा बेहद मासूम हो आया था।

उसके अपने जीवन में आने के बाद मैं क्यों नहीं किसी और से उलझ सका? शायद उसने मेरा ख़ालीपन पूरा-का-पूरा भर दिया था, जब कि मैं उसे कहीं इधर-उधर से ही भर पाया था। कमी मेरी ही रही होगी।

"कहीं बाहर चलोगी?"

"आज नहीं...किसी दूसरे दिन, अगर तुम कहोगे...चलो तुम्हें छोड़ देती हूँ।"

उसने मुझे घर के पास छोड़ दिया। चलते समय एक औपचारिक मुस्कान और 'बाय'। 'फ़ोन करना'...यह उसने नहीं कहा।

उसकी वे तेज़-तेज़ बातें—तार्किक विश्लेषण की आरी जीवन पर चलाना पर बीच-बीच में उभर-उभर आती वह असहायता...बूँद-बूँद रिसती हुई, पैने चेहरे पर भावनाओं का बिछता हुआ रंग...

बसन्त पाप था। उसका रंग खिलता चला आ रहा था—धीरे-धीरे।

फ़ोन पर सुवर्णा के स्वर में वही पुरानी मिठास! मैं शाम को कहीं चलने को पूछता हूँ, वह दूसरे दिन पर टाल जाती है। फिर उस दिन सबेरे ही फ़ोन आ जाएगा—वह अचानक व्यस्त हो गई है। दो-तीन दिनों बाद का तय होता है, उस दिन भी पहले फ़ोन कर लेने के लिए कहा जाता है। फ़ोन करता हूँ तो कोई दूसरी वजह...इस तरह कितनी ही बार टला। मिलने की मेरी व्यग्रता बर्दाश्त के बाहर हुई तो आख़िर उसने कह दिया—आ जाओ अभी। पहुँचा तो दरबार-ए-आम। सहकर्मियों और परिचितों के बीच चलते चाय-कॉफ़ी के दौर, दरम्यान चलती बातचीत...कुछ भी। बीच-बीच में आक्रामक तर्क विपरीत दिशाओं से छोड़े गए वाणों की तरह फनफनाते, दौड़ते और टकराते थे...ऊपर उठती हुई हा-हा...हू...हू की धूल। 'हाय अनन्त' उसने सभी से परिचय कराया। न उन लोगों को कोई उत्साह, न मुझे ही। सब अपनी अहमियत, अपने महत्त्व के नशे में व्यस्त-मस्त। सुवर्णा का चेहरा इत्मीनान की मध्यम दीप्ति में स्थिर। मैं बैठा रहा। उसकी तरफ़ से ख़ुद को उस ऊल-जलूल सिलसिले से मुक्त करने की कोई जल्दी नहीं। मैं उकताकर उठा तो रोका भी नहीं उसने—'ओ.के. बाय...सी.यू...'

अगली बार भी ठीक वैसा ही हुआ तो मुझे कुछ खटका। तब मैंने ग़ौर किया कि इन तमाम दिनों उसने अपनी तरफ़ से फ़ोन नहीं किया है। किया तो सिर्फ़ मिलने का प्रोग्राम, काटने की सूचना देने के लिए। अगली बार मैं उसकी किलेबाजी तोड़ने के ख़याल से बग़ैर बताए ही पहुँच गया। वह कमरे में नहीं थी। समय काटने के लिए मेज़ पर पड़ी एक पत्रिका उलटी-पलटी। फ़ोन के पास रखी उसकी इंगेजमेंट डायरी-जैसी चीज़ हाथ में आ गई। कुछ तारीख़ों के पन्नों पर कार्यक्रम दर्ज थे... ज़्यादातर औपचारिक बैठकें। आज का पन्ना ख़ाली था। यूँ ही कुछ पेज उड़ाता चला गया तो शुरू का पन्ना खुल गया। 'इम्पोर्टेंट डेट्स' उसकी लिखावट में था... मेरी जन्मतिथि भी...उसके आगे एक छोटा-सा 'ए'। लिस्ट में छ:-सात और नाम। एक के आगे एस...श्याम का होगा। जन्मदिन पर किस गरमाई से सुवर्णा सवेरे-सवेरे फ़ोन करती है...दूसरी तरफ़ कोई कितना प्रफुल्लित हो जाता है कि साल की इतनी तारीख़ों में से उसके जन्म की तारीख़ सुवर्णा को याद है। विशिष्टता महसूस कराने के पीछे कितनी मामूली-सी तैयारी!

मुझे अजीब-सा लगा। ऐसी कोई दूसरी चीज़ मेरे हाथ से न टकरा जाए...इस डर से मैंने डायरी बन्द कर दूर सरका दी। थोड़ी देर में वह आई...चेहरे पर व्यस्तता

का भाव...उसी के बीच मेरे लिए 'हाय' और फिर सीधा फ़ोन पर। कुछ काम के लिए अपने मातहत को बुला लिया..."सॉरी...कब आए...संसद-सवाल का जवाब तैयार कराना है...चाय मँगाती हूँ?"

मैंने मना कर दिया, कहा कि जाऊँगा तो उसने रोका नहीं। बोली—बहुत काम है इन दिनों। डायरी देखने के बाद ख़ासतौर से मुझे कुछ ऐसा लगने लगा था जैसे पिछले दो-तीन हफ़्ते हमारे बीच जो होता रहा है, उसमें बाकायदे एक सिलसिला था। पीछे कोई सोच भी ज़रूर होगी। वह हमारे सम्बन्ध को विशेष से सामान्य बना देना चाहती है...या स्वयं को उन जंजीरों से मुक्त करने में लगी हुई है, जिनसे उसने ख़ुद को अनजाने ही बाँध लिया था...कौन जाने अपने दूसरे अन्तरंग मित्रों के साथ भी वह ऐसा कर रही हो।

उसकी मेज़ पर इन दिनों पानबहार का एक डिब्बा रहता है। बीच-बीच में चम्मच से मुँह में डाल वह भुरभुरा लेती है। कोई आता-जाता भी उसी चम्मच से नोश फरमाए। उसने मेरी तरफ़ भी डिब्बा सरका दिया..."गन्दी आदत..." मैंने धीरे से टोका।

"इसमें गन्दा क्या हुआ?" वह हैरान थी।

मेरी कुछ और कहने की इच्छा नहीं हुई। लौटते हुए सोचता रहा कि कहाँ दो प्रेमियों का एक-दूसरे का जूठा खाने का सुस्वाद और कहाँ इस तरह मेज़ पर रखा पानबहार सबके साथ भुरभुराना!

22 जुलाई, 1978

हम अलग होने के क्रम में हैं। हम जब अलग होंगे तो मुझमें एक बड़ा गड्ढा उभर आएगा। उसके साथ ऐसा कुछ नहीं होगा क्योंकि उसके यहाँ छोटे-बड़े कई गड्ढे हैं जो भरते, ख़ाली होते रहते हैं। इसलिए न तो वह उस तरह भर उठती है, न ही उस तरह रीत जाती है। उसके यहाँ हवाएँ चलती हैं...कभी 'क' की तरफ़ तो कभी 'ग' की तरफ़ ऊपर से यह कि उसे अपनी दुर्बलता दिखाना अच्छा नहीं लगता। कोई उसकी ज़िन्दगी से जाने को हुआ तो वह उसका पीछा नहीं करेगी... उसे समय में ठेल देगी। कुछ अन्तराल के बाद या तो वह जा चुका होगा या फिर वापस आ जाएगा, उसकी शर्तों पर, उसका स्नेह पाने के लिए। वह हर हालत में ख़ुद को बड़ा रखेगी।

काफ़ी स्वास्थ्यवर्द्धक दृष्टि है यह...आज के आदमी की, अपनी हिफ़ाज़त के लिए।

मुझे यह मान लेना चाहिए कि वह अपने जीवन में स्वतंत्र है। ज़माने से चला आ रहा पुरुष का दम्भ कि वही स्त्री का जीवन चलाए...इसके ख़िलाफ़ आज की पढ़ी-लिखी औरत का विद्रोह है यह। उसका हृदय क्या कोई भूखंड है जहाँ सिर्फ़ एक का राज हो? उलटे यह क्यों नहीं कि दो-चार आदमियों के दिल उसकी कॉलनीज़ हों जहाँ उसका झंडा फहराता हो? इसमें एक ही गड़बड़ी है जो हर तरह के साम्राज्यवाद में होती है...वह कहीं भी पूरी तरह स्वीकृत नहीं हो सकेगी।

मेज़ की दराज के दूसरे काग़ज़ों में ही उलझा-खोया पत्रनुमा टुकड़ा...निरीह। लिखावट परिचित...अनन्त की। सुवर्णा उठा लेती है।

सुवि,

गए दो-तीन हफ़्तों से जिन अनुभवों से गुज़रना हुआ, उनका मतलब निकालना उद्‌देश्य नहीं है मेरा, न ही किसी तरह की दलीलबाजी। तुम्हारी तरफ़ से तो ऐसा कुछ और भी नहीं होगा क्योंकि जो तुम करती हो उसकी आलोचना करना तुम्हारे सोच की थैली में ही नहीं है। जो मैंने इधर महसूस किया है, रातोरात जो भोगा है, पत्ते की तरह जो हिल-हिल गया हूँ, उखड़कर गिरने को हो आया हूँ...उस पर न सोचूँ तो ख़ुद पर ज़्यादती करूँगा।

तुमने कभी कहा था—'वी बिलॉन्ग'। कितना कुछ कहते हैं ये दो शब्द कि अगर कोई इन तक उठ सके...पर क्या हो पाया ऐसा? अगर तुम मेरे जीवन में इतनी विशेष हो कि एकमात्र हो तो मैं भी तुम्हारे जीवन में जब तक वह नहीं हूँगा...'वी बिलॉन्ग' हो सकेगा क्या? मेरी फड़फड़ाहट शायद वह विशेष ही बनने की रही है ...अपनी किसी विशेषता की वजह से नहीं, यह मैं देता हूँ इसलिए। शायद एक सहज प्यास...पर तुम...तुम्हें सुविधा इसमें है कि तुम्हारा पहिया अलग चले, मेरा अलग। परिधि के जिस हिस्से पर हम टकराएँ वहाँ लें-दें, उसके बाद घूम जाएँ। मैं तुम्हारा सब कुछ समेटना चाहता हूँ, पर तुम्हें हमारे अपने बीच तुम्हारे किसी दूसरे साथी का ज़िक्र उठना ही असुविधाजनक, अप्रासंगिक लगता है। अपने जीवन के दूसरे पक्षों में तुम मेरा दख़ल नहीं चाहतीं, जबकि मैं अपनी छोटी-छोटी-सी चीज़ भी तुम्हारे सामने फैला देने को आतुर रहता हूँ।

जहाँ जुगलबन्दी की बात हो वहाँ दोनों वाद्यों को एक-जैसा कसा होना होगा। मैं अपने मन से तुम्हारे अतिरिक्त सबको हटा देना चाहता हूँ और तुम अपने साम्राज्य को सिकुड़ने नहीं देना चाहतीं। वजहें—मेरे प्यार में कमी, मेरे न होने पर एकाएक

ख़ाली हो जाने का डर या लालच, कुछ भी हो सकती हैं। इसीलिए मेरे साथ होते हुए भी किसी का फ़ोन आते ही तुम इधर से बुझकर उधर जल उठती हो। मेरे साथ अत्यन्त आत्मीय क्षणों में भी तुममें किसी दूसरे की सुधि लिपटी रही आती है। तुम एक को देती हो तो दूसरा रिक्त हो जाता है...फिर तुम उधर दौड़ती हो। तुम्हें यह भ्रम है कि तुम्हारे पास देने को इतना ज़्यादा है कि...लेकिन अगर ऐसा ही है तो मुझे फासले का अहसास क्यों हो रहा है...कभी-कभी क्यों ऐसा लगता है कि हमारे बीच के सूत्र टूट गए हैं। तुम अक्सर बौखलाहट की एक तस्वीर दिखती हो और मेरे क्लेशों में एक यह भी जुड़ जाता है कि मैं तुम्हारी बौखलाहट को बढ़ाता ही हूँ, कम नहीं कर पाता। इस देने के चक्कर में तुम्हें 'मैनेज' करनी पड़ती है 'एंट्री'—कब कौन आ सकता है, कब कौन नहीं...

मुझे कोई अधिकार नहीं कि तुमसे कहूँ कि तुम इस साम्राज्य को समेटो। तुम्हारे हिसाब से यह अधिकार मुझे या किसी को ही क्यों हो...पर अपने लिए मुझे निश्चित ही यह अच्छा लगता है कि कोई एक हो जिसे मैं अपनी ज़िन्दगी के बाबत सभी अधिकार सौंप दूँ...रूमानियत ही सही यह, पर आज की दुनिया में ऐसा कोई सम्बन्ध कितना दुर्लभ है कि आप उसे सब कुछ सौंप सकते हैं...कितनी बड़ी सम्पत्ति है यह?

पर जहाँ लोग ज़्यादा ही चतुर हों, ऐसे सम्बन्धों का चलन हो कि जिन्हें पानबहार की तरह चबाया और ख़त्म किया...ज़िन्दगी की सुरक्षित एकरस दिनचर्या के साथ-साथ थोड़ी-सी चटपटाहट भी...वहाँ मेरी बात उलटी ही समझी जाएगी।

कैसे कहूँ सुवि! कि यह सब ठीक नहीं है। मैंने तुम्हें अपने जीवन में कितना बड़ा रूप दे डाला है, जिन गहराइयों में तुम्हारे सहारे उतर लेता हूँ, जिन ऊँचाइयों को छूता हूँ...वे सब मुझे तुम्हारे साथ चतुर बनने नहीं देंगे। तुम्हें भी शायद मेरे साथ चतुर होने में मुश्किल ही होगी। अभी अलबत्ता कोशिश कर रही हो तुम। पर जो थरथराहट हमें आजकल झकझोरे हुए है वह जैसे ज़िन्दगी अपना विरोध प्रदर्शित कर रही है...आगे उपेक्षा करना तुम्हारे लिए भी मुश्किल होगा।

सोचता हूँ सुख जो तुम्हारे साथ मिला, वह अब और मेरे भाग्य का नहीं। तुम्हारी भरी-भरी दुनिया, 'थ्रिल' और 'एक्साइटमेंट' की, व्यस्तताओं से भरी हुई ...यह तुम्हें थोड़ा बहुत सहेजे रहेगी। थोड़ी कचोट मुझे खोने की होगी तो छुटकारे का सुख भी होगा...लेकिन जब तुम फिर किसी सही व्यक्ति पर पहुँचोगी तो यहीं से फिर शुरुआत दिखाई देगी...इन्हीं सवालों से।

जिस बिन्दु पर मुझे अटकाकर तुम एकाएक अपना फ्यूज़ उड़ा लेती हो वहाँ मैं कितना अकेला, असहाय हो जाता हूँ। झिंझोड़े जाने की यह पीड़ा पहले उतनी नहीं

थी। जिस रफ्तार से हमारी चाह बढ़ चुकी होती है, उतनी ही जानलेवा यह झिंझोड़ हो जाती है। जिस तिलमिलाहट से मैं पिछले दिनों गुज़रा हूँ...मैं नहीं सोचता उसे अब और सह सकता हूँ...तो शुरुआत-जैसा तुम भी चाहती हो—यहाँ से कर सकते हैं कि अपने जज़्बात सूखते चले जाने दें। हम मिलें जैसे आजकल...अकेले में नहीं। मैं जब-तब तुम्हारे यहाँ वैसे ही आ जाया करूँ जैसे इतने सारे आते हैं, मिलें एक-दूसरे पर कुछ फुरफुरी छोड़ने के लिए, जो हवा के दूसरे झोंके में ही सूख जाती है।

लेकिन हम अगर इस तरह भी मिलेंगे, तो मात्र फुरफुरी नहीं छोड़ेंगे एक-दूसरे के लिए...बल्कि एक टिमटिमाते सितारे की तरह रोशनी ही फेंकेंगे, चाहे जितनी मद्धिम...यही फ़र्क़ है।

—अनन्त

मानसरोवर

"मैं तुम्हारे साथ रहना चाहती हूँ...ख़ूब देर तक।"

"तुम्हें तो फुरसत नहीं रहती थी?"

"जब नहीं रहती होगी, तब नहीं रहती होगी।"

"बाहर चलेंगे?"

"अगर तुम कहोगे...पहले यहाँ आ जाओ।"

प्यार-भरा अधिकार। मैं खिंचता चला गया...जैसे महीनों जो उससे मिलना नहीं हुआ था तो उसके बाद उससे इस तरह मिलने की बेताबी मेरी थी, सिर्फ़ निकली उसके मुँह से थी।

थोड़ी ही देर में हम वहाँ थे जहाँ अक्सर होते थे। धूप हमारे पीछे थी, सामने हरा-हरा लॉन जिसकी लम्बी हुई घास जहाँ-तहाँ काटी जा रही थी। एक तरफ़ खड़ी ऐतिहासिक इमारतों पर मरम्मत का काम चल रहा था।

"मुझे तुमसे बहुत बातें करनी है...इन दिनों मैं बहुत कुछ सोचता रहा।"

"मुझे भी एकाएक ऐसा लगा जैसे मैं तुमसे सब कुछ कह सकती हूँ...और एक तुम्हीं हो जो मुझे समझ सकते हो...पर पहले चलेंगे...ख़ूब पैदल चलेंगे..."

सामने की चढ़ाई और उसके भी पार। जहाँ चढ़ाई ख़त्म होती थी वहाँ के दरख़्त नीचे की तरफ़ आते हुए दिखते थे, जैसे अपने ही भार से ज़मीन की तरफ़ झुके जा रहे हों।

"क्यों तुम्हें ऐसा लगा जैसे तुम मुझसे बहुत कुछ कह सकती हो?" उसकी बराबरी पर चलते हुए मैंने पूछा।

"शायद एक विश्वास जो एकाएक पैदा हो गया...जाने कैसे। मुझे लगा जैसे तुम्हारा और मेरा सम्बन्ध एक तरह का आधार है जो हमेशा वही रहता है, वही रहेगा। जो और हैं वे ऊपर के हैं, बनते-बिगड़ते रहेंगे।"

कुछ-कुछ ऐसा ही मैंने महसूस किया था।

यह कैसे सम्भव हो जाता है कि दो लोग एक वक़्त एक-सी चीज़ महसूस कर लेते हैं...एक महसूस करता है तो दूसरा बोलता है। एक दूर कहीं बैठा मिलने की चाह करता है तो दूसरा अनायास ही भागा चला आता है।

हम चल रहे थे, चलते रहे...कभी पत्थर की चीपोंवाली गली पर, कभी घास में उछली पगडंडी पर। कभी सीधा, कभी गोल-गोल रास्ता। हमेशा की तरह आसपास का सब कुछ देखते हुए, उस पर टिप्पणियाँ करते हुए और मैं बराबर उसमें डूबा हुआ भी। एक बड़ा चक्कर लगाकर हम एक जगह घास पर बैठ गए।

"मैं सोचता हूँ कि अब हम श्याम मोहन के बारे में भी बात कर सकते हैं।"

"हाँ, उसके बारे में भी।"

"तो बताओ..."

"मुझे ऐसे नहीं आता। तुम पूछते जाओ...मैं बताती चली जाऊँगी।"

"तुम उसे चाहती हो?"

"चाहना क्या होता है?"

"लो, अब यह भी बताना पड़ेगा। मतलब, उससे मिलने की बेचैनी रहती है...न मिलो तो ख़राब लगता है?"

"नहीं, ऐसा कुछ नहीं होता, पर मिलो तो अच्छा लगता है। वह भला आदमी है...साफ़-सुथरा, दूसरों की मदद करनेवाला, निष्कपट। हर समय हँसता रहता है। उसके साथ होने पर ज़िन्दगी बड़ी ही हल्की-फुल्की चीज़ हो जाती है, मन गेंद की तरह उचकता होता है। आई ऍम फ़ौंड ऑफ़ हिम..."

अब यह भाषा...फ़ौंड ऑफ़ हिम...मुझे लगा कि उसके पास जो यह चालू शब्द-सम्पदा थी, यह वह नहीं व्यक्त करती थी जो वह महसूस करती थी। गड़बड़ी इससे होती थी।

"शारीरिक सम्बन्ध हैं तुम्हारे?"

"किस तरह के?"

"किसी भी तरह के।"

"मैं इस सबको ज़्यादा अहमियत नहीं देती। असली चीज़ होती है वह, जिसकी वजह से थोड़ा-बहुत शरीर आ ही जाता है बीच में।"

"मुझे लगता है कि तुम्हें सभी की ज़रूरत है। कभी तुम्हें श्याम मोहन चाहिए, कभी मैं...कभी रमेश।"

"शायद तुम ठीक कहते हो। मुझे लगता है कि मुझे ऐसे व्यक्ति की तलाश रही है जिसके साथ जीवन के हर आयाम को मैं पूरी तरह जी सकूँ...लेकिन

ऐसा कोई नहीं मिला। जो मिलता है उससे बहुत हुआ एक हिस्सा ही भर पाता है मेरा।"

"क्या ऐसा कोई व्यक्ति होगा?"

"अब देखो...वह कुछ दूसरी तरह का सम्बन्ध है। तुमसे यों घंटों बैठकर मैं बातें कर सकती हूँ, श्याम मोहन के साथ बहुत देर नहीं बैठा जा सकता। थोड़ी ही देर में लगता है कि हमारे पास बात करने को कुछ भी नहीं बचा। ढूँढ़ना पड़ता है कि क्या बातें करें और बातें भी जो होती हैं, वे सब वही हैं जो दफ़्तर में किसी और से होती हैं...तुम्हारे पास आकर जैसे यों हल्का हुआ जा सकता है, वह उसके साथ नहीं। बस, साथ बैठ सकते हैं...एक-दूसरे को अच्छे लगते हैं...उसे अगर मुझसे कुछ मिलता है तो क्यों रोकूँ...

"मैं तुम्हें मना तो नहीं कर सकता, न ही तुम्हारी ज़िन्दगी को कोई दिशा ही देने का हक़ समझता हूँ...लेकिन तुम सबको सब कुछ दे सकती हो क्या?"

"सबको तो नहीं पर जिन्हें मैं अपना समझती हूँ उन्हें तो दे ही सकती हूँ।"

"किन्हें अपना समझोगी?"

"जो भी अच्छे लगेंगे।"

"कितनों को अपना समझ सकती हो एक साथ?"

"मेरा ख़याल है कोई भी अच्छा सम्बन्ध बजाय हमारी भावनाओं को सीमित करने के, उदार बनाता है हमें। अगर वह दूसरा सम्बन्ध बनाने से रोकता है तो इसके माने वह हमें तंगदिल बना रहा है।"

"एकाएक तुम मेरे बहुत पास आ जाती हो, फिर वैसे ही छिटककर दूर भी चली जाती हो। उसके बाद फिर फासले होते हैं। यह तुम्हारे कई स्तरों पर जीने की वजह से नहीं है क्या?"

"नहीं, पर कोई मेरी कमी ज़रूर होगी कि मैं अभी तक तुममें वह अहसास पैदा नहीं कर सकी। मेरी रोशनी तुम्हारे भीतर तभी तक होती है जब मैं तुम्हारे पास होती हूँ...थोड़ा उसके कुछ देर बाद तक, लेकिन तुम्हारी रोशनी मेरे भीतर लगातार होती रहती है।"

"सुनो, उस दिन तुमने यह कहा कि तुम किसी की व्यक्तिगत सम्पत्ति नहीं हो, पर प्यार एक ऐसा सम्बन्ध है जहाँ हम अपनी इच्छा से दूसरे के लिए सम्पत्ति बनते हैं।"

"प्यार मुझे अच्छा लगता है क्योंकि यहाँ आप अपना सबसे अच्छा रूप सामने रखते हैं। वह ही होना चाहते हैं, जो दूसरा चाहता है, पर आप आप भी तो होना चाहते हैं, जैसे भी हैं...गड्ढों से भरे हुए, कीचड़ में डूबे हुए, उदास...तितर-बितर।

पता नहीं क्या है...मैं सोचती नहीं ज़्यादा। जो जैसा होता चले। कुछ-कुछ सोचना तुम्हारे साथ ही शुरू किया है।"

"अच्छा असर है या बुरा?"

"अच्छा...लेकिन हमेशा सोचना अच्छा नहीं, जैसे कि तुम सोचते रहते हो। फ़िज़ूल सोच-सोचकर ख़ुद को तकलीफ़ देने से फायदा...जैसे इन दिनों तुम ख़ुद को देते रहे? मैं बहुत नहीं सोचती। इतना जानती हूँ कि तुम्हीं हो जिससे मैं सब तरह की बातें कर सकती हूँ, बिना किसी हिचक के! तुम्हारी रोशनी में ही मेरे दूसरे सम्बन्ध दिखाई देते हैं। हमारे सम्बन्ध के ठोस आधार हैं जो वैसे ही रहेंगे। ऊपर के आए-गए होते रहेंगे।"

"रंगीन भी वे ही ज़्यादा होंगे, क्यों?" मैंने हँसते हुए उसे खिझाने की कोशिश की।

"हो सकते हैं, पर ज़्यादा देर को नहीं। आधार की अहमियत अपनी ही होती है।"

"मेरे बारे में तुम्हें ऐसा क्यों लगता है?"

"मेरे किसी के साथ सम्बन्ध इस तरह धीरे-धीरे नहीं बढ़े, न ही इतनी ज़्यादा देर चले...इसलिए तुम्हारी बात और है।"

"मुझे तो लगता है तुम्हारे किसी से टूटते ही नहीं।"

"क्यों, दीपक और सोम से ख़त्म ही हैं, एक तरह से। सोम बच्चा था। उसके साथ मैं कभी नहीं भूल पाई कि वह उम्र में मुझसे इतना छोटा था। दीपक बहुत ही जुनूनी था। जीवन में इतना नहीं चलता। उसकी कविताएँ देख लो...वह उम्मीद करने लगा कि मैं सब कुछ छोड़कर उसके पास आ जाऊँगी। नाराज हो गया। अब सिर्फ़ कविताएँ लिखता रहता है। किताब भेज देगा...कहीं कोई अता-पता नहीं देगा...

"दीपक के जज़्बात, सोम की कच्ची उम्र, श्याम की अच्छाइयाँ...ये सब बातें मुझमें नहीं हैं।"

"न हों, पर तुममें थोड़ा-थोड़ा सब कुछ है। आजकल तुम्हारे बारे में सोचना अच्छा लगता है।"

'आजकल, मतलब कल किसी और के बारे में सोचना अच्छा लगेगा?"

"क्या ऐसा नहीं होता? होता ही है तो हम क्यों बड़ी-बड़ी बातें करें?"

"तुम्हारी किसी ऐसे आदमी की तलाश की बात जो तुम्हें सब तरह से भर दे...वह सुपरमैन..."

"तलाश नहीं, इच्छा..."

"चलो वही...ऐसा कोई आदमी नहीं होता, हमारी भावनाएँ ही किसी को यह बना सकती हैं और भावनाओं को तुम उस स्तर तक आने ही नहीं देतीं।"

"शायद मैं ग़लत कह गई। तलाश किसी आदमी की नहीं, उस चीज़ की जो जीवन को भर दे, जिसके बाद कोई कमी न महसूस हो...ऐसा न भी लगे तो कम-से-कम छटपटाहट ख़त्म हो जाए..."

"इसके लिए भी जो महत्त्वपूर्ण सीढ़ी है वह भावना की ही है...और उसकी तुम्हारे यहाँ बहुत जगह नहीं। तुम इस सीढ़ी के बग़ैर छलाँग लगाकर ऊपर पहुँच जाना चाहती हो...कैसे होगा!"

सुवर्णा किसी सोच में डूबी दिख रही थी। घास के एक तिनके को पकड़ती, अपनी तरफ़ खींचती, और फिर फेंक देती थी।

"मुझे लगता है मैं अपने हर रिश्ते में ऊँचाई की तरफ़ लपकती होती हूँ, जो किसी क्षण मेरा कोई अँधेरा कोना रोशनी से भर जाएगा। यह सच है कि मैं अपने आपको किसी चीज़ या व्यक्ति से पूरा नहीं भर पाती। ख़ुद को नहीं भर पाती इसलिए तुम जैसे किसी का पूरा भरता हुआ देखकर ही जी बहला लेती हूँ! वह अहसास सुख देता है...पूरा भरने के लिए भागती हूँ, भटकती हूँ...लौटती हूँ! अक्सर इस सबसे डरकर या ऊबकर बैठ जाती हूँ। तुम्हारे साथ सुरक्षित महसूस करती हूँ क्योंकि लगता है कहीं बँध पा रही हूँ, आख़िर!"

तुम्हें अक्सर काफ़ी दिक़्क़त होती होगी। यही समझ में न आता होगा कि किसे सबसे ज़्यादा चाहती हो और किसके लिए किसे छोड़ सकती हो।"

"ऐसी कोई बात नहीं।"

"तुम प्यार किसे करती हो...क्या बग़ैर पसोपेश में आए बता सकती हो?"

"हाँ, क्यों नहीं!"

"किसे?"

"रमेश को।"

मेरी बोलती बन्द हो गई एकाएक...क्या मैं अपना नाम सुनना चाहता था? नहीं, पर वह रमेश का नाम लेगी—यह बेशक कभी नहीं सोच सकता था।

"हाँ, यह सही है। जो मेरे लिए रमेश है वह कोई दूसरा नहीं। वह मेरा बहुत ख़याल रखता है। उसका सरल व्यक्तित्व जैसे मुझे अक्सर सुलझाता है...जब-जब बहुत उलझ बैठती हूँ।"

"रमेश के प्यार के बाद उलझने की ज़रूरत क्यों है?"

"है तो नहीं...पर क्या करूँ...यह मैं हूँ। मेरे जो ये बाहर के सम्बन्ध हैं, उनसे मुझे कितना कुछ मिलता है। वे मेरी 'ग्रोथ' में मदद करते हैं, मुझे यह भी तो देखना है। प्यार ही तो दुनिया में सब कुछ नहीं होता।"

हमारे बीच ख़ामोशी आ बैठी। घास पर फैली धूप की चादर को कोई खींच

रहा था...धीरे-धीरे! गरमाहट सोखी जा चुकी थी, इसलिए बहती हवा से अब झुरझुरी उठती थी।

"चलो, अब चलें...काफ़ी देर हो गई।" थोड़ी देर बाद उसने कहा।

हम उठकर चल दिए। बड़ी इमारतों और बड़े दरख़्तों के नीचे छाया गहरा आई थी। लगता था हमारे इर्द-गिर्द अँधेरा था, ठंडक तो थी ही, सिहरन-भरी।

"चौबीस को तुम्हारा जन्मदिन है। तुम्हें कुछ दूँगा।"

"तुम क्यों दो, मैं दूँगी।"

"क्या दोगी?"

"जो भी तुम माँगो!"

"तुम सब कुछ दे सकती हो?"

"हाँ!"

"सोच लो मैं कुछ भी माँग सकता हूँ।"

"हाँ, कुछ भी माँग लो...दूँगी।"

कितना बड़ा दिल! मैं उसके साथ दो-चार दिन को कहीं भाग जाना...साथ सोना...माँग सकता था...कुछ वह भी जो उसके लिए ख़ासी दिक़्क़त पैदा कर दे... पर कोई क़ैद उसने अपनी तरफ़ से नहीं लगाई थी। मुझ पर विश्वास था कि मैं वैसा कुछ माँग ही नहीं सकता जो उसके लिए तकलीफ़ का कारण बने।

"तुमने बताया नहीं..." मैं कुछ नहीं बोला तो उसने टोका।

"मैं जो चाहता हूँ, उसे शब्दों में बाँधकर क्यों छोटा करूँ। तुम समझती ही होगी, नहीं समझती तो दे भी नहीं सकोगी...देना चाहते हुए भी। हर कुछ देना हमारे हाथ में नहीं होता।"

वह चुप...चुपचाप चलती रही। उसके नीचे ज़मीन ऊबड़-खाबड़ थी...इसलिए पैर भी उलटे-सीधे पड़ते थे—कहीं उठान पर फिसल-फिसल जाते हुए, कहीं खप्प-से नीचे धँसते हुए...कहीं पत्थरों से झटका खाते हुए तो कहीं पुलपुली मिट्टी के साथ-साथ भसकते हुए...

"मन करता है तुम्हारे साथ पहाड़ पर होऊँ, तुम्हारा हाथ अपने हाथ में लेकर दौड़ूँ—ख़ूब दूर-दूर तब घूमूँ वहाँ तुम्हारे साथ। खुली धूप...हवा...ठंडी और साफ़..."

उसकी आँखों में सपनों की झिलमिलाहट थी, जाने किस सुख में झूलती वह मेरी बराबरी पर चल रही थी। इस सुख की आँच मुझ तक आती थी।

रास्ते में वह कुछ ज़्यादा ही गम्भीर हो आई।

"क्या सोच रही हो?"

"कल से सोच रही थी मैं तुम्हारे कुछ ज़्यादा ही क़रीब आती जा रही हूँ, पहले ऐसा नहीं था।"

"क्या किसी दूसरी तरफ़ से निराशा?" मैंने छेड़ा।

"हट, मेरी कहीं कोई आशाएँ नहीं होतीं तो निराशा कैसी...लेकिन तुम...कभी-कभी ऐसा होता है न जब आप किसी पल अनजाने ही किसी को खोज निकालते हैं।"

उसकी गोल-गोल बाँह पर मेरा हाथ चला गया, हल्के-से सहलाता रहा। क्या उसका असली रूप यही है...हल्का उदास, भावनाओं में रिसता, गहराइयों के लिए ललक...? वह वह नहीं है जो पिछले दिनों दफ़्तर में दिखी थी...पानबहार चबाते हुए, सबको एक 'उह' में पुड़िया बना-बनाकर कूड़े की टोकरी में डालती हुई।

"तुम्हारे लिए जज़्बात कभी-कभी बेकाबू होने लगते हैं, ज़ब्त करना पड़ता है।" मैंने कहा।

"ख़ुद को रोका नहीं करो। तुम छूते हो तो अच्छा लगता है।"

"मैं अब तुम्हें कह सकता हूँ कि तुम श्याम के पास चली जाया करो, जब मन किया करे। मेरा यह सोचना शायद उस बिन्दु पर आ जाने की वजह से है जहाँ हम अपने साथी के सुख के बारे में ज़्यादा सोचने लगते हैं।"

"नहीं, अब तुम्हें यह विश्वास हो गया है कि उसके होने से हमारे-तुम्हारे सम्बन्ध पर कोई आँच नहीं आएगी। पहले तुम्हें इस बात का ख़तरा था...इसलिए परेशान हो गए थे।"

हम एक पुल पर से गुज़र रहे थे। दीवार में नीचे-नीचे लगे बल्ब रोशनी उछाल रहे थे, जिसके बीच से खुलती चली जाती सड़क सुनहरी हो आई थी।

"तुम्हारे पास हमेशा रहने का जी करता है, क्या तुम्हारा भी मन...?" मैंने पूछा।

"हमें मन पर लगाम रखना आना चाहिए।"

"तुम क्या सोचती हो, तुम्हारे बिना अब मैं...?"

"शायद नहीं।" उसके स्वर में इत्मीनान और आत्मविश्वास की ठंडक थी। एक जगह अँधेरे में कार रोककर वह मुझसे चिपक गई।

"हम बहुत मिलने लगे हैं इधर..." उसने कहा।

"तो...क्या तुम्हें अच्छा नहीं लगता?"

"नहीं, यह नहीं..." वह अलग हो गई, "ज़्यादा मिलो तो फिर और कहीं मन नहीं लगता, सब कुछ बेकार लगने लगता है। यह नहीं होना चाहिए—किसी एक चीज़ पर उतना निर्भर हो जाना। हम ख़तरे के निशान पर आ गए हैं।"

"चलो, तो विदा लेते हैं अब।"

"हट..."

और एक हँसी...बादलों से फटती उजली धूप। लाल चिकने होंठों की पंखुड़ियाँ। सफ़ेद पनीले दाँत।

"डैम!"

"क्या हुआ?"

"जाने क्या...मैं तंग आ गई हूँ।"

"किससे?"

"नौकरी से...सब कुछ से। मुझे नौकरी अच्छी नहीं लगती।"

"तो दूसरी जगह तबादला करा लो। तुम्हारे तो इतने सारे दोस्त महत्त्वपूर्ण पदों पर हैं।"

"मैं नहीं कहती किसी से।"

"तो फिर? नौकरी छोड़कर तुम-जैसी लड़कियाँ रह भी तो नहीं सकतीं। सिर्फ़ गृहस्थिन का जीवन बिता सकोगी तुम? एक ख़ास तरीके की जिन्दगी...भरी-भरी और महत्त्वपूर्ण दिखती, इर्द-गिर्द मँडराते हुए कुछ लोग, पद की प्रतिष्ठा जिस पर थोड़ा गर्व भी महसूस होता रहे...इसके हम आदी हो जाते हैं, फिर मुश्किल होता है इन सबके बग़ैर।"

"पता नहीं...मेरी समझ में कुछ नहीं आता! बस कुछ अच्छा नहीं लगता। कभी-कभी सोचती हूँ, नाचने का एक स्कूल खोल दूँ।"

"तुमने कितनी बार नाचना फिर से शुरू किया और छोड़ दिया। ऊपर से जब हम ख़ालीपन को भरने की सोचते हैं तो ऐसा ही होता है। जीवन का रस तो गहराइयों में उतरकर ही मिलता है और तुम सिर्फ़ आर-पार फैलती हो। वैसे नाचने का स्कूल...यह ख़याल अच्छा है। नाचने से तुम्हारा लगाव भी रहा है...और वह तुम एक और एम.ए. करने जा रही थीं। फॉर्म भरा था न?"

"हाँ, भरा था...पर मुझसे नहीं होता यह सब...इम्तहान की तैयारी-वैयारी। दोबारा एम.ए. करके क्या होगा? मैं बोर हो गई हूँ।"

एकाएक वह सामने रास्ते पर दौड़ गई। मुझे पीछे छोड़कर। सौ गज की दौड़ ज़रूर दौड़ी होगी। उस पार पहुँचकर तेज़ साँसों से अपने फेफड़े भर रही थी और मुझे देख रही थी। फिर वहीं एक किनारे बैठकर मेरे पहुँचने का इन्तज़ार करने लगी।

मेरे पहुँचने पर उठ खड़ी हुई। हम फिर साथ-साथ चलने लगे।

"सुनो, तुम मेरे जिस्म के बारे में भी कभी सोचते हो?" उसने ऐसे पूछा जैसे वह एक बात कितनी देर से भीतर टकटका रही थी।

"क्यों...बहुत सोचता हूँ। अक्सर ऐसा लगता है कि तुम्हारे शरीर का हर हिस्सा ख़ूब मीठा होगा। कभी-कभी जोरों की इच्छा होती है कि हर तरफ़ से तुम्हें तड़ातड़ चूमता जाऊँ...

"तो?" उसकी आँखों में चमक उतरा आई।

"पसोपेश में रहता हूँ कि कहीं यह शरीर की भूख ही तो नहीं...मैं क़स्बे का हूँ जहाँ लड़की को छूना ही बहुत बड़ी चीज़ होती है। सालों लग जाते हैं उस बिन्दु तक पहुँचने में। शरीर मेरे लिए बहुत आकर्षण की चीज़ है इसलिए मैं कुछ ज़्यादा ही सतर्क रहता हूँ...क्योंकि मेरा विश्वास है कि शरीर पर ही नज़र हो तो बाकी चीज़ें ओट हो जाती हैं, जैसे जीवन में पैसे को ही पकड़े रहो तो दूसरी चीज़ें हाथ से फिसल जाती हैं। असली सुन्दरता भीतर के व्यक्ति की होती है जो बहुत ही धीरे-धीरे खुलती है...पर रहती भी बहुत देर तक है।"

"तुम्हारा मतलब, शरीर कुछ होता ही नहीं?"

"बहुत होता है, पर प्यार के साथ ही। मुझे अजीब लगता है यह सुनकर कि लोग एक-दूसरे को प्यार नहीं करते, फिर भी सेक्स अच्छा-ख़ासा कर लेते हैं। ज़्यादातर पति-पत्नियों के साथ यह होता है।"

कुछ हैरत में...कुछ याद करने की जैसी मुद्रा में वह चलती रही। सैंडिलों से रास्ते में सामने पड़े छोटे कंकड़-पत्थर हटाती जाती थी।

"मेरा जब मन नहीं होता, मैं रमेश को दूर रखती हूँ। दोनों का मन होना चाहिए। हमारी सेक्स लाइफ अच्छी है...बढ़िया खाना खा चुकने के बाद जैसा अक्सर लगता है, पर कभी-कभी बाद में ऐसा भी लगता है जैसे दूर हो गए हों एक-दूसरे से। वैसे सेक्स को लेकर जो ये टैबू है कि पति के अलावा किसी और से नहीं...यह सब बक़वास है।"

आज उसे नौकरी के क्या...सभी बन्धन गड़ रहे थे, खुलकर बहना चाहती थी। पैंट की जेब में हाथ डाले चल रही थी, हर साँस में हवा को पीने की कोशिश करते हुए।

"तुम्हारे साथ एक पूरी रात गुजारने का सपना अक्सर देखा करता हूँ। जहाँ शरीर, मन, आत्मा सब एकाग्र हो जाएँगे। वह अनुभव कैसा होगा...कितना विलक्षण, प्राणवान..."

वह लेटी दिखाई दे रही थी...एकवस्त्रा! रात के अँधेरे में चाँदनी-सा उजला-उजला उसका शरीर...अलसाया पड़ा हुआ...उससे उठती हुई चन्दन की सोंधी-सोंधी गन्ध। आँखें...होंठ...द्वारों के बोल अपने पंखों पर बिठा अनन्तता में ले जाते हुए...

मैं जो भी बोले जा रहा था वह सुनती रही...मुग्ध। हम एक दरख़्त के पास रुके खड़े थे...एक-दूसरे में लीन।

"अपने जीवन की कितनी रातों में से एक रात तुम मुझे नहीं दे सकतीं?"

वह चौंकी, ख़ुद को झकझोरकर उसने जगाया और सामने चल पड़ी।

"हम ऐसे ही अच्छे हैं...चलो, साथ दौड़ लगाएँ।"

उसने कहा और मेरी हथेली अपनी में कस मुझे क़रीब-क़रीब घसीटते हुए आगे दौड़ गई। सामने के एक टीले को भागते-भागते ही पार किया हमने। ऊपर पहुँचकर एक-दूसरे को देखते दम लेते हम थोड़ी देर खड़े रहे। फिर वहीं पड़ी एक बेंच पर बैठ गए...बेगम बेलिया की घनी झाड़ के नीचे दुबकी पड़ी एक हरी-हरी बेंच।

"एक 'क्रश' मारा जाए...ज़िन्दगी बेहद बोर हो गई है।" वह बोली।

"यह क्या होता है?"

"'क्रश' नहीं समझते...किसी से जा भिड़ना, फिर उसके साथ घूमना-फिरना। मस्ती मारना, होटलबाजी, रेस्तराँ सिनेमा वग़ैरह, फटाफट थोड़ा प्यार-व्यार भी। फिर सब छोड़कर वापस अपनी जगह।"

"तो यह तो तुम अब भी कर रही हो।"

"क्या कर रही हूँ?"

"मतलब सेक्सवाले पक्ष को छोड़कर बाक़ी सब तो हो ही रहा है...मेरे अलावा भी कई के साथ।"

"हट...कहीं क्रश इतना चलता है?"

कभी-कभी लगता है कि उसके दिमाग़ में कोई फ़ॉर्मेट है जिसे वह जीना चाहती है...किसी भी आदमी को उसमें बिठाकर। यही है जो उसे चैन नहीं लेने देता। मैं उसके होते हुए किसी दूसरे सम्बन्ध की सोच नहीं पाता, उसमें ही सब कुछ मिल जाता है, उसमें ही डूबा रह सकता हूँ दिनोदिन और एक वह है कि पति को प्यार करती है, कम-से-कम दो के साथ ख़ासी अन्तरंगता से जी रही है, फिर भी 'क्रश' की ज़रूरत महसूस करती है।

हमारी ज़मीन पर खपते हैं क्या ये शब्द—ऍफेयर, क्रश—किसी से जा भिड़ना और प्यार करने लगना और फिर इत्मीनान से वापस भी हो लेना—आज के शहरी प्यार का बौद्धिक खाका!

"जो मेरे साथ है उसे 'ऍफेयर' कहोगी तुम?"

"नहीं!"

"तो फिर क्या है यह?"

"मुझे नहीं मालूम...पर तुम मुझे छोड़ना नहीं। मैं गन्दी लड़की हूँ...मेरे इर्द-गिर्द हमेशा रहना!"

उसकी आँखें भीगने को हो आई थीं। उसकी उदासी देखकर मन भारी हो आया। मैंने उसके हाथ पर अपना हाथ रखा, हल्के-से दबाया। चहकती फिरती लड़की,

थोड़ा फ़्लर्ट जैसा करती हुई...किसी से भी सम्बन्ध बनाती हुई...शायद उस पर वही सब फबता था। दिक़्क़त यही थी कि वह सब भी उसे पूरी तरह नहीं भर पाता था। उसका वह चहकना बाहर का था, भीतर-भीतर वह उदास थी...मानती हो या नहीं।

"तुम्हें चाहनेवाले तो बहुत थे, लेकिन तुम्हें प्यार कभी मिला नहीं...कोई तुम तक पहुँच नहीं पाया।"

"तुम सही लगते हो। कुछ यह भी है कि हमारी इस बीच की उम्र में छटपटाहट ज़्यादा ही होती है। शुरू जवानी में तो लापरवाही होती है—सारा जीवन ही आपके सामने पड़ा होता है, लगता है अभी नहीं तो आगे सही, पर इस उम्र में आकर हम कुछ डेस्पॅरेट होने लगते हैं।"

"बात किसी विशेष युग या उम्र की नहीं है। हर किसी को और हर उम्र में प्यार चाहिए। मुझे तो लगता है यही वह चीज़ है जिसके लिए आदमी जीवित रहता है, जो उसे जीवित रखती है और जहाँ तक मेरी बात है, मुझे तो जैसे ढेर सारा प्यार चाहिए।"

"तभी तो तुम दे भी पाते हो। यह अजीब है कि जो जितना प्यासा, वही दूसरे की प्यास भी बुझा पाता है। मैंने श्याम को कहा भी कि अनन्त के साथ मेरे वे सम्बन्ध हैं जिनका कभी ख़्वाब देखा करती थी मैं..."

उसकी पतली-पतली भवें धीरे-धीरे उछल रही थीं, पानी में कूदती छोटी-छोटी मछलियों की तरह। चेहरा...जैसे कोई कली पोर-पोर चटकती हुई खिल रही हो। एक-एक करके भावनाएँ फूटतीं तो वहाँ रोशनी-सी फैल जाती।

"मैं तुम्हारी तरफ़ बड़ी तेज़ी से बढ़ रही हूँ। घबराने लगी हूँ...क्या करूँगी जब वहाँ पहुँच जाऊँगी, जब तुम्हारे साथ हर पल होना चाहूँगी...तुम्हारे साथ रहना चाहूँगी।"

"मैं तो उस बिन्दु पर पहले से ही पहुँचा हुआ हूँ। इस चाह के साथ कब से रह रहा हूँ।"

"मुझे अभाव में रहने की आदत नहीं है। डर लगता है कि मैं कहीं तब वह सब न तोड़ डालूँ जो हम-तुम दोनों ही नहीं तोड़ना चाहते। अभी तक यह मानकर चलते भी रहे हैं कि हम अपनी सीमाएँ बनाए रखेंगे।"

फ्रेम से उखड़ जाने की छरछराहट। उसके पास सब कुछ था...उसमें वह ख़ुश भी थी। मैंने उसके भीतर सोयी उदासी को जगा दिया। वह महसूस करने लगी है कि कहने को सब कुछ है लेकिन...मैंने ठीक नहीं किया शायद, तब क्या उसे भ्रान्तियों में ही जीने देता?

वह मेरी तरफ़ देख रही थी—ख़ामोश और उदास। कितनी छटपटाहट थी उसकी आँखों में। उसका सिर धीरे-धीरे मेरे कन्धे से आ टिका। हम पर ख़ामोशी

छा गई, साँसों की भी आवाज़ नहीं...अगले क्षण मेरी कमीज पर दो बड़े-बड़े आँसू गिरे...टप...टप...

उसने एक बार बताया था कि उसे रोना आसानी से नहीं आता, साल में एकाध बार ही रोती है...वह भी सूक्ष्म-सा और रमेश से छिपकर...अकेले में। मैं स्वयं आज पहली बार उसे इस तरह देख रहा था।

"रो लिया करो, इस तरह कभी-कभी..." मैंने उसे थपथपाया...कितना हल्का लगता है अपना अहं, अपनी बौद्धिकता को ताख में रखकर, सब कुछ एक व्यक्ति को सौंप, इस तरह ढह जाने में...

मेरी गोद में लुढ़का हुआ एक छोटा-सा कबूतर...फड़फड़ाता हुआ, ज़रूरत से ज़्यादा समझ के कारण परेशान। वह मेरी ओर समझ के लिए ताक रही थी। मैं क्या बताता जब मैं ही उसे पूरा-पूरा नहीं समझ पाता।

कुछ क्षणों तक वह वैसे ही रही। उधर से कोई आता दिखाई दिया तो उसने ख़ुद को अलग किया और आँखें पोंछ लीं। बैंच से उठकर वह पास ही घास पर खुले में आकर लेट गई। मैं उसकी बगल में जा बैठा।

"जब कभी सोचते-सोचते थक जाती हूँ तो सोचना छोड़ देती हूँ। गायत्री मंत्र का जाप करने लगती हूँ।"

"अच्छा...पूजा करती हो?"

"हाँ, रोज़...तुम्हें विश्वास नहीं होता?"

"यह बात नहीं, सिर्फ़ तुम्हारे साथ जोड़ नहीं सका था।"

वह अचरज से ऊपर मेरी तरफ़ देखती रही, फिर नज़रें मेरे पार आसमान को टटोलने लगीं। वहाँ नीले साफ़ आसमान के चौखटे में एक चिड़िया हवा में टँगी हुई थी।

"वह देखो..." उसका चेहरा थोड़ा फैल आया, "किस आसानी से पक्षी आसमान में उतराते हैं। हम ज़िन्दगी में ऐसा क्यों नहीं कर पाते?"

"जो उड़ सकते हैं वे ही तो हवा में उतरा सकेंगे।"

उसने मेरी बात नहीं सुनी! ऊपर झूलती चिड़िया में खोयी हुई थी, उसकी ही उड़ान से लयबद्ध, मुझसे बहुत दूर...

12 जनवरी, 1979

कहाँ से कहाँ आ पहुँचा हूँ।

जीव रेशा-रेशा पिघलकर कैसे दूसरे पर बहता है...बहने के सुख की सीधी अनुभूति मैं कर सकता हूँ। यहाँ तक ज़रूर आ गया हूँ।

मेरी निर्भरता उस पर बढ़ गई है...यह उसे चौकन्ना कर रहा है। वह यह सोचकर परेशान हो जाती है कि हमें कभी क्या, कुछ न सहना पड़े। कभी उसने कहा भी था कि तकलीफ़ देनेवाला सम्बन्ध उसे पसन्द नहीं। शायद इसीलिए वह चीज़ों को 'मैनेज' करनेवाला सन्तुलन बराबर बनाए रखना चाहती है। उसे अब ख़तरा दिखाई देता है—ऐसी स्थिति आ सकती है कि हमें एक-दूसरे को खोना पड़े। क्या पता ऐसे डरों की ओट में असली डर उसे अपने सन्तुलन को खो देने का हो रहा हो। उसका मेरे बारे में सोचना-यह कि मेरा उस स्थिति में क्या होगा—दरअसल यह सोचना है कि उसके सन्तुलन का क्या होगा।

कैसे बेवकूफ़ हैं हम! ज़िन्दगी हमारे सामने झोली खोले खड़ी है—बीन लो जो चाहे सो...और हम उँगलियाँ झुलस जाने के डर से सहमे खड़े हैं। हमें आग की ज़रूरत भी है पर उसके बहुत पास बैठ भी नहीं सकते। प्यार की आग झेलने के लिए हमारे भीतर भी एक आग चाहिए—उम्र, लापरवाही या नासमझी की आग। उसे अपने घर पर आँच आने का डर सताने लगता है। ये जो घरौंदे हमें विरासत में मिले हैं...इनमें हम सुखी नहीं होते पर इनके बग़ैर भी नहीं रह सकते। नई अनुभूतियों की तलाश में हम भागते हैं पर जो फासला हम निकल आए इस बीच, वही जैसे हमारे गले के नीचे नहीं उतरता। हर क्षण उसे लगता है जैसे हम बहुत दूर निकल आए हैं। वह डरकर लौटती है...बार-बार। नतीजा... खिलौनेवाले बन्दर की तरह हम ऊपर उचाक लगाते हैं पर फिर वापस आ गिरते हैं अपनी जगह।

वह सिर्फ़ देती है...लेती हुई कम दिखाई देती है। माँग तो कुछ सकती ही नहीं। जैसे प्यार करने की कुव्वत सबको नहीं मिली होती, वैसे क्या इसे भी नहीं? प्यार से माँगना भी उतना ही है जितना देना।

तार्किक, मनोवैज्ञानिक विश्लेषण उसके व्यवहार का, थोड़ा-बहुत उसका भी... काफ़ी सही कर लेता हूँ मैं, फिर भी यह वह नहीं होती जो मेरे अन्तस में उतरती है...भावनाओं की सीढ़ी-दर-सीढ़ी। उसके ये दो रूप अलग-थलग जा पड़ते हैं और तब मुझे लगता है मेरे इस तमाम तार्किक विश्लेषण में वह कहीं खो गई या इस सारे आल-बाल के बीच कहीं है वह, जो वह सचमुच है।

घंटों मैं मीठी गहराइयों में डूबा होता हूँ इन दिनों। उसका रूप जैसे पिघलकर सारे वातावरण में फैल गया है। वह हवा में है और हर साँस में मैं उसे पीता हूँ। आसमान से बरसती चाँदनी की नम सफ़ेदी-सा अपनत्व मुझे लपेटे रहता है। ख़ुशबू... उसकी गरदन की छाँह में बराबर होने का अहसास हर पल भिगोए रखता है। यह सब उससे भी अधिक सुन्दर है। उसके नाक-नक़्श याद करने में मेहनत करनी

पड़ती है पर वह हर पल साथ है। प्यार शायद यही होता है...जब दूसरे का श्रेष्ठ हम तक आता है, शरीर को बहुत पीछे छोड़कर। उसके शरीर को हल्के से छूकर ही अब मैं इस श्रेष्ठ में नहा लेता हूँ।

जीवन कितना मीठा है। चारों तरफ़ मिठास...आधे चाँद के इर्द-गिर्द वह पीली-पीली गोलाई, ठंडक...इस लड़की की ख़ूबसूरती का उत्स शायद वहाँ है।

वो रही मियाँ तानसेन की हवेली

सुवर्णा ने कभी ज़िक्र किया था, वैसे ही जैसे वह अपने दोस्तों का ज़िक्र करती थी—जब पूछा जाए तभी, नपे-तुले शब्दों में, जितना बताए बग़ैर न चले उतना ही और सबसे बड़ी बात, इस तरह कि वह आदमी और उससे सुवर्णा का सम्बन्ध दोनों ही निहायत मामूली हो जाएँ। उस दिन जब मैं पहुँचा था, वे फ़ोन पर बातें कर रहे थे। फ़ोन के बाद मैं पूछ भी बैठा! अरविन्द है, उसने बताया था, उसके दफ़्तर में काम करता है, कभी-कभार फ़ोन कर लेता है या आ जाता है उसके कमरे में।

मेरा ज़िक्र भी उसके मुँह से क्या इसी तरह निकलता होगा? श्याम मोहन के अनुभव के बाद मैं उसके बयानों में जोड़-बाकी करने लगा था। जहाँ वह धड़धड़ाती हुई आदमी की तारीफ़ करती चली जाए...वहाँ समझो सम्बन्ध औपचारिक है। जहाँ थम-थमकर चले, सम्बन्धों को मामूली करती हुई, वहाँ समझो कुछ ख़ास है।

छोटी-सी बीमारी के बाद वह आज दफ़्तर आई थी। मैं उसे देखने के लिए अधीर था। इसलिए बग़ैर बताए ही उसके दफ़्तर चला आया। कमरे में तब वे दो थे।

एक कोने में पड़ी आरामकुर्सी पर अरविन्द बैठा था—गोरा रंग, चौड़ा मुँह, आँखें बड़ी। अगर थोड़े ज़रूरत से ज़्यादा मोटे होंठों को निकाल दिया जाए तो उस आकृति को सुन्दर भी कहा जा सकता था। उम्र पैंतीस-चालीस के बीच की। समय वही शाम का जब अमूमन हम मिला करते थे—जिसमें दफ़्तर ख़त्म होने के ठीक पहले से शुरू करके आगे की वीरानी, ख़ामोशी और बाहर जाने की सुविधा तक सरका जा सकता था।

"ये अरविन्द..." उसने परिचय कराया..."और ये अनन्त...बताया था।"

अन्तिम दो शब्द धीरे-से जो दोनों की आत्मीयता जाहिर कर ही गए।

"चाय-कॉफ़ी तो मिलेगी नहीं, कैंटीन बन्द हो चुकी।" उसने लाचारी व्यक्त की।

“कोई बात नहीं...” मैंने कहा, “पानी चलेगा। आप कितने दिनों से इसी विभाग में है अरविन्द साहब?”

“तीन वर्षों से।”

“हाल में विदेश गए हुए थे?”

“जी हाँ।”

“इन्होंने बताया था। कब लौटे?”

“एक हफ़्ता पहले।”

“काफ़ी सामान लाए होंगे।”

“बहुत तो नहीं।”

“परिवार को ले गए थे?”

“नहीं, वे लोग यहीं थे।”

“कितने बच्चे हैं?”

“दो!”

“पानी भी नहीं है...” सुवर्णा थी, उधर से थर्मस को छूछा बजाती हुई।

“विदेश में कोई तैनाती पर फिर जानेवाले हैं क्या?”

“अभी तो नहीं!”

“तो इसी विभाग में रहेंगे?”

“अभी तो ऐसा ही लगता है।”

“आप तो डेपुटेशन पर हैं...कितने सालों के लिए होता है?”

“पाँच।”

“विदेश की एक नियुक्ति में लाख-दो लाख बचा लेना तो मामूली बात होती होगी।”

“जी हाँ।”

“फिर आप क्यों नहीं कोशिश करते बाहर जाने की?”

अरविन्द चुप लगा गया। मैं धड़ाधड़ प्रश्न-पर-प्रश्न ठोंके जा रहा था...पता नहीं फिर मिलने का मौक़ा मिले-न-मिले। जो सुवर्णा का इतना अन्तरंग था, उसके बारे में थोड़ा-बहुत तो जान लूँ। मैंने देखा कि कुर्सी पर सुवर्णा फड़फड़ाई जा रही थी।

“ये आपकी बहुत तारीफ़ किया करती हैं।” मैंने आगे कहा।

अरविन्द सिर्फ़ थोड़ा-सा हँसा। मुझे अच्छा लगा कि भीतर कहीं आहत भी हुआ होगा कि सुवर्णा उसके बारे में मुझसे बातें करती है। सुवर्णा चुप थी, घबराई-सी भी कि मैं पता नहीं अब क्या पूछ बैठूँ और कहीं वह ऊटपटाँग न हो। मेरे आने पर जो एक हल्की-सी औपचारिक क़िस्म की मुस्कान उसके चेहरे पर आई थी,

वह अब पूरी तरह ग़ायब हो गई थी। अरविन्द के चेहरे पर कुछ नहीं था। वह कम बोलनेवाला, सुलझा हुआ व्यक्ति लगता था...क़रीब-क़रीब ठंडा।

"माफ़ करिएगा। मैं इधर से गुज़र रहा था, सोचा इन्हें देखता चलूँ...।" मैंने शालीनता पर उतरने की कोशिश की, "चला जाए?"

"हाँ, चलना ही चाहिए अब...दफ़्तर बन्द हुए पन्द्रह मिनट हो गए..." सुवर्णा को जैसे राहत हुई। उसने फ़ौरन ही मेज़ पर से सामान समेटना शुरू कर दिया। अरविन्द चुपचाप अपनी जगह बैठा रहा, जैसे इत्मीनान में हो कि आख़िर मुझे वह बाहर ठेल ही देगी और वे थोड़ी देर और बैठ सकेंगे।

"तो पानी भी नहीं...आपके यहाँ से प्यासा लौटना पड़ा।" मैं उठ खड़ा हुआ।

तब मेरा उस भाषा में बात करना उसे ज़रूर खला होगा...लेकिन वह यही जताती रही कि मैं पानी की ही बात कर रहा था, उसके आगे कुछ नहीं। अरविन्द से हाथ मिलाकर मैं बाहर आ गया। चलते समय वह 'बाय' करना नहीं भूली!

आदमी के भीतर एक पिशाच ज़रूर होता है...जो जब जागता है तो फिर हमें पता नहीं चलता कि हम क्या कर रहे हैं, क्या बोल रहे हैं। मैं यंत्रचालित-सा दफ़्तर के बाहर चक्कर काटता रहा। सुवर्णा से जैसे आज मिलना ज़रूरी था या कि वे कितनी देर दफ़्तर के एकान्त में बैठते हैं, यह जानकारी मेरे लिए बेहद ज़रूरी थी। इन्तज़ार की थकान मेरी कड़ुवाहट को और भी तीखा कर रही थी। आख़िर थककर मैं फिर उसके कमरे की तरफ़ चला। शायद अरविन्द जा चुका हो अब तक और वह फिर भी बैठी हो। वह सीढ़ियों पर मिल गई। मैं उसके साथ लौट पड़ा। हम कुछ नहीं बोले, सीढ़ियों पर आते-जाते लोग थे। बाहर आकर उसने चश्मा लगा लिया और जहाँ पर कार खड़ी करती थी...उस तरफ़ बढ़ने लगी। साथ-साथ मैं।

"ज़रूरी था तुम्हें देखना...आज बीमारी का सुनकर मन नहीं माना...कैसी हो?"

"ठीक हूँ।"

"मुझे लगा आज तुमसे बातें करना बेहद ज़रूरी है इसलिए फिर लौट रहा था।"

वह बग़ैर कुछ बोले चलती रही। कार पर पहुँचकर चुपचाप उसे खोला, पर बैठने के पहले थोड़ी देर रुकी खड़ी रही।

"क्या ज़रूरत थी उन 'सर्चिंग क्वेश्चंस' की...मुझे ज़लील करना चाहते थे?"

"यह बात नहीं! पहली बार मिला था तो जान लेना चाहता था।"

"मुझसे पूछ सकते थे।"

मुझे याद आया—जब मैं सवाल-पर-सवाल दाग़ रहा था तब मेज़ पर बैठी वह...उसकी आँखों में घबराहट के रंग, जैसे किसी आदमी की नज़रें अपने अंडों पर पाकर कबूतरी की आँखें हो जाती हैं।

"तुम्हीं मेरे बारे में उसे बता देतीं..."

"ऑफ़कोर्स ही नोज़ अबाउट यू।"

"उतना ही जितना तुम्हारे खेल के लिए ज़रूरी है।"

"अच्छा लड़ो मत यहाँ सड़क पर!"

"सुवि, क्या ज़रूरत है तुम्हें इधर-से-उधर, उधर-से-इधर जाने की। पेशतर इसके कि यह बीमारी बने...इसे काबू में लाना चाहिए?"

मेरी नसीहत में उसे ज़रा भी दिलचस्पी नहीं थी तब, चुपचाप गाड़ी में बैठी और चली गई...गोया कि मैं वहाँ था ही नहीं।

जैसे नशे में ही कोई नशे की अपनी पिछली हालत को देख रहा हो...जो हुआ उस पर मुझे जितनी ग्लानि थी, उतना ही अचम्भा। मेरा यह रूप कहाँ छिपा बैठा था अब तक?

मामला वहीं रुक जाता तो शायद घाव इतने गहरे नहीं होते, वह रोक भी रही थी। आनेवाले दिनों में अपनी तरफ़ से फ़ोन नहीं किया उसने, मैंने किया तो बड़ी ही सामान्य और सूक्ष्म-सी बात करके रख दिया। मैंने मिलने की बात की तो एक सूखी-सी इत्तला दी कि तीन-चार दिनों तक दफ़्तर के कामों में ज़रूरत से ज़्यादा व्यस्त है, पर बड़ी-बड़ी बातें महसूस करने, उन्हें दूसरों पर लादने में ऊँचे या बड़े हो जाने का जो सुख निहित था...इसके रस का मैं इस कदर आदी हो चुका था कि लगा ही रहा।

"देखो..." मैंने तीसरे दिन फ़ोन पर कहा... "मैं परेशान हूँ। तुमसे मिलकर बात हो जाएगी तो हल्का हो जाऊँगा। हमारे सम्बन्ध इतने क़ीमती हैं कि उन्हें किसी ग़लतफ़हमी में टूट जाने देना क्या ठीक होगा? बेईमानी जो हो गई है...उसे निकाल फेंकने की सोच सकते हैं हम अपने बीच से...तुम्हें जब फुरसत हो, मैं तभी आ जाऊँगा।"

उधर से वह चुपचाप सुनती रही और फिर 'साढ़े चार बजे आ जाओ' कहकर फ़ोन टाँग दिया...शायद तंग आकर, वरना पता नहीं मैं फ़ोन पर ही कब तक और कहाँ तक चला जाता। उसे ऐसी बातें फ़ोन पर करना एकदम पसन्द नहीं था।

मैं ठीक साढ़े चार बजे पहुँच गया। कमरे में वह अकेली थी। एक सूखा-सा—'आओ बैठो!' न हाय हुई, न मुस्कान के साथ स्वागत। वह गम्भीर थी, चुपचाप फ़ाइल में डूबी रही। एक ख़त्म करके दूसरी उठा ली। बीच में दो चाय के लिए कैंटीन को फ़ोन कर दिया। मैं सोच रहा था कि इस तरह कब तक बैठा रहूँगा। अगर वह वाकई व्यस्त है तो क्यों उस पर लद रहा हूँ...मैं उसके लिए कभी व्यस्त क्यों नहीं हो पाता?

बेयरा चाय रख गया। उसने पैसे देने के लिए फ़ाइल से सिर हटाया। बेयरे को खिसकाकर फिर फ़ाइल में डूब गई। मुँह में पैन दबाकर कुछ पढ़ा, फिर दो-चार लाइनों का नोट उस पर लिखा और फीता बाँध 'आउट' की टोकरी में डाल दिया। इसके बाद चाय की ट्रे को अपनी तरफ़ सरकाया और चाय बनाने लगी।

"हाँ...बोलो..." उसने कहा, जैसे अफसर लोग मिलने आए किसी व्यक्ति से कहते हैं।

चाय का कप बनाकर उसने मेरी तरफ़ बढ़ा दिया था और अब पूरी तरह मुझसे मुखातिब थी...मेरी आँखों में सीधा देखती हुई। मैं सोच रहा था कि कहाँ से बात शुरू करूँ और कि क्या मुझे वाकई कुछ बात करनी थी या कि वह सब तो सिर्फ़ उसके पास होने का बहाना था। मैंने पहले भी एक से ज़्यादा बार यह महसूस किया था कि यह सोचना—उसके और मेरे बीच जो हो रहा है उसकी हर बार मीमांसा करना, मीमांसा से कुछ-न-कुछ निकालने की कोशिश करना—क्या यह वाकई ज़रूरी है? क्या सिर्फ़ यही महत्त्वपूर्ण नहीं है कि हम साथ होते हैं? वही तो असली सुख है, उसी में क्यों न ख़ुद को भीगने दें? वह अक्सर यही करने की कोशिश करती है, मैं ही हूँ जो उसे विचार-पुनर्विचार की तरफ़ घसीटता रहता हूँ।

"उस रोज़ के लिए माफ़ी चाहता हूँ...पता नहीं...मुझे क्या हो गया था।"

वह कुछ नहीं बोली।

"तबीयत कैसी है अब?"

"तुम्हारे सामने हूँ...चाय पिओ।"

"इतना रूखा-रूखा क्यों बोल रही हो?"

"तुम जैसा चाहते हो, हमेशा वैसे ही तो नहीं बोल सकती और बोलूँ भी क्यों? मेरा भी तो कुछ मन हो सकता है, या सिर्फ़ तुम्हारा ही होगा?"

"वह तो दोनों का होता है...लेकिन होता यह है कि हम दूसरे का ज़्यादा ख़याल करने लगते हैं।"

"मुझे अपना भी ख़याल करना है। हर समय दूसरों का ही देखती रही तो देखूँगी कि इस बीच मैं ही साफ़ हो गई। मुझे ख़ुद को बचाए भी रखना है!"

"इससे भी कोई फ़र्क़ नहीं पड़ता अगर हमारे बीच एक बुनियादी समझ है तो...और यह विश्वास कि हम सिर्फ़ एक-दूसरे के हैं...यह विश्वास बढ़ता रहता है अगर हम हिस्सेदारी करते चलें...एक-दूसरे को बताते चलें।"

"क्या?"

"हर चीज़ ही..."

"यह झूठ है—कोई क्या सचमुच सब कुछ दूसरे को बता सकता है?"

"मोटी-मोटी बातें तो बता ही सकता है।"

"मैं नहीं बता सकती—मैं एक प्राइवेट क़िस्म की व्यक्ति हूँ...और बताऊँ भी क्यों यार...क्यों? मेरे दर्जनों दोस्त हैं, हर को तुम आदमी लोग एक ही नजरिये से देखते हो, सोचते हो कि एक ही चीज़ है जो आदमी-औरत के बीच हो सकती है...मुझसे उम्मीद की जाती है कि मैं तुम्हारी तंगदिली साफ़ करती चलूँ, हर बात की तफ़सील देती रहूँ...क्यों...मैं यह क्यों करूँ...जिसे जो समझना है वह समझता रहे...हुँह..."

"..."

"देखो अनन्त"—वह और तैश में आ गई—"अगर तुम्हारा यह सोचना है कि मैं जो करूँ वह तुम्हें बताऊँ, यह सोचकर करूँ कि तुम्हें क्या अच्छा लगता है, क्या नहीं, तो मैं ऐसा नहीं कर सकूँगी। मेरा अपना अलग मन, अलग व्यक्तित्व है। यह क्या कि हर बार ही मुझे सफाई देनी है...जैसे मुझे एक इम्तहान में बैठना है और पास होना है। हर बार तुमको यह जताना है कि मैं तुम्हारे लिए उतना ही महसूस करती हूँ जितना तुम करते हो। तराजू लेकर यह तौलना...क्या है यह... माई फुट!"

दबा हुआ गुस्सा भभक उठा था एकाएक। मैंने देखा, उसकी छोटी-छोटी सुन्दर भवें रह-रहकर उचकती थीं...जैसा वह जब बहुत ही कोमल भावनाओं से गुज़रती होती थी तब भी होता था...कितना अजीब!

"अगर तुम्हें यह लगता है"—वह आगे कह रही थी—"कि मैं तुम्हें वाकई वह नहीं देती जो तुम देते हो या कि तुम्हें मुझसे वह नहीं मिलता जो तुम चाहते हो या कि मैं वैसी नहीं हूँ जैसा तुम सोचते हो तो चलो ख़त्म करते हैं...मैंने तुम्हें बाँधकर तो नहीं रखा है।"

"इतना आसान है क्या?"

"नहीं है तो वह तुम जानो...मैं क्या इम्तहान ही देती रहूँ...ताज़िन्दगी?"

"बात इम्तहान की नहीं है—लगातार दूसरे को विश्वास दिलाने की है, जो अपने बीच है उसे बराबर पुख्ता करते रहने की है।"

"मुझसे यह सब नहीं होता। जैसी हूँ, वैसी हूँ...और मैं क्यों करूँ वह सब, सिर्फ़ इसलिए कि तुम्हें अच्छा लगता है? मुझे भी तो कुछ अच्छा लग सकता है।"

"प्यार में हम वह भी करते हैं जो हमें अपने प्रेमी की नज़रों में ऊँचा रखे, अपने साथी के लिए ही कुछ करना अपने आपमें कितना बड़ा सुख हो सकता है?"

"यह प्यार नहीं, आत्महत्या है...दूसरे की ख़ातिर अपने को मारते चले जाना। प्यार वह है जो हमें खोले, न कि बन्द करे। बोरियत दूर करे, हमें जोश और ख़ुशी दे। जो यह नहीं करता वह सम्बन्ध ही बेकार है...प्यार या कि कुछ भी।"

वह ऊबी हुई नज़रों से मेरी तरफ़ देख रही थी, जैसे कि जितना परेशान मुझसे थी, उतना ही इन भारी-भरकम बातों से।

"सचमुच क्या इस दूसरे की कुछ भी गिनती नहीं है तुम्हारे यहाँ?" मैंने आगे पूछा।

"मुझे नहीं मालूम।" वह बेहद खीझी हुई थी, पता नहीं सवाल से या मेरे पूछते चले जाने की आदत से।

"क्या दूसरे के लिए कभी कुछ नहीं करना चाहोगी तुम?"

"ख़ुद को नुकसान पहुँचाते हुए एकदम नहीं!"

"अगर यह दूसरा वही हो जिसे तुम थोड़ा-बहुत चाहती भी हो...तब भी नहीं?"

"मैं यह सब नहीं कर सकती। इट्स टू मच ऑफ़ अ स्ट्रेन फ़ॉर मी। मैं जैसी हूँ, वही ठीक हूँ...ऊपर उठने की कोशिश ही करती रहूँ ज़िन्दगी भर, क्योंकि एक आदमी को वह पसन्द है, क्यों? इसमें समय बर्बाद करने की बजाय मैं जैसी बनी हूँ उसी तरह जीने में सुख क्यों न लूँ। मेरी अपनी ज़िन्दगी है, उसे मैं अपने ढंग से जीना चाहती हूँ। मैं तुम्हें किसी ग़लतफ़हमी में नहीं रखना चाहती अनन्त...अगर तुम्हारे हिसाब से यह ठीक नहीं है तो छुट्टी करो..."

वह जो तृण-तृण जोड़कर हमने अपने बीच बनाया था, सुकुमार भावनाओं की परत-दर-परत बैठाते हुए...उसका इस तरह गरज के साथ उजड़ना...मैं देख रहा था, जैसे कोई बच्चा अपने रेत के घरौंदे को तूफ़ानी बारिश में टूटता, ढहता और फिर बहता देख रहा हो...

"तुम कहते थे बेईमानी...क्या बेईमानी की है मैंने और किसके साथ...मैं भी तो सुनूँ ज़रा? तुम तो ऐसे जवाबदेही चाहते हो जैसे कि मेरे पति हो...कौन-सी कसम खाई थी मैंने तुम्हारे लिए...बोलो..."

जैसे एक बॉक्सर अभ्यास के दौरान फूले-फूले थैले को भड़ाभड़ मारता चला जाता है। मैं पिट रहा था, दाएँ-बाएँ, ऊपर-नीचे। जब पहली बार उसकी गरदन में मेरा सिर अनायास ही उतर गया था...तभी क्यों न झिटक दिया उसने? एक-दूसरे को छूते हुए देवत्व की हदों तक उठ जाना...वे ऊँचाइयाँ...गहराइयाँ...क्या यह हश्र होना था? यही नियति है तो हम घरौंदे बनाने क्यों निकलते हैं?

उन खड़ी-खड़ी बातों के जवाब में मेरे पास सिर्फ़ आँसू थे जो बहे जा रहे थे...झर-झर...उसके सामने मुझे और कमज़ोर आदमी जैसा प्रस्तुत करते हुए...वह जो कभी आँसू बहाती नहीं, क्योंकि उसकी संस्कृति में दूसरों के सामने अपनी दुर्बलता कभी नहीं दिखाई जाती, हमेशा शक्तिशाली होकर ही पेश हुआ जाता है।

"उस दिन मैं ऐसे ही बैठी रही...कभी तुम्हारी तरफ़ तकती, कभी अरविन्द की तरफ़...जैसे तुम लोगों के बीच पड़ी कोई बेजानदार चीज़ होऊँ। मुझे तुम्हें किसी

ग़लतफ़हमी में नहीं रखना चाहिए...मुझे सोचना होगा, अपने भीतर टटोलना होगा कि मैं वाकई अब भी तुम्हारे लिए वही महसूस करती हूँ..."

दो-टूक शब्दावली में—वह भी उसके मुँह से—यह सुनूँ कि वह मुझसे आजिज़ आ चुकी है...यह हिम्मत मुझमें नहीं थी। जितना परदा रखकर कहा जा सकता, वह कह दिया था उसने।

हर तरफ़ से अटकते-टकराते वह एक ही जगह पहुँच रही थी...जाओ...मुझे छोड़ो अब...काफ़ी हो चुका। अच्छा होता कि इस तरह का फैसला दोनों ही तरफ़ से होता, तो शायद कुछ तौर-तरीके से दूसरे की क़द्र जताते हुए विदा होने की कोशिश करते हम...वह कायल भी ऐसी ही चीज़ों की थी, लेकिन ज़िन्दगी में सब कुछ उसी तरह से तो नहीं घटता जैसे हम चाहते हैं।

8 मई, 1979

हतप्रभ हूँ...यह जो हुआ वह मेरे साथ ही क्या! जिसे मैं क़रीब-क़रीब पूजता रहा, उसे यह कैसे लगा कि उसे ज़लील कर रहा हूँ। जिसे तकलीफ़ देना कभी नहीं चाहा, उसे इतनी तकलीफ़ कैसे दे गया! पिछले दिनों भयंकर यातना से गुज़रा हूँ...ख़ूब डाँट भी सुन चुका हूँ...और उसके लिए तुम्हारा शुक्रिया। सच, मैंने उन गरमागरम बातों के लिए ख़राब नहीं महसूस किया...डाँटने के पीछे एक अपनत्व तो होता ही है...तभी तो कोई हर ऐरे-गैरे को नहीं डाँटता! चाहता हूँ कि यह सब अब हम दोनों के मन से धुल जाए, कोई आकर धो जाए...पर कौन...? कौन मुझसे 'बेईमानी' कहलवा गया...ग़लत शब्द था। मेरे प्यार के सन्दर्भ में देखा जाए तो इतना ग़लत भी नहीं था। मेरा-तुम्हारा सम्बन्ध हमेशा मुझ तक प्यार की ही तरह आया...तो मैं उस नजरिए से ही हर चीज़ को देखूँ तो ग़लत तो नहीं हुआ (ग़लत-सही का सवाल ही नहीं, उसी नजरिए से देखूँगा ही)। तुमसे यह शिकायत की जा सकती है कि जब मेरा वही नजरिया तुम्हारे लिए कोई बहुत ख़ूबसूरत या मीठी बात सोचता है तब तो तुम्हें अच्छा लगता है...और कोई ऐसी बात जो तुम्हें माफिक नहीं आती, बन्धन-सा गड़ती है...वह तुम्हें ख़राब लग जाती है। हम हमेशा अच्छा-अच्छा ही क्यों लेना चाहते हैं...व्यक्ति तो वही देगा जो वह है, जिसे हमने स्वीकारा है। और यहीं मुझे भी उससे नहीं चिढ़ना चाहिए जो तुम्हारा मुझे माफिक नहीं आता, क्योंकि तुम वह हो...

तुम्हारा इस सम्बन्ध को शब्द न देना...वह ज़्यादा ठीक था, बनिस्बत इसे दोस्ती करार देने की ज़िद भले ही बहुत प्यारे विशेषण के साथ! क्या जो हमारे

बीच हुआ, जो हमने एक-दूसरे को लिया-दिया, शुरू से एक-दूसरे के लिए महसूस किया...वह हम हर किसी के साथ कर सकते हैं? पश्चिम में भी लड़की चूमने के लिए सिर्फ़ गाल बढ़ा देती है...बाकी चीज़ों का अधिकार सिर्फ़ उसे ही देती है जिसे वह प्यार करती है...तो अब यहाँ पहुँचकर अपने सम्बन्ध को दोस्ती की तरह देखा जा सकता है क्या? प्यार में विश्वास...क्या हर पग पर नहीं दिलाना पड़ता? शायद यही फ़र्क़ है पति-पत्नी के सम्बन्ध में और इस सम्बन्ध में...कि यहाँ हर वक़्त माँग होती है, तभी शायद प्यार करनेवाले बार-बार बुदबुदाते हैं—'मैं तुम्हें प्यार करता हूँ'...अन्तरंगता के चरम क्षणों में वही निकलता है। तुम कहोगी हम प्यार करनेवाले नहीं हैं! तुम न सही, अगर सिर्फ़ मैं ही हूँ तो क्या वह माँग उतनी अक्षम्य है? मैं ज़रूर ज़्यादती कर डालता हूँ अक्सर। शायद पिछले दिनों कुछ ज़्यादा ही बेताबी रही ...लालच भी...तुम्हारे शरीर का नहीं, उस अहसास का जिसे मैंने कई महीनों से नहीं पाया था। जैसे ज़िन्दगी को मुट्ठी में कस लेने की बेचैनी ज़्यादा रहे तो वह खुलकर भाग जाती है...वही मेरे साथ हो गया। आगे आनेवाले कितने दिनों तक मैं ख़ुद को माफ़ नहीं कर सकूँगा...वह माफ़ कर देगी तो भी। वह कर देगी, क्योंकि मुझसे कहीं बड़ा व्यक्तित्व है उसका। शायद मेरी दिक़्क़त यही है—मैं सिर्फ़ गहरा हूँ, ऊँचा नहीं। कहाँ से लाऊँ वह ऊँचाई। अपने इस छुटपने को किस तालाब में जाकर डुबो दूँ। तुमने मेरे इस छुटपने को कितना बर्दाशत किया। क्या तुम मुझे ऊँचा बना सकते हो? शायद अब नहीं। हर बात पर दरवाज़ा जो दिखा देते हो ऐसा नहीं तो ओ.के., बात ख़त्म हुई—वो रही मियाँ तानसेन की हवेली...जाओ, गाओ...बजाओ, पर बाबा मुझे छुट्टी दो! यह दूसरी मर्तबा है जब मुझे दरवाज़ा दिखाया गया...अगली बार बेटा बाकायदे बाहर धकेल दिए जाओगे। हर आदमी ख़ुशी चाहता है...तुम्हारा लटका मुँह कोई कब तक देखेगा, तुम्हारे भीतर झाँकने की तकलीफ़ गवारा क्यों करेगा...इसलिए अब तो जो कुछ करना है आपको ही करना है अपने साथ।

वैसे इस पूरे हादसे से एक चीज़ सकारात्मक भी निकली। तुम कहती तो नहीं थीं, पर कहती ही थीं एक तरह से कि जो क्षण हमें जीने को मिले हैं उन्हें हम विश्लेषण में क्यों खपाए जा रहे हैं! दोस्ती या कि प्यार...अरे कुछ भी सही यार...पर हाय रे मेरी दिक़्क़त! अब वह नहीं जो दिखाए देखो...देखो...यह कौन-सी चिड़िया है...

वैसे यह सही है कि मेरे साथ निबाहना है बेहद मुश्किल, क्योंकि मैं काफ़ी पेचीदा और ऊपर से नीरस क़िस्म का प्राणी हूँ। इस मामले में तुम्हारी दाद देता हूँ कि इतने दिनों तुमने मुझे बाकायदे झेला...थक आई होगी। मैं कोई उपाय करूँगा, अभी यही नहीं जानता कि क्या...

दो चीज़ें ज़रूर नहीं कर सकता। जो मेरे जीवन का एक बहुत ख़ास व्यक्ति बनकर आया शुरू से ही, उसे हमेशा उसी रूप में देखा, वैसे ही उसकी कल्पना की, उसे एक साधारण दोस्त की तरह लेना, वैसे निबाहना...? एक वक़्त ऐसा सोचा था, नहीं कर सका। अब बिलकुल भी नहीं करना चाहूँगा। वह वही रहेगी, बेशक उसकी सहमति हो या न हो। उनका नजरिया उन्हें मुबारक कि मैं भी हूँ जैसे और हैं...मेरे लिए वह सिर्फ़ एक...वही रहेगी।

दूसरे, वेदना—वह चाहे स्वयं या किसी दूसरे में अतिरिक्त मोह के कारण ही पैदा हुई हो, कितनी ही जानलेवा हो—जीवन की एक क़ीमती चीज़ है, क्योंकि हमारी समझ, नैतिकता का स्रोत वही है। मुझे हमेशा ख़ुश रहनेवाला बोदा आदमी नहीं बनना...मेरी शक्ल मनहूस रहती है तो रहा करे, वह मुझे चाहे या न चाहे...इसके यह मायने नहीं हैं कि कभी हल्का ही न हुआ जाए...सब चीज़ों के लिए खुला-खुला, थोड़ा लापरवाह-सा रवैया, भीतर बूँद-बूँद रिसती हुई दर्द की बर्फ़ीली सिल!

मैं अकेला नहीं हूँ...ईश्वर तुम हो...तुम्हारी परिकल्पना को मिटाकर कुछ लोगों ने ऊपर की दुनिया नष्ट कर देना चाही और अब प्रेम को ख़त्म कर वे पृथ्वी पर की दुनिया को भी नष्ट करने पर तुले हुए हैं। भावनाएँ बोझ मानी जाती हैं। प्यार से लोग कतराते हैं, भले ही आजीवन ऐसे रह जाएँ कि न किसी को प्यार दे सकें, न किसी का प्यार ले सकें...बस ख़ुद को बचाते हुए काटते रहे ज़िन्दगी...ख़ुश-ख़ुश! मुझे हर पढ़ा-लिखा आदमी बीमार क्यों दिखाई देता है...क्या फिर अन्ततः उन्हीं में कुछ बचा रह सकेगा जिन्हें पढ़ाई और सभ्यता ने बरबाद नहीं किया?...और मेरे पढ़े-लिखे दोस्त कहते हैं कि बीमार वे नहीं हैं, मैं हूँ।

यह ख़त बना या कि डायरी?

पुनर्जन्म

5 जून, 1979

तार-तार मकड़ी के जाले की तरह बुनी हुई उदासी मेरे चारों तरफ़ है। घंटों, दिनों-दिन मैं उदास रहता हूँ।

मेरे व्यक्तित्व...जीवन पर इतना असर डालनेवाला साथ भी जब पीछे सिर्फ़ उदासी छोड़कर जाए तो लगता है कि पीड़ा ही है जो जीवन में है। पीड़ा किसी साथ, संयोग या समय के प्रभाव से दब जाती है...पर मात्र दबती है, फिर उभर आने के लिए। मुझे इस पीड़ा को किसी बाहरी चीज़ या साथ से ढक देने की बजाय उसके साथ रहने की आदत डालनी चाहिए। इसलिए मैंने तय किया है कि जब अपने दर्द, अकेलेपन का ही सहारा लूँगा, ख़ूब डायरी लिखा करूँगा। डायरी के ज़रिए आदमी स्वयं को अपना साथ दे सकता है...हर पल, हर रोज़। डायरी को मैं अपना मित्र मान सकता हूँ।

पिछले दिनों सुवर्णा और मैं उस बिन्दु पर पहुँच गए थे जहाँ मेरी तरफ़ से अधिकार लादना, उसकी तरफ़ से बोझ महसूस करना, थोड़ा ऊब-सी भी...फिर दोनों तरफ़ से खीझ...यह सब होने लगा था और हमारे सम्बन्ध का किसी झटके से टूट जाना अप्रत्याशित नहीं रहा था...तो क्या सम्बन्ध का कभी कोई आधार नहीं था, कपास के फोहों पर खड़े थे हम इन तमाम दिनों?

यह सिर्फ़ एक व्यक्ति से अलग होने का दुःख नहीं है। वह तो है ही...पर उससे ज़्यादा यह कि आत्मीयता क्या कुछ नहीं होती? ऐसा कैसे हो सकता है कि दोनों के इस हद तक भीगते रहने के बाद एकाएक किसी एक को भी यह टटोलना पड़ जाए कि वह दूसरे के लिए क्या वाकई कुछ महसूस करता है? अगर यह समय या अति-परिचय द्वारा पैदा की हुई उबास थी तो बराबरी से मुझमें भी क्यों

नहीं उतरा आई। यह भी हो सकता है कि मुझमें कोई बुनियादी कमी हो कि मैं एक लम्बे अरसे तक किसी को बाँधकर नहीं रख सकता? या कि जीवन की ही यह सीमा हो—जहाँ सभी बह रहे हों वहाँ बहुत देर तक कोई एक जगह ठहर नहीं सकता। हम बहे जाने को अभिशप्त हैं। कितना अजीब है कि अपने जीवन का सबसे पवित्र, श्रेष्ठ हिस्सा दूसरे पर उड़ेल देने के बाद भी कुछ नहीं होता...एकाएक सब फुस्स...

जिससे क़रीब-क़रीब रोज़ मिलना, बात करना होता रहा हो, उससे यों एकाएक अलग हो जाना कि आवाज़ भी न सुन सकूँ! कैसा सुनसान हो आया है जीवन। मुझ इसका आदी होना होगा।

6 जुलाई, 1979

आज क़रीब-क़रीब पूरी रात मैं नहीं सोया। कलथता रहा। अपने कलथने को देखते हुए कलथता रहा। एक वक़्त था जब मेरी ऐसी कोई बेचैनी उस तक पहुँच जाती थी, अगले दिन वह बोल भी देती थी। अब...? मैं उसके लिए मिठास अब भी महसूस करता हूँ, पर मिलने की इच्छा एकदम ठंडी है। मैं जब उससे अलग रहकर सिर्फ़ अपने साथ चलने की सोचता हूँ तो दिमाग़ तो तैयार होने लगता है, लेकिन मन बैठ जाता है...

गड़बड़ी मेरी जीवेष्णा ने की, जो कुछ ज़्यादा ही लम्बा कूद बैठी। हम शुरुआत कैसे तिल भर जगह से करते हैं, क्रमश: और-और जगह अँगोटते चले जाते हैं...फिर एकाएक हम वहाँ जा पहुँचते हैं, जहाँ अब और आगे कुछ घेरा नहीं जा सकता, जब कि कशिश वही रही आती है—दूसरे को पूरा-का-पूरा समेटने की। परेशानी यहाँ शुरू हो जाती है, लेने-देने का अहसास बुझने लगता है।

अब तो तकलीफ़ यह भी नहीं कि हम एक-दूसरे को कुछ नहीं दे सकते, बल्कि यह है कि दूसरे के लिए कुछ करने की हमारी कशिश बुझी चली जा रही है। यह ज़्यादा बड़ी यातना है। लगता है कि निर्झर का स्रोत ही सूख गया।

11 जुलाई, 1979

शायद मैं ज़िन्दगी के उस दौर में आ पहुँचा हूँ जहाँ लोग आपको छोड़ने लगते हैं, आपको यह अहसास दिलाते चले जाते हैं कि अब तुमको इसके या उसके सहारे नहीं, अपने सहारे रहना होगा। मेरे स्वभाव का वह अदृश्य तत्त्व जिसकी मदद से

कहीं भी मैं आसानी से निबाह ले जाता था, वह जैसे मुझसे छूटता चला जा रहा है। इन दिनों ज़्यादातर लोगों से मनमुटाव, खिंचाव बेवजह पैदा हो जाता है। अक्सर मैं ख़ुद को यह सोचता पाता हूँ कि मैं लोगों के लिए ठीक-ठाक...अच्छा...तब तक रह सकता हूँ जब तक उनसे दूर, अपने अकेलेपन में बैठा रहूँ। कहीं मेरे भीतर कोई सख़्त-सख़्त चीज़ तो नहीं पैदा हो रही है जो मुझे अपने सभी नज़दीकी लोगों से काटकर रख देगी, नए रिश्ते बनाने नहीं देगी और मिलना-जुलना उन्हीं के साथ रखेगी जहाँ सम्बन्ध मात्र औपचारिक हों? मतलब...अब मुझे जीने की शक्ति, उत्साह...जीने का सबब...सब कुछ अपने में ही ढूँढ़ने होंगे।

टूटने का दर्द है...किसी सम्बन्ध के टूटने का दर्द कैसे ख़ुद के टूटने के दर्द जैसा ही हम तक आता है। हर बार आदमी को लौटकर ख़ुद पर ही आना पड़ता है, ख़ुद का ही साथ खखोरना पड़ता है। आख़िर में अगर यही होना है तो हम क्यों बाहर की तरफ़ दौड़ते हैं, ख़ुद के साथ क्यों नहीं रहे आते?

मेरे अपने सन्दर्भ में विशेष दुर्भाग्यपूर्ण स्थिति इसलिए भी है कि मुझे यह भी नहीं मालूम कि मुझे क्या हासिल करना है जिसके लिए मैं आत्मनिर्भर होऊँ...और भीतर जहाँ टूटन-ही-टूटन हो, निराशा, विषाद की गसी हुई परतें हों...वहाँ कोई क्या निकाल सकता है अपने लिए।

तभी लगता है कि यहीं से निकलेगा कुछ...इसी वेदना से। इस हादसे ने भीतर जो इतना तहस-नहस किया है, वह व्यर्थ कैसे जा सकता है!

12 जुलाई, 1979

शाम को बारिश हुई। ख़ूब अच्छा मौसम हो गया। ठंडी हवा चेहरे पर, मन बेहद हल्का...फिर सुवर्णा से मिलने का मन हो आया। उससे बिना समय लिए, यों ही मिला जा सकता है क्या अब? घुसते ही उसके चेहरे पर प्रश्नचिह्न होगा, वह सह सकेगी क्या...और फिर मन वैसे ही भारी होता चला गया जैसे हल्का हुआ था। उदासी की अपनी तह पर आ लगा जैसे कि लहरों की मार खा-खाकर उतराता हुआ घड़ा डूब जाए और आख़िर नीचे तल पर जा लगे।

जिस तेज़ी से हम सूखते जा रहे हैं उसे देखते हुए यह नहीं लगता कि इतना कुछ भी बच सकेगा जिसे याद करके कभी अपने लिये ही रस पैदा किया जा सके। जैसे हमारे बीच कभी कुछ हुआ ही नहीं या कि हम दोनों सिर्फ़ थोड़े दिनों के मामूली परिचयवाले व्यक्ति हैं। ज़िन्दगी का ऐसा वर्क क्या इस आसानी से फाड़कर फेंका जा सकता है?

प्रकृति...आदमी से दूर, इन उलझावों-लिपटावों से दूर...अपने आपमें एक सत्ता। क्यों नहीं मैं इसी में डूब जाता?

वह कहा करती थी—इस तरह के सम्बन्ध क्या कभी ख़त्म होते हैं...क्या अब भी बचा है कुछ?

15 जुलाई, 1979

जीवन की बात मृत्यु से शुरू की जानी चाहिए। जहाँ समाप्ति ही नियति है, वहाँ हर कर्म क्षणिक और अपने लिए गढ़ा गया हर अभिप्राय भ्रम है। बग़ैर किसी भ्रम को पाले हुए यदि जीना है तो जीवन को सिर्फ़ एक छोटा-सा सफ़र समझो। सफ़र पर चलते हुए मन में यदि यह विश्वास उग सके (महज जानकारी नहीं) कि देर-सवेर, कहीं-न-कहीं हर किसी को उतर जाना है तो फिर यही रह जाता है कि जितनी देर बैठे, दूसरों का दुःख-दर्द बाँटते रहे, उन्हें स्नेह देते रहे...सहयात्रियों के लिए करुणा, सहानुभूति, प्रीति। हमारी ऊँची-से-ऊँची प्राप्ति व्यर्थ है अगर वह इन मानवीय स्वरों की बढ़ोतरी नहीं करती। इस रास्ते में बड़ी बाधा अपने होने का अहंकार है। यह अहंकार दो तरह से ख़त्म हो सकता है, हम स्वयं को दूसरे पर उत्सर्ग कर दें या ऐसी यातना से गुज़रें जो हमारी नज़रों में हमारे अस्तित्व को शून्यवत करके रख दे। प्रेम में यह दोनों ही निहित होते हैं। प्रेम तकलीफ़ है...पर आदमी बनने के लिए तकलीफ़ से गुज़रना ज़रूरी है।

18 जुलाई, 1979

मुश्किल से दो महीने खींच सका। यह तय था कि अपने आपसे वह कभी फ़ोन नहीं करेगी। उसके यहाँ ऐसी स्थिति में फ़ोन करने का मतलब होता है—नीचे आ जाना। अपने को हमेशा ऊपर रखो, गोया कि प्रेम न हुआ, जंग हो गई! मैं सोचता था कि इतना ख़ूबसूरत सम्बन्ध...जिसने उतना दिया हो, वह एक छोटी-सी ग़लतफ़हमी, ज़िद या कि झूठे अहं पर क़ुर्बान किया जा सकता है क्या? फ़ोन किया उसे।

मेरी आवाज़ सुनकर वह सकपका गई। उसकी सकपकाहट मैं फ़ोन पर साफ़-साफ़ सुन सकता था...उससे उठकर उसी की तरफ़ रेंगती हुई।

"तुम्हें भी तकलीफ़ हो रही है?" मैंने पूछा।

"हाँ!"

"मिलना चाहोगी?"

किस चीज़ में भीगकर 'हाँ' उठा, दोनों बार। एक इस शब्द में वह पूरी-की-पूरी हिल रही थी, बरसात में सिहरती पत्ती की तरह..

"कब?"

"जब तुम चाहो..." तय करने की सुविधा उसने मुझे दे दी थी इस बार।

हम जब आमने-सामने हुए तो थोड़ी देर झेंपते हुए से एक-दूसरे को देखते रहे।

"आय ऍम सॉरी।" उसने कहा।

"अच्छा हुआ, जितनी तकलीफ़ मैं तुम्हें दे गया उतनी मैंने भी भोग ली।"

क्या बातें हुईं याद नहीं, पर बहुत नहीं हुईं। जो हुईं भी वे सतर्क-सतर्क, औपचारिक विषयों के इर्द-गिर्द। जो डायरीनुमा ख़त मैंने उस दिन की झपट के फ़ौरन बाद लिखा था वह उसे पकड़वा दिया। उसने बाद में पढ़ने के लिए दराज में रख लिया। चाय ख़त्म करते ही मैं उठ दिया।

"मेरा विश्वास करो..." उसने धीरे से कहा और अपनी ख़ूबसूरत हथेली मेरी तरफ़ बढ़ा दी। मैंने उसे अपने हाथ में आने दिया, थोड़ी देर के लिए रखा...तभी लगा वह गोरी हथेली ठीक उसी तरह दूसरे की तरफ़ भी बढ़ती होगी...या हर किसी की तरफ़ बढ़ जाती होगी...एक आदत, मैनरिज़्म! वह जो बोल रही थी, वह सिर्फ़ जुमले लग रहे थे...भावना नहीं पहुँच रही थी, इसलिए न उन जुमलों का मतलब ही। फासला शायद इसी को कहते हैं।

बहुत दिनों बाद ऐसा हुआ था जब मैं उसके यहाँ से इतनी जल्दी चला जाना चाहता था। यों दोनों तरफ़ से ही लालच था कि पहले-जैसा फिर शुरू हो सके... लेकिन हम दो के अलावा एक तीसरी चीज़ भी तो है...समय। ऐसा समय, जब एक-दूसरे से वह कुछ लिया-दिया जाए जो बरसों तक याद रह सके...कितना कम होता है जीवन में!

पूरी तरह धोया नहीं है मुझे यातना ने, वरना मैं सुवर्णा में सिर्फ़ उस व्यक्ति को देखता जो भटका हुआ है, कुछ-कुछ मेरी तरह आहत भी है। प्रेम पर पूरी तरह विश्वास न करते हुए, उसके लिए अशक्य होते हुए भी वह मुझे सिखा गई है—प्रेम, किसी पर अधिकार करना, उसे ठीक अपने-जैसा बना लेना नहीं है, होम होना है। अलग-अलग तरह का होते हुए अलग-अलग दिशाओं में जाते हुए भी साथ चलने की प्रतीति एक-दूसरे को देना, देते हुए साथ-साथ बीतना...इस तकलीफ़ को ढोते हुए कि दूसरे का बोझ हम ज़रा भी नहीं बाँट सकते। सिर्फ़ अहसास...दूर से पास होने का...क्या मैं उसके लायक बन सकूँगा?

1 अगस्त, 1979

कहते हैं आज के दिन मैं पैदा हुआ था। मुझे अपना होना कोई ख़ास बात नहीं लगती। मैं हूँ जैसे इतने और हैं। उसने फ़ोन किया, थोड़ी देर को आ जाने का आग्रह किया। एक नया, सन्तुलित और ठंडा उत्साह हमारे बीच था। उसने चॉकलेट का एक टुकड़ा मेरे मुँह में डाला। उसकी कोमल उँगलियों की छुअन मेरे होंठों पर जैसे फिर जीवन-संगीत छेड़ने को आईं। खरोंचें अन्ततः आँखों के उदास रंग में घुलकर बैठ जाती हैं, तभी तो हम एक-दूसरे की आँखों में उन्हें ढूँढ़ रहे थे कि उन पर स्नेह की जीभ फेर सकें।

हमें अपनी भाषा वापस मिल गई थी...पीछे से लहकती हुई एक आश्वस्ति भी थी कि क़रीब-क़रीब खोकर पाया है तो हम इस भाषा को अब भूलेंगे नहीं। हम दोनों में से कोई कुछ नहीं बोल रहा था, ज़रूरत ही नहीं थी...और सचमुच बोलने की ज़रूरत या तो ऐसी भाषा के रेशा-रेशा निर्माण करते समय पड़ती है या फिर तब, जब हमारे पास यह भाषा होती ही नहीं।

मेरे सामने बैठी वह, अपने-आपमें सिकुड़ी-सिकुड़ी-सी काग़ज़ पर कुछ खींचती बनाती रही...बीच-बीच में चेहरा रक्तिम हो आता था, उतरती भावना की किसी चुभन से या मात्र इस अहसास से कि हम एक-दूसरे के पास थे...

वह सामने...अपने में डूबी, काग़ज़ पर कुछ भी खींचती हुई, चेहरा रक्तिम... पास ही में मैं उसे निहारता हुआ...उस क्षण ऐसा आभास हुआ जैसे पिछले दिनों की वेदना ने हमारा सारा कलुष धो दिया है। हम दोनों में ही एक निर्मल अभ्यन्तर का आविर्भाव हुआ है। हम मात्र वह नहीं हैं जो बाहर से दिखते हैं। ब्रह्मांड की विशालता का अंश...भले ही अणु-समान...हमारे भीतर है। बाह्य अब हमारी दृष्टि धुँधला नहीं सकेगा। सुवर्णा के निर्मल तत्त्व से मेरा साक्षात्कार निरन्तर रहेगा। उसके लिए मैं जो आलोकमय अनुराग अनुभव कर रहा था वह अपूर्व था...सम में स्थिर अनुराग। उसके अन्तरतम के दीप्तिमंडल की आभा मेरी आत्मा में प्रकाश भर रही थी।

सहज ही मेरे नेत्रों ने द्वार बन्द कर लिए...प्रकाश को गहन होने दो।

फूलवालों की सैर

श्याम का जन्मदिन।

इस दिन उसे ख़ूब ख़ुश रहना चाहिए। अपने जन्मदिन पर सुवर्णा रहती है...ख़ूब ख़ुश, हर पल चहकती हुई। अपने सभी दोस्तों, यहाँ तक कि परिचितों को भी इस या उस बहाने पहले से ही ख़बर दे डालेगी। जन्मदिन पर सबेरे उठते ही रमेश और बच्चों की बधाइयाँ—कोई फूल के गुच्छे के साथ, कोई पहले से ख़रीदे किसी तोहफे के साथ। सबेरे से ही घर का फ़ोन बजने लगेगा...बधाइयाँ... बधाइयाँ—शहर से, शहर के बाहर से। दफ़्तर में घुसते ही मेज़ पर फूलों का गुलदस्ता सजा मिलेगा...ताजे-ताजे फूल। ख़ूबसूरत दिन की कितनी ख़ूबसूरत शुरुआत। वह जानती है कि आज किसने उससे पहले आने की कोशिश की होगी, कौन गुलदस्ते सजा गया होगा। पुलक से भर उठता है मन कि उसके ऐसे दोस्त हैं, उनमें इतनी कल्पना है। श्याम का फ़ोन आएगा। बधाई के बाद फूलों के कमरे में होने के रहस्य को धीरे-धीरे खोला जाएगा, हालाँकि सुवर्णा को पहले से ही मालूम होता है कि फूल श्याम के लाए हैं...फिर भी बात का धीरे-धीरे खुलना जैसे उन फूलों को और भी ख़ूबसूरत बना देता है। फिर श्याम कमरे में आएगा, वे साथ कॉफ़ी पिएँगे। इस बीच ढेरों फ़ोन, ढेर सारे लोग...बधाइयाँ, और बधाइयाँ। वह जैसे इन सबके बीच खड़ी खिलखिलाती होती है, खिलखिलाहट के रेशे उसके ऊपर फूल की पंखुड़ियों से बरसते चले जाते हैं। इस दिन वह कहीं से भी उदासी की कोई छाया पास फटकने नहीं देना चाहती।

अपने जन्मदिन पर श्याम काफ़ी समय के लिए उसके पास रहना चाहता था पर सुवर्णा को एक दिक़्क़त आ पड़ी थी। उसे हफ़्ते-भर के लिए एक प्रशिक्षण में जाना था, शहर में ही। वह दफ़्तर में नहीं होगी उस दिन। इसलिए तय हुआ था कि श्याम प्रशिक्षण-संस्थान ही आ जाए एक बजे, वहीं बैठेंगे।

श्याम समय पर आ गया। सुवर्णा उसके लिए घर से ही कुछ मिठाई लेती आई थी। अहाते के बाहर एक छोटा-सा पार्क था...आयताकार। किनारे-किनारे बड़े पेड़ों के नीचे जहाँ-तहाँ लगी कुछ बेंचें। वह कोई समय नहीं था वहाँ बैठने का लेकिन फिर और कहाँ बैठते? कहीं जाते तो समय आने-जाने में ही निकल जाता क्योंकि दो बजे से ही सुवर्णा का दूसरा क्लास था। वे पार्क की तरफ़ बढ़ गए, श्याम कभी सुवर्णा की बराबरी से, कभी पीछे चलता हुआ। बीच में बातें जिनमें सुवर्णा खिलखिलाहट भरती चलती थी। आज कोई शिकवा-शिकायत नहीं, कोई भुनभुनाहट नहीं, सिर्फ़ हँसी-ख़ुशी...पत्थरों-कंकड़ों पर उछल-उछलकर बहती हुई जलधारा-सी।

संस्थान की आवाज़ें धीरे-धीरे पीछे छूटती गईं। अब साथ बरसात के बाद की तीखी धूप और वातावरण की उमस थी...सड़क पर भागती मोटरों की सरसराहट और जब-कब किसी गुज़रती बस की भर्राहट...एक परिन्दा चिड़चिड़ाता हुआ एक पेड़ से दूसरे पेड़ की तरफ़ पैनी उड़ान में निकल गया।

वे एक दरख़्त की छाँह में बेंच पर बैठ गए। सुवर्णा ने मिठाई का डिब्बा खोल बर्फी का एक टुकड़ा उठाकर श्याम के मुँह की तरफ़ बढ़ाया ही था कि पता नहीं कहाँ से एकाएक रमेश प्रकट हो गया। कब उसकी कार वहाँ आई...कहाँ से आई...सामने पार्क के उस तरफ़ खड़ी थी जिधर से सुवर्णा और श्याम आए थे। रमेश फौजी चाल में उनकी तरफ़ आया। न बात न चीत, सुवर्णा का हाथ पकड़कर कार की तरफ़ क़रीब-क़रीब घसीटने लगा। सुवर्णा की उँगलियों में चिपका बर्फी का टुकड़ा थरथराया, फिर छूटकर गिर गया, मिठास उँगलियों में चिपकी रह गई।

"कार में चलकर बैठो!" आदेश!

रमेश का चेहरा सख़्त था, उसकी आवाज़ की तरह। श्याम से उसने 'हलो' तक नहीं की। सुवर्णा समझ ही न सकी कि क्या देख रही है, क्या हो रहा है। तभी कार के भीतर से ड्राइवर इधर की तरफ़ टुकुर-टुकुर ताकता नज़र आया...रमेश का ड्राइवर, जिसे सुवर्णा रोज़ ही तरह-तरह की हिदायतें देती रहती है। अपना हाथ रमेश से झिटककर, बिना एक शब्द बोले वह कार की तरफ़ चल दी, कार में जा बैठी। पीछे से आकर रमेश दूसरी तरफ़ का दरवाज़ा खोलकर बगल में बैठ गया। कार चल पड़ी।

एक बार मुड़कर सुवर्णा ने काँच से छूटते हुए पार्क को देखा। अकेला खड़ा श्याम...बैंच पर एक धब्बे-सा उछला हुआ मिठाई का डिब्बा। कैसा तो रंग हो आया था श्याम के चेहरे का...आज उसका जन्मदिन था!

रास्ते में वह कुछ नहीं बोली। रमेश बोलने को हुआ तो एक सख़्त और डाँट-भरे इशारे से सुवर्णा ने उसे चुप कर दिया—ड्राइवर के सामने कुछ नहीं। घर पहुँचते ही

उतरकर तेज़-तेज़ क़दमों से वह अपने कमरे में गई, पीछे-पीछे रमेश। कमरा बन्द कर वह रमेश पर बरस पड़ी।

"क्या बदतमीजी है! मैं कोई जानवर हूँ जो इस तरह घसीटते हो। तुम्हें कुछ कहना ही था तो शाम का इन्तज़ार नहीं कर सकते थे, एकान्त में नहीं कह सकते थे। वहाँ श्याम के सामने इस तरह घसीटने का मतलब...तुम्हें यह भी ख़याल नहीं रहा कि वहाँ तुम्हारा ड्राइवर भी मौजूद है? इस तरह सरेआम मुझे ज़लील करने की तुम्हारी हिम्मत कैसे हुई..."

"जैसे तुम्हारी हुई मुझसे छिपकर दूसरों से मिलने की।"

"क्या..? मैं छिपकर मिलती हूँ...किससे? मेरे सभी सम्बन्धों के बारे में तुम्हें मालूम है। सबसे मिल चुके हो। वे यहाँ आते हैं और तुम्हारे सामने मैं उनसे बातें करती हूँ।"

"क्या तुमने मुझे बताया कि तुम आज इस वक़्त श्याम से मिलोगी?"

"यह कोई बताने लायक बात थी...क्या हर छोटी-छोटी बात कोई किसी को बताता रहेगा?"

"मैं किसी की श्रेणी में नहीं आता...तुम्हारा पति हूँ।"

"तुमने पहले कभी कहा क्या कि तुम्हें दूसरों के साथ मेरा उठना-बैठना पसन्द नहीं?"

"तुम्हें ख़ुद ही समझना चाहिए...मेरे मुँह से सुनना ही ज़रूरी है तो सुनो—तुम अनन्त, श्याम और अरविन्द से कोई वास्ता नहीं रखोगी, उनसे एकदम नहीं मिलोगी!"

"क्यों?"

"यह तुम जानती हो क्यों? श्याम ने अपने घर के लिए ये घंटियोंवाले पर्दे लिये और वैसे ही तुम्हें ख़रीद दिए जिन्हें तुमने लाकर यहाँ टाँग लिया। उसका दिया पैन... और...यह घड़ी जो तुम हमेशा अपने से चिपकाए घूमती हो। कोई ज़रूरत नहीं..."

रमेश ने झपटकर उसका हाथ पकड़ लिया और खरोंचते हुए घड़ी निकाल ली। सुवर्णा चीख़ती रही—"ये मेरी चीज़ें हैं। तुम कौन होते हो इन चीज़ों को लेनेवाले!"

"तुम्हारे लिए न सही, दुनिया के लिए मैं तुम्हारा पति हूँ...और बताऊँ—यह तुम्हारा कम्प्यूटर कलैंडर जिसे सिरहाने रखती हो, साथ लिये सोती हो...मुझे मालूम है, यह अरविन्द विदेश से लाया था।"

"तो..? वे मुझे देते हैं तो मैं भी उन्हें दे सकती हूँ, जब बाहर जाऊँगी तो कुछ ला दूँगी। क्या तुम अपने दोस्तों के लिए नहीं करते?"

"और वे सैंटीमेंटल बातें...जो अनन्त तुम्हारे लिए लिखता है। यह ख़त जो तुम्हारी दफ़्तर की आलमारी से मिला...यह क्या है?"

"तुमने मेरी नामौजूदगी में मेरी खानातलाशी ली?"

"मैंने वे सारी बातें भी फ़ोन पर सुनी हैं, जो तुम लोगों के बीच होती हैं।"

"तुम इतना कैसे गिर गए रमेश!"

"यह तुम्हें अपने आपसे पूछना चाहिए कि तुम इतना कैसे गिर गई?"

"मैं...मैं तो शुरू से ही वही हूँ...कब मेरे दोस्त नहीं थे? और सब तुम्हारे सामने थे। पहले तो तुमने ऐसी कोई बात नहीं की। ये तुम आदमी लोगों के फ़्यूडल संस्कार हैं कि तुम औरत को बराबर नीचा दिखाने की फिराक में रहते हो। उनके हर सम्बन्ध में काला ही नज़र आएगा तुम्हें। मैंने तुमसे कभी नहीं छिपाया कि मैं अपने दोस्तों को महत्त्व देती हूँ। वे मेरे जीवन में इतना कुछ जोड़ते हैं। मुझे उन पर गर्व है..."

"वह तो जाहिर है, लेकिन अब यह सब नहीं चलेगा। काफ़ी ढीला छोड़ चुका।"

"मैं क्या जानवर हूँ? आदमी हूँ आदमी...मेरी अपनी भी कुछ ज़रूरतें...इच्छाएँ हो सकती हैं।"

"जाहिर है...तुम्हारी होंगी और उन शादीशुदा मर्दों की जो एक अदद बीवी घर पर रखे हुए तुम-जैसों की तरफ़ दौड़ते हैं।"

"ओ नो...तुम्हारा मन इतना काला है रमेश...मैं न जानती थी। कितना गन्दा सोचना होता है तुम्हारा। तुम-जैसा वाकई उन चीज़ों का अन्दाज़ ही कहाँ कर सकता है जो मेरे दोस्त मुझमें जोड़ते हैं। मैं अपना रास्ता नहीं छोड़नेवाली। मैं मिलूँगी, ख़ूब मिलूँगी, देखूँ तुम क्या कर लेते हो। जो करना था वह कर ही चुके!"

"शट अप!"

दाँत पीसते हुए रमेश आगे बढ़ा और अगले क्षण एक जोर का हाथ सुवर्णा के गाल पर पड़ा...तिलमिलाहट...

"ओ यू ब्रूट!" सुवर्णा चीख़कर रह गई। ज़िन्दगी में पहली बार था कि रमेश या कि कोई भी इस तरह पेश आया था।

"पैन और ये घड़ी, कम्प्यूटर और ये ख़त...तुम्हारी ये प्यारी यादें अब मेरे क़ब्ज़े में रहेंगी...और आगे से तुम किसी से कोई प्रेजेंट नहीं लोगी समझीं?"

यह रमेश है...इसने उस पर हाथ उठाया?

सुवर्णा, रमेश को सीधे देखती खड़ी रही। वह मुलायम-मुलायम शख़्स कहाँ गया जो सुवर्णा की हर बात में हाँ करता था, उसकी हर चीज़ की क़द्र करता था। वह सीधाई, सादगी...सिर्फ़ एक चोला थी, असलियत यह...यह छल-कपट? इतने सालों से वह इस आदमी के साथ रह रही थी? यही वह है जिसके साथ वह एक के बाद दूसरी, दूसरी के बाद तीसरी रात हमबिस्तर होती है, जिसके साथ उसने दो बच्चे पैदा किए हैं? वही, जिसके माँ-बाप शादी का प्रस्ताव लेकर आए थे और जिसे

मानकर सुवर्णा ने उन पर और उनसे भी ज़्यादा उस मामूली लड़के पर अहसान किया था? कॉलेज का वह लड़का जो सुवर्णा की तरफ़ आँख उठाकर देख भी न पाता था...आज उसे डाँटता है, मारता है?

यह वही, जिसे सुवर्णा सोचती थी कि वह प्यार करती है।

बिना कुछ कहे वह बरामदे में निकल आई। इधर घर की इमारत, सामने और अगल-बगल दीवारें...सीमेंट, ईंट, पत्थर। हरियाली की झीनी परत जहाँ-तहाँ से ढकने की कोशिश करती है पर चारदीवारी का नंगापन छिपाए...नहीं छिपता। हर तरफ़ से दीवारें झाँकती हैं—सख़्त और ठोस!

सामने चिनचिनाती धूप...जैसे एक बड़े कटोरे में लबालब भरी हुई थी, लॉन का हरा तल पाकर और भी चिलकती हुई। सब तरफ़ दोपहर की वीरानी धूल की मानिन्द फैली थी, बाहर की गली और दरख़्तों को भी लपेटे हुए।

पौधे मुरझाए खड़े थे, उन्हीं के बीच कहीं वह भी...

और बात नहीं हुई। रात सुवर्णा अलग कमरे में सोई...ऐसे आदमी के एकदम बगल में कोई कैसे सो सकता है! अब तो उसे यह भी सोचना होगा कि वह रमेश के साथ एक ही घर में कैसे रह सकती है! हर बार जब वह छुएगा या बोलेगा तो भीतर का वह काला आदमी क्या भुलाया जा सकेगा?

अगली सुबह, बच्चों के स्कूल जाने के बाद चाय पीते हुए उसने रमेश से कहा—स्वर ठंडा, सधा हुआ— "रमेश, मैं घर छोड़कर जाने का सोचती हूँ, मैं तुम्हारे साथ अब नहीं रह सकती। मेरे पास नौकरी है। मैं अपना ख़याल रख सकती हूँ और बच्चों को पढ़ा-लिखा भी सकती हूँ।"

रमेश कुछ नहीं बोला। उठकर कमरे में चला गया, गोया कि उसकी बात को ऐसे ले रहा हो जैसे कि कोई भी पति अपनी पत्नी की हर बार की मायके जाने की धमकी को लेता है।

जल्दी ही वह वापस आया और बोला—"इसे देखती हो..." उसके हाथ में पिस्तौल थी। "अगर तुम सोचती हो कि तुम मुझे छोड़कर इन तीन लफंगों में किसी एक को पकड़कर बैठ जाओगी तो इस खर दिमाग़ को भी समझ लो, अच्छी तरह से...मैं तुम्हें और तुम्हारे साले साथियों को भून डालूँगा। मैं ज़िन्दगी को यूँ ख़त्म कर सकता हूँ..." रमेश चुटकी बजाकर दिखा रहा था।

जहाँ ज़िन्दगी की ही क़ीमत नहीं तो फिर कोई मूल्य, कोई तहजीब की बात ही कहाँ उठती है। कैसे एकाएक रमेश अपने असली चोले में आ निकला—पुलिसवाला! यह पुलिस का ही तरीका था—उस समय छापा मारो जब बिलकुल उम्मीद न की जा रही हो...और चौतरफा घेरा डालो। इसीलिए एक साथ उसने फ़ोन टेप कराए,

उसकी नामौजूदगी में घर से कुंजी ले जाकर उसके दफ़्तर में चोर की तरह तलाशी ली, पति होने की आड़ लेते हुए उसकी चीज़ों पर क़ब्ज़ा कर लिया और श्याम के साथ उसे पकड़ने की कोशिश की...सारा कुछ ऐसे जैसे कि आप कोई दफ़्तरी कार्यवाही कर रहे हों, यह बिलकुल ख़याल नहीं कि मसला इनसानों का है, और यहाँ भी ऐसा जिसका ताल्लुक आपकी अपनी बीवी से है! और अब पिस्टल...

"यह तो ब्लैकमेल है।" सुवर्णा ने कहा।

"जो कुछ भी तुम समझो लेकिन यह पक्का समझ लो कि तुम्हें मेरे साथ ही रहना है और अब आगे मेरे हिसाब से रहना है।"

उस आदमी से आगे क्या बात की जा सकती थी, वह उठ गई।

प्रशिक्षण ख़त्म कर जिस रोज़ सुवर्णा दफ़्तर पहुँची उसी रोज़ श्याम मोहन भड़भड़ाया-सा दिखता आ पहुँचा। कोई इस तरह उसके बाहर रहने के दिन गिने हुए बैठा हो... इससे भीतर कैसी खुनखुनाहट होती सुवर्णा में, पर आज श्याम के लिए सूखा-सूखा स्वागत भी मुँह तक नहीं आया। किसी तरह खींचकर भीतर से सुवर्णा ने 'हलो' निकाला जो श्याम तक पहुँचते-पहुँचते ही बुझ गया।

श्याम सामने बैठ गया। दोनों एक-दूसरे को अजीब ख़ाली-ख़ाली नज़रों से देखते हुए...खेत में आमने-सामने खड़े दो बिजूके। सुवर्णा, श्याम में अपना पुराना दोस्त ढूँढ़ने की कोशिश कर रही है। उस हादसे ने जिसमें श्याम का कोई कसूर नहीं...ऐसा क्या कर दिया कि श्याम अपरिचित हो गया।

"घर पर उस दिन झगड़ा हुआ था?"

"नहीं।" सुवर्णा तपाक से झूठ बोल गई।

"चलो, 'ऑल इज वैल दैट एंड्स वैल'। मैं तभी सोचता था कि रमेश आया है तो बैठेगा, मिठाई खाएगा...और तब जाएगा। मैं उसकी जगह होता तो यही करता। तुम्हें ले ही जाना था तो किसी बहाने से ले जाता और घर में चाहे जो बात करता। यहाँ वह बाहर ऐसा व्यवहार करता है, घर में कुछ नहीं...पर चलो, हो जाता है कभी ऐसा भी। हम अपने आप पर काबू खो बैठते हैं..."

सुवर्णा कुछ नहीं बोली।

"मुझे अफ़सोस है कि मेरे वहाँ जाने से यह हो गया। उसी दिन तुमसे मिलना है...यह उतावलापन न होता तो मैं न वहाँ जाता और न रमेश को तुम्हारे साथ वैसा व्यवहार करने का मौक़ा मिलता।"

"..."

"गुस्सा तो बहुत हुए होंगे रमेश भाई!"

"वह नहीं चाहता कि मैं तुमसे, अनन्त या अरविन्द से मिलूँ!"

"रमेश को यह सोचना चाहिए कि हम शिक्षित समाज के लोग हैं, हमारी सोसाइटी में यह सब चलता है। लोग पार्टियों में एक-दूसरे की बीवियों के साथ डांस भी करते हैं। पति-पत्नी हर जगह तो साथ बने नहीं रहते।"

"रमेश की शिकायत है कि वह श्रीमती श्याम मोहन के साथ इस तरह नहीं घूम सकता जैसे तुम मेरे साथ घूम लेते हो।"

'वे दोनों घूमते तो मुझे तो कोई मलाल नहीं होता। अब मेरी बीवी उस स्वभाव की नहीं है...तो इसका मैं क्या करूँ। रमेश जाए और वैसी दोस्ती पैदा कर ले जैसी तुम्हारे-मेरे बीच है।"

सुवर्णा ने कुछ नहीं कहा। ऐसा लगा जैसे कब से बोल रही हो, बोलते-बोलते थक आई हो। क्या गन्दगी उछाल रहे हैं वे...जैसे बरबादअली बच्चे एक-दूसरे पर कीचड़ उछालनेवाला खेल खेलते हैं। जिस विषय को वह दूर रखने की कोशिश कर रही है, श्याम भी उसी की तरफ़ घसीटने चला आया। शायद अब बात करने को यही रहे, काफ़ी दिनों तक। श्याम से दबी-दबी वितृष्णा महसूस कर रही है... क्या सिर्फ़ इसलिए कि वह वाकया हुआ तब जब वह श्याम के साथ थी, या इसलिए कि श्याम के ख़िलाफ़ रमेश का कितना कुछ अनाप-शनाप सुवर्णा के कानों में पड़ता रहा है पिछले दिनों। अगर वितृष्णा इन कारणों से है तो ग़लत है। पर कुछ हुआ ज़रूर है, वह नहीं चाहती श्याम के पास होना, श्याम का कोई कुसूर नहीं है फिर भी...

"तुम कहो तो मैं रमेश को जाकर समझाऊँ?"

"कुछ मत कहो उससे अभी! किसी के देने से समझ नहीं मिल जाती। उसे भीतर से उगना चाहिए!"

"वैसे रमेश ने अपनी ग़लती ज़रूर महसूस की होगी। वह समझ जाएगा। तुम परेशान मत हो...उसके व्यवहार को सीरियसली लेने की ज़रूरत नहीं है...भूल जाओ। सब चलता है यार...नाउ बी चियरफ़ुल, कम ऑन..."

अगले ही क्षण श्याम की संजीदगी उड़ गई...जैसे हल्के-फुल्के बादल का कोई बिखरा-बिखरा गिरोह किसी बस्ती पर से ऊपर-ऊपर गुज़र गया हो। फक्क से बाहर निकल आया उसका वही पुराना चेहरा...हर पल हँसता हुआ, हर चीज़ को हँसी में उड़ाता हुआ। कितना आसान...सुवर्णा अचरज से देखती रही...क्या रमेश ने जो किया उसे वह इस आसानी से उड़ा सकती है, श्याम के साथ अगर ऐसा कुछ हुआ होता तो उसे भी क्या ऐसे ही फूँऽ करके उड़ा सकता था वह? उड़ाया भी जा

सके तो क्या उड़ाया जाना चाहिए? चाहे जितना बड़ा-से-बड़ा कुछ हो जाए...उसे भी झाड़ दो, भूल जाओ...कैसी बेहयाई और लीपा-पोतीवाली संस्कृति है यह...

"वैसे तुम अगर रमेश के कहने पर चलना चाहती हो तो मैं तुम्हें रोकूँगा नहीं, मियाँ-बीवी के बीच क्यों कोई कबाब में हड्डी बने..." श्याम ने उठते हुए कहा, "पर क्या तुम सिर्फ़ रमेश के कहने पर ख़ुद को बदल सकती हो...अब, आधी ज़िन्दगी बिता चुकने के बाद?"

"कोशिश की जाए...तो कोई ख़राब बात भी नहीं है...पर मैं वह नहीं कर रही हूँ। पता नहीं क्या कर रही हूँ, क्या करूँगी...सिर्फ़ कुछ दिनों के लिए एकदम अलग रहना चाहती हूँ।"

"मतलब 'आउट आफ सर्कुलेशन' रहोगी?"

सुवर्णा का ही फिकरा था वह—जब भी तीन-चार दिनों के लिए कहीं बाहर जाना होता था, या किसी वजह से दोस्तों से मिलने की स्थिति नहीं होती थी, वह पहले से ही सबको बता देती थी कि फलाँ तारीख़ तक वह सर्कुलेशन में नहीं रहेगी—आज उसे ही ओछा लग रहा था, जैसे उसने ख़ुद को कोई सिक्का, कोई चीज़ बना दिया था? साफ़-साफ़ देख रही थी कि वह मुहावरा सुवर्णा को नहीं बयान कर सकता था अब। वह एकदम अलग रहना चाहती है...जैसे भीड़-भड़क्केवाले शहर के किसी शोर-शराबेवाले इलाक़े में दिन-भर गुज़ारने के बाद एकाएक सुनसान में होने की तबीयत हो आती है।

सुवर्णा ने सिर्फ़ फीकी हँसी के साथ सिर थोड़ा-सा हिला दिया...श्याम कुछ भी समझ ले, क्या फ़र्क़ पड़ता है...

सुवर्णा सोचती थी कि ज़िन्दगी चहचहाने के लिए है...दुनिया की ख़ूबसूरती अपने भीतर लो और उसे ख़ुश-ख़ुश दूसरों में बाँटो। हर के पास कुछ-न-कुछ देने को है, हर कोई कुछ-न-कुछ पाना भी चाहता है। लेने-देने की हिस्सेदारी ही जीवन है... और अगर इसे हासिल करने में थोड़ा-बहुत शरीर भी बीच में आ जाता है तो बहुत हर्ज नहीं है...आख़िर ये 'टैबूज़' ही तो हैं! सबसे लो और इस तरह अपने अनुभव का दायरा बढ़ाओ। आदमी का निजी दायरा तो कितना छोटा होता है...कुएँ में पड़े मेंढक की तरह उछलते-कूदते रहे तो क्या जिये? इसीलिए सुवर्णा को हर व्यक्ति का अच्छा हिस्सा खटाक-से दिख जाता था और वह उस तरफ़ बढ़ जाती थी। जहाँ तक हम अच्छा लेते-देते हैं, वहीं तक किसी सम्बन्ध की अहमियत है, जहाँ एक-दूसरे के जीवन में 'निगेटिव' भरने लगे कि समझो, अलग होने का समय आ गया।

सुवर्णा निर्बन्ध होकर बहती रही, पर रमेश का ख़याल बराबर रखा उस बहने में। पर ये दोनों—उसका बहना और रमेश—जैसे ताश के महल थे, एक फूँक में ढह गए। उसके लिए न अब रमेश फिर से वह होगा, न वही पहले की तरह बह सकेगी।

कैसे तेज़-तेज़ चलती रही वह...और पहुँचना यहाँ था? अब क्या है उसके पास...कौन लोग? रमेश से तो सबकी बातें कर लेती थी, रमेश की बातें किससे करे...करेगी तो अपनी ही तौहीनी है। कहाँ हर समय लगता था कि उसके चारों तरफ़ दोस्त-ही-दोस्त हैं, कितनी भरी-भरी है उसकी दुनिया...लेकिन एक हादसे ने ही सब चरमराकर रख दिया। वे लोग...सितारों का वह हुजूम...फूँऽ हो गया एकाएक, जैसे ऊपर तनी सिर्फ़ भाप की चादर थी...कुहासा...एक तीखी किरण, और उड़ गया। है कोई...किसी को पुकार सकती है वह?

उसके सामने एक तस्वीर झूलने लगती है—

सुवर्णा दौड़ रही है...एक चक्कर में, जिसमें जगह-जगह लोग खड़े हैं—अरविन्द, श्याम, अनन्त, रमेश! कुछ दूसरे लोग भी। चक्करों में एक से दूसरे तक दौड़ते-दौड़ते वह गिर पड़ी है। सबकी तरफ़ देख रही है कि कौन आकर उसे उठाएगा। कोई नहीं हिलता...उसके गिरते ही वे लोग मूर्तियाँ हो गए हैं, जीवित होंगे अगर वह फिर से दौड़ने लगे। पर वह उठ सके तभी न?

क्या है जो उसे थामेगा—उठाएगा? अब तक दौड़ने के अलावा क्या किया... दौड़ने ने कुछ ऐसा दिया जो उसकी मदद कर सके? अपने भीतर भी कुछ वह उगाया नहीं जिसके सहारे उठ खड़ी हो।

ख़ालीपन...वहाँ, जहाँ अमूमन भरा-भरा रहता था...अब इतना ख़ाली-ख़ाली कि हवा भी नहीं ठहरती। सुवर्णा लुढ़कती जा रही है...अपने भीतर, अँधेरे में... ढलान पर ऊपर से नीचे जाती कंकड़ी की तरह।

बरामदे से ही सुवर्णा ने मुझे आते हुए देखा...चेहरे पर कोई भाव नहीं...जैसे कोई ऐसे व्यक्ति को देखता है जो वक़्त-बे-वक़्त आता ही रहता है, जिसका आना-जाना कुछ नहीं होता।

एक नज़र मेरी तरफ़ फेंककर वह व्यस्त हो गई। बच्चों और उनके मास्टर जी से बातें कर रही थी। मैं काफ़ी दिनों बाद उसके घर आ रहा था। कई दिनों से फ़ोन पर भी बात नहीं हो सकी थी। उसकी तरफ़ से फ़ोन आने बन्द थे। जब मैं करता, वह एक-दो वाक्य बोलकर, बाद में बात करेंगे...ऐसा कुछ कहकर रख देती। फिर उसका फ़ोन नहीं आता। मैं थोड़ा गए वक़्त-जैसा तटस्थ था कि अगर

दूर-दूर रहने में ही वह ख़ुश है तो मुझे भी उसी दूरी का अभ्यास डाल लेना चाहिए ...पर फिर मेरी क़स्बई पस्ती में उजाले की एक किरण थिरकने लगी—उसे तुम्हारी ज़रूरत हो सकती है!

मुझे देखकर भी वह भीतर चली गई। मास्टर जी वापस हो रहे थे, बच्चे इधर-उधर हो गए थे। मैं जब बरामदे में पहुँचा तो वहाँ कोई नहीं था। अन्दर आवाज़ें थीं...उसी की, रामू को कुछ हिदायतें दे रही थी। मैंने घंटी बजाई।

थोड़ी देर में वह निकली, पीली साड़ी-ब्लाउज। दुबली हो गई थी, चेहरा सूखा था, सिकुड़ा हुआ...उदासी की घनी परत जैसे वहाँ चिपककर रह गई थी।

मुझे देखकर कुछ नहीं बोली...बस देखती रही, वह भी उचटे-उचटे। पहले ऐसे में वह कुछ गर्मजोशी के साथ 'हा...य' कहती।

"क्या बीमार थीं?" मैंने पूछा।

"फूलवालों की सैर जा रही हूँ। बच्चे ज़िद कर रहे थे। रमेश वहीं हैं।"

उसके हाथ में एक कार्ड था, जिसे वह पंखे की तरह हिला रही थी।

"ठीक है, तो मैं चलता हूँ। वह पत्रिका दोगी क्या..."

"पत्रिका...कौन-सी?"

"जो तुमने माँगी थी, जिसमें वह लेख था—'आधुनिक और चिरन्तन जीवन-मूल्य'। तुमने कहा था पढ़ चुकी हो, कभी भी आकर ले जाना।"

वह उलझनों से भर आई। याद कर रही थी, और याद नहीं आ रहा था...या कि एक बृहत्तर सन्दर्भ में वह और ही छोटी हुई जा रही थी।

"आज ही चाहिए...अभी...?"

"ठीक है, फिर देख लेना...मेरे एक मित्र यहाँ आए थे, सिर्फ़ चार दिनों के लिए। वे माँग रहे थे। इसलिए।"

"देखूँगी...ढूँढ़ना होगा।"

वह बार-बार इधर-उधर देखती थी...लाचार-सी। कहाँ उसका पुराना रूप—आत्मविश्वास की जीती-जागती तस्वीर! कहाँ यह जैसे कोई पौधा सिर्फ़ एक पतली जड़ के सहारे ज़मीन से हिलगा हो, तेज़ हवा में उड़ा-उड़ा जाता...अब उखड़ा, अब उखड़ा...

बरामदे से निकलकर हम थोड़ी देर बाहर खड़े हुए, आमने-सामने। वही लम्बी काया, उजली-उजली, ख़ूबसूरत पर मुरझाई-सी। जब वह तैयार होकर दफ़्तर के लिए निकलती है तो कितनी ताज़ा...जैसे साक्षात बसन्त इधर-उधर दौड़ रहा हो। आज सिर्फ़ एक छोटा दुबला-पतला अमलतास था...निस्पन्द।

"कैसे हो?"

ख़ाली-ख़ाली चेहरे से उगकर वह सवाल मुझ तक आया, सूखा, मरा हुआ... कि जवाब में कुछ कहने की ज़रूरत ही न रहे, न ही उधर से कोई वैसी अपेक्षा ही। उसका चेहरा जो लहरों में खिंचता-तनता रहता था, आज एकदम शून्य था... 'ब्लैंक'...जैसे कोई पथरीली गोट चारों तरफ़ से उसे मढ़ती चली जा रही थी। आँखें एकदम भावहीन, अरसे से ख़ाली पड़े किसी घर की तरह। उसकी नज़रें मेरी तरफ़ थीं पर वह मुझे नहीं देख रही थी, मेरे पार कहीं...शायद कहीं भी नहीं देख रही थी।

"फ़ोन नहीं करतीं आजकल?"

"नहीं...क्या?"

वह आगे बढ़ गई जैसे कि अपना कुछ कहना और सुनना दोनों ही बेकार लग रहा था उसे, बैताल उड़कर जा चुका था। हम दोनों ही उस दिशा को टटोल रहे थे, जिधर को वह उड़ा था...शायद मैं ही, वह तो सिर्फ़ एक खोल की तरह चल रही थी। पता नहीं वह किसी ट्रान्स में थी या कि चेहरे पर उगता हुआ यह पथरीलापन किसी भयंकर बीमारी की शुरुआत थी। थोड़ी देर में ही मृत्यु को प्राप्त होनेवाले व्यक्ति के चेहरे पर भी कुछ ऐसा ही पथरीलापन फैलने लगता है।

बच्चे तैयार होकर बाहर आ गए थे। वे सब कार की तरफ़ बढ़ गए। पहले बच्चे बैठे, फिर वह। मुझे देखती रही...वैसी ही शून्य-शून्य। कार चल पड़ी तब जैसे उसे कुछ ध्यान आया और उसने अपना निर्जीव-सा हाथ हिलाया...पर तब तक कार आगे जा चुकी थी।

फूलवालों की सैर। रमेश और उसका परिवार विशेष अतिथि। सुवर्णा और बच्चों का एक विशेष परिवार की तरह स्वागत। एक समय था जब अपना यों महत्त्वपूर्ण होना सुवर्णा के भीतर भी कोई खुनक पैदा करता था। अब यह सब खोखला लग रहा है। स्वागत करनेवाला जहाँ ले आया वहाँ चली आई, जहाँ बैठने को कहा बैठ गई। उसकी एक तरफ़ रमेश, दूसरी तरफ़ बच्चे। रमेश के चेहरे पर फ़ख्र—देख लो...मैं तुम्हें यह दे सकता हूँ...इतनी इज़्ज़त।

चारों तरफ़ उत्साह-ही-उत्साह। गाजे-बाजे के साथ पंखा-पंखी निकाले जा रहे हैं...रंग-बिरंगे फूलों से जड़े हुए। एक-से-एक डिज़ाइनें। यह फूलों का मेला है। हर तरफ़ रंग।

"मम्मी, वह देखो। कौन-से फूल हैं वे...पीले-पीले।" छोटा कुरेदता है।

"मुझे नहीं मालूम बेटे।"

"कितने सुन्दर हैं...हैं न?"

"हाँ।"

रमेश उठकर बच्चों की तरफ़ चला जाता है। उनके बीच में जाकर बैठ जाता है और फिर उन्हें बातों में उलझा लेता है। 'यह मेल-मिलाप का त्यौहार है...' वह बच्चों को बता रहा है...

सुवर्णा बात नहीं करती, बच्चों से भी नहीं—रमेश सोचता है—घर की तरह यहाँ भी मुँह फुलाए बैठी है। अपनी 'पोजीशन' का ज़रा भी ख़याल नहीं। यहाँ सभी की नज़रें उन पर हैं, कम-से-कम यहाँ तो...

रमेश ने ज़रूरत से ज़्यादा ढील दे रखी थी। सुवर्णा ने उसका नाजायज़ फ़ायदा उठाया। बजाय कृतज्ञ होने के वह रमेश को ही ढीला-ढीला समझने लगी...ऐसे हुक्म चलाती थी जैसे रमेश उसके दफ़्तर का ही कोई क्लर्क हो। रमेश जितना उसकी हाँ-में-हाँ करता चला गया, उतना ही वह अपना चलाने की आदत डालती चली गई। कुछ भी जो उसके ख़िलाफ़ पड़ता हो...वह सुनना भी बर्दाश्त नहीं। आख़िर रमेश को सख़्त होना पड़ा। सुवर्णा के सामने एकाएक ऐसे सुबूत रख दिए कि सुवर्णा की सारी दिलेरी निकल गई...अब आगे रमेश की ही चलेगी। सुवर्णा का हौसला पस्त है। रमेश जानता है सुवर्णा को धक्का पहुँचा है...पर यही तो वह चाहता था। एकाएक जब सख़्त रवैया अपनाओ तो झटका तो लगता ही है...नींद में झूलते सिपाही को एकाएक तनकर खड़ा होना है। सख़्ती की योजना का सारा दारोमदार यही है कि दिमाग़ पर इस तरह हावी हो जाओ कि वह सोच ही न सके। बेशक, इसके पहले तैयारी पूरी होनी चाहिए। सख़्ती ज़रूरी है, सख़्त न हो तो लोग कमज़ोर समझते हैं। सुवर्णा पढ़ी-लिखी है, कमाती है तो इसके यह मायने तो नहीं कि कुछ भी करती रहे, वह सब भी जिससे रमेश का सिर शर्म से झुकता है। न पढ़ती-लिखती...न जाए दफ़्तर...क्या ज़रूरत! इनसे रमेश को क्या मिलता है। दफ़्तर औरत को फ़्लर्टिंग का मौक़ा देता है—साला मियाँ घर में बैठा फाँके मार रहा है और तुम! डैम इट! बीवी की हिस्सेदारी तो नहीं की जा सकती।

सुवर्णा कहती है वह कोई जायदाद नहीं है। शादी के बाद अगर सिर्फ़ पति का ही हक़ है तो जायदाद नहीं तो और क्या हुई? सुवर्णा कहती है—हक प्यार से, एक-दूसरे का ख़याल करने से पैदा होता है...बकवास! कितने सालों से वह साथ रह रहे हैं। सुवर्णा ने पहले कभी यह सब न सोचा। जब से उस अनन्त के बच्चे से दोस्ती हुई कि सुवर्णा के दिमाग़ में यह सब फितूर भरने लगा। अरे भाई...आपका घर है। आपने अपने लिए घर में रहना चुना है, पति है, बच्चे हैं...उनको देखो,

सँवारो...यही तुम्हारी ज़िन्दगी का मकसद है...और क्या अनाप-शनाप ढूँढ़ते फिरते हो। यह हीर-राँझा, सोहनी-महीवाल का कोई वक़्त है क्या...विज्ञान के युग में ऐसी बातें बीमार लोग करते हैं। हम साथ रहें, ज़मीन-जायदाद में बढ़ोतरी करें, हम और हमारे बच्चे आगे बढ़ें, तरक़्क़ी करें और क्या चाहिए। प्यार-वार जितना चाहिए वह रात को चलता ही रहता है...

और उर्वशी?

रमेश की गाड़ी यहाँ अटकती है। सुवर्णा को रमेश और उर्वशी के बारे में इतना ही मालूम है कि वे सहकर्मी हैं। सुवर्णा को कभी शक तक नहीं हो सका। रमेश चीज़ों को दिमाग़ से चिपकाए नहीं घूमता कि घर में अपने आदमी के बगल में ही लेटे हुए हैं और मन में घूम रहा है कोई और। उर्वशी भी रमेश के मिज़ाज की है। कभी दोनों की तबीयत हुई, वक़्त हुआ...किया और दिमाग़ से उतारा। एक चीज़ जिसका ताल्लुक शरीर से है वह दिमाग़ को क्यों ख़राब करती रहे...यही आधुनिक ढंग से सोचना है। रमेश और उर्वशी...दोनों दोस्त हैं तो एक-दूसरे का ख़याल करते हैं...इस मामले में भी। उर्वशी की शादी जब तक नहीं हुई...चलेगा। बाद में एक को ज़रूरत नहीं तो बात ख़त्म। रमेश जानता है कि सुवर्णा के इस तरह के सम्बन्ध किसी से नहीं हैं पर आगे हो सकते थे और सुवर्णा इतना साफ़-सुथरे ढंग से अलग नहीं हो सकती जैसे रमेश हो लेता है...इसके लिए साफ़ दिमाग़ चाहिए। जो सुवर्णा कर रही थी वह ज़्यादा ख़तरनाक था—ज़िन्दगी-भर के लिए फँस बैठने का सिलसिला शुरू हो सकता था। तुम फ़्लर्टिंग भी चलो दस से कर लो, लेकिन यह दिलवाला सिलसिला...यह फ़िल्माना चक्कर...खतरनाक है, 'इन्वॉल्वमेंट' हो सकता है। रमेश ने सब चीज़ें सोच-समझकर निर्णय लिया कि इस सब फितूर को यहीं ख़त्म करना होगा, ताकि सुवर्णा की ज़िन्दगी सीधे रास्ते पर आ जाए। उस पर जो ख़राब असर डाल रहे हैं उनसे छुट्टी करानी होगी। वह दूसरों के साथ दोस्ती करे लेकिन यह तीन तिगड्डी नहीं! रमेश अड़ा हुआ है—एक बार निर्णय लिया तो उस पर डटे रहना चाहिए, निर्णय बदलना या फिर हिचकना उसकी ट्रेनिंग ने नहीं सिखाया।

सुवर्णा आधी नींद में है...सामने जो है वह असली है क्या? ये रंग...ये फूल...यह संगीत सब कुछ सपना-सा सामने से फिसलता जा रहा है। बाजों की आवाज़ एक चादर की तरह ऊपर तनी हुई है। सुवर्णा उसे ओढ़े पड़ी है, सो रही है।

बरामदे की कुर्सियों में से एक अपने लिए खचेड़कर सुवर्णा वहीं एक कोने में बैठ गई और सामने देखने लगी। आजकल दफ़्तर से लौटकर यही करती है—इसी कोने में बैठ जाएगी और बैठी रहेगी। सूखी-सूखी आँखें सामने देखती रहती हैं—पेड़ों का हिलना, चिड़ियों का इधर से उधर जाना—कभी ज़रूरत तो कभी घबराहट से, धूप का धीरे-धीरे खिसकना, उजले रंग का काले में तब्दील होते जाना...

बाकायदे आवाज़ें होती हैं इन सबमें...अथाह ख़ालीपन जो सुवर्णा के भीतर-बाहर है उस पर रेंगती हैं ये आवाज़ें। थोड़ी देर को लगता है कि कुछ तन रहा है आख़िर, कुछ शक्ल लेगा जिसे सुवर्णा देखते ही पहचान लेगी—हाँ, यह मेरा है...यहाँ मैं हूँ...पर जैसे ही सुवर्णा कुछ पकड़ने को चलती है कि सब कुछ डूब जाता है, भीतर का ख़ालीपन, दो बूँद इन आवाज़ों को लील जाता है...सुवर्णा देखती बैठी रहती है...

निकलने की पूरी कोशिश कर रही है। पहले तो ऐसी हो गई थी जैसे भीतर एक बर्फ़ीली ठंडी सिल हो, चक्करदार जड़ परतोंवाली कोई चीज़ भीतर नहीं पहुँचती। वहाँ जैसे कुछ नहीं छूता था उसे। फिर धीरे-धीरे मोटी-मोटी बातें गड़नी शुरू हुआ। रमेश से दूर, अलग कमरे में सोई कि देखा, बच्चे मम्मी-पापा को घूर-घूरकर देखने लगे हैं। उनके चेहरे पर सवाल-ही-सवाल हैं। उनकी नज़रें टटोलती हैं, इतना सूँघ भी लेती होंगी कि कहीं कुछ गड़बड़ है। लड़ाई किसी और की और झेले कोई और ...सुवर्णा को यह ग़लत लगा। इसलिए जब तक वह किसी फ़ैसले पर नहीं पहुँच जाती उसे बच्चों के सामने यही दिखाना है कि सब पहले-जैसा ही है, हालाँकि उसे बार-बार लगता है कि पहले-जैसा अब फिर कभी नहीं हो सकेगा। वह पुरानी जगह सोने लगी। बच्चों के सामने रमेश से एक-दो बातें भी कर लेती है, जबकि दरअसल उन दोनों के बीच बातचीत का जो एक पुल था वह टूट चुका है।

वह किसी से नहीं मिलना चाहती। दफ़्तर जाती है ताकि घर के बाहर रहे... कुछ सोचना होता चले और शायद वह किसी फ़ैसले पर पहुँच जाए। सबको कह दिया है कि वह कुछ दिनों तक नहीं मिल सकेगी, कोई फ़ोन न करे...व्यस्त है। बस, दफ़्तर के फ़ोन, दफ़्तर के काम...और दफ़्तर की ही बातचीत। दफ़्तर से सीधा घर, घर में भी सिर्फ़ काम-से-काम। यहाँ तक कि बच्चों से भी बात करने का मन नहीं होता, थोड़ी हाँ-हूँ करके टालने की कोशिश करती है।

कम्पोज़ की गोलियाँ खा-खाकर रहती है, झटके से उबर नहीं सकी है अभी। सिर्फ़ इतना ही हो पाया है कि जो पहले लगता था कि नहीं हुआ है, सिर्फ़ सपने में हुआ है...वह असलियत बनकर साफ़-साफ़ सामने खड़ा दिखता है। ज़िन्दगी में पहली बार ऐसा हुआ है कि एक ज़बरदस्त हताशा उसे हर पल लपेटे रहती है।

सुवर्णा जानती है कि उसी को अपने-आपको सँभालना है...उसे सोचना है, सोचकर कहीं पहुँचना है...

रमेश के पास अक़्ल है पर सोचने की कुव्वत ज़रा भी नहीं। सुवर्णा सिर्फ़ पत्नी नहीं, एक कामकाजी महिला भी है...यह रमेश सोच भी लेता होगा तो महसूस नहीं करता। सुवर्णा की एक अलग ज़िन्दगी होनी-ही-होनी है। कुछ अफ़सर होंगे जिनका उसे ख़याल करना होगा, कुछ दोस्त भी उसके अपने अलग बनेंगे...और यह बुनियादी बात कि वह एक अलग जीव है, उसका अपना अलग व्यक्तित्व है... इस पर तो शायद रमेश यही कहे कि यह क्या होता है। रमेश के हिसाब से एक औरत के लिए काफ़ी है कि वह किसी की बीवी है, पति बड़े ओहदे पर है, उसका अच्छा घर है, समाज में इज़्ज़त है। और भी कोई ज़रूरतें हो सकती हैं—यह रमेश की समझ में नहीं आ सकता। एक शरीर के ही कितने आयाम होते हैं...रमेश को तो यही पता नहीं चल सका होगा कि उसकी पत्नी कहाँ-कहाँ, किन-किन छोरों पर प्यासी रह गई है। सुवर्णा की सुन्दरता...जिससे कविताएँ फूटती हैं, उसे रमेश सिर्फ़ एक शरीर समझ मशीन की तरह चलाना और बन्द करना जानता है।

सुवर्णा क्या चाहती है ज़िन्दगी से?

शायद उसकी बुनियादी कशिश है कि वह मुक्त होकर जी सके, उसे ठीक-ठीक नहीं मालूम कि ऐसा जीना क्या होता है, पर सोचती है कि जीते-जीते पता लग जाएगा। अगर वह बन्द होकर पड़ रही तो फिर तो गुंजाइश ही नहीं बचेगी। इसीलिए उसके सम्बन्ध हैं, तरह-तरह के लोगों से तरह-तरह के। अनन्त कहता है—ज़िन्दगी का सबसे बड़ा मूल्य प्यार है...पर प्यार भी तो इसीलिए न कि जीने का एक और पक्ष खोले...उसमें कुछ जोड़े? असली चीज़ है जीना, जिसके लिए सब कुछ है।

सुवर्णा जीना चाहती है...अपने ढंग से, जी भरकर...उसके ये सम्बन्ध इसलिए ज़रूरी हैं कि वे सुवर्णा को जीने का अहसास कराते हैं—वह हर आदमी के साथ एक अलग अन्दाज़ में जी लेती है। सुवर्णा चाहती है कि लोग उसकी क़द्र एक आम से ज़्यादा अक़्लमन्द और एक ऐसे व्यक्ति के रूप में करें जो हर तरह से स्वतंत्र है, जो सिर्फ़ अपने पर आश्रित है। आदमी और औरत की बात तो कहीं आनी ही नहीं चाहिए। थोड़ा-बहुत ऐसा भी, हो भी लेता है। उसके सभी सम्बन्धों की शुरुआत एक-दूसरे के गुणों की तारीफ़ और क़द्र से ही हुई, लेकिन पता नहीं कहीं क्या हो जाता है कि थोड़ी दूर चलकर औरतपना और आदमीपना कहीं से घुस आता है। सामनेवाला उसकी ख़ूबसूरती की तारीफ़ करता होता है और उसे उस तारीफ़ में मज़ा आता होता है। कुछ के साथ बात थोड़ा और आगे बढ़ जाती है, फिर सुवर्णा को कोशिश करनी पड़ती है कि वह अपने को बचाए भी रखे और दूसरे व्यक्ति के

साथ जीती भी रहे। बाहर चलती इस जद्दोजहद से फ़र्क़ रमेश की बात भी नहीं है। रमेश की भी तकलीफ़ यही है कि वह उसे पत्नी के रूप में पाकर भी पूरी तरह नहीं पा सका...लेकिन क्या कोई किसी को इस तरह पा सकता है, पा भी लेता है तो क्या यह अपने-आपमें किसी हत्या से कम है? फिर पाने की यह हवस क्यों?

कभी-कभी वह ख़ुद को कोसती है कि अगर उसका सोचना यही होना था तो फिर किसी के साथ पत्नी के रूप में क्यों बँधी? लेकिन बीस-इक्कीस की उम्र में यह समझ ही कहाँ थी कि बन्धन क्या होते हैं। अब यहाँ पहुँचकर...बन्धनों को वह चाहे जितना झुठलाए, वे रहेंगे और गड़ते रहेंगे। दरअसल जिस तरह वह उन्हें सीधा सामने आकर झुठलाना चाहती है वैसा कभी होने नहीं दिया जाएगा। उस समाज में जहाँ लड़की को अकेला घूमते देखकर ही लोग पीछे लग जाते हैं, वहाँ बन्धनों को वह चोरी-छिपे ही झुठला सकती है। कितनी बार उसका मन किया है कि आधी रात में सुनसान सड़कों के अँधेरों को पीकर वह अपनी रूह में उतारे, बारिश में भीगती हुई घास पर दौड़ती चली जाए, लम्बी-लम्बी सैरों पर अकेली निकल जाए, सुनसान पगडंडियों पर घंटों पैदल चलती रहे, अकेली किसी नदी में तैरे-उतराए... पर क्या इसमें से कुछ भी कभी वह कर सकी? क्यों ऐसा है कि प्रकृति को अपने में भरने के लिए भी आदमी का साथ चाहिए...रमेश को दिलचस्पी या फुरसत नहीं, तो किसी दूसरे का साथ। अक्सर ऐसा हुआ है कि वह किसी के साथ दरख़्तों के नीचे घूमती होती है और मन करता है कि बगलवाला आदमी कुछ न बोले, एकदम ठप पड़ जाए, उसे सीधे-सीधे दरख़्तों से बात करने दे...

रमेश को उसके सम्बन्ध पसन्द नहीं। वह कुछ ख़ास लोगों से न मिले-जुले... क्यों? वह ख़ुश होगा। मतलब वह बीवी भी नहीं, लौंडी हो गई। रमेश की एक बड़ी दलील यह होगी कि वह ख़ुद बीवी के अलावा किसी औरत से किसी तरह के सम्बन्ध नहीं रखता—वफा! पर यह किस क़िस्म की वफा है जो दूसरे को अपने-आपके प्रति वफादार होने की गुंजाइश नहीं छोड़ती। हम क्यों एक चीज़ का बदला ठीक उसी चीज़ से पाना चाहते हैं। तुम्हारे लिए वफा निभाने चली तो पता चला मैं ही ख़त्म हो गई यार...रमेश अगर यह वफा देता रहा है तो वह भी उसे प्यार देती रही है...उससे बेहतर जो रमेश से उसे मिला, जिसके लायक वह नहीं है और सुवर्णा के हाथ क्या आया? सुरक्षा, एक ओहदेवाले आदमी की बीवी का स्टेटस, समाज में इज़्ज़त! कौन-सा समाज? वह सूखा समाज...जहाँ आपको ज़बरदस्ती हमेशा ख़ुश दिखना है, बेवजह बातें करनी हैं...जहाँ सिर्फ़ परिचित हैं, दोस्त एक भी नहीं...जहाँ कहने को सुख का लगातार चलता हुआ सिलसिला है पर असली ख़ुशी का महसूसना नहीं के बराबर। ख़ालीपन का एक वीरान रेगिस्तान

और उसमें रंगीन गुब्बारों से डूबते-उतराते लोग...कुछ तो था कि वह ऊबकर उन सम्बन्धों से चिपकती चली गई, जिस पर आज रमेश को एतराज है। क्या यह इन्हीं सम्बन्धों की वजह से नहीं था कि वह अपनी ज़िन्दगी की बोरियत अब तक सहती चली आई, रमेश को प्यार करती रह सकी...

अब यहाँ पहुँचकर जब न वे सम्बन्ध हैं, न रमेश के लिए प्यार...तो जैसे वह ही ख़त्म हो गई है। क्या उसका होना सिर्फ़ इन्हीं से जाना जाता था...इनके अलावा क्या कुछ भी नहीं थी वह...जिसे अब निकालकर कुछ भी ख़ुद को दिखा सके। अपने बाहर जो मोह-जाल हम फैलाते हैं वह कितना कमज़ोर होता है!

धूप कब की जा चुकी, सुवर्णा को पता ही न चला। अँधेरा झर-झर उसके ऊपर गिर रहा है। सुवर्णा बैठी हुई है, बैठी रहती है। क्या उसे उठना चाहिए... उठकर क्या करना चाहिए?

शक्तिपूजा

मुझे एकाएक अपने कमरे में पाकर वह सकपका गई, फ़ौरन उठी और खिड़की पर जाकर बाहर देखने लगी। किसी अज्ञात भय ने चेहरे के बाकी सभी रंगों को चूस लिया था।

जाड़े ख़त्म नहीं हुए थे, पर धूप की निचली तह में पास आती गर्मी का पैनापन था। दफ़्तर की बाहरी दीवार के पार जो जलाशय था, वह ख़ाली था, नीचे की सख़्त सतह पर छितरी पड़ी हुई मैली काई...कहीं गाढ़ी, कहीं झीनी-झीनी, पर हर जगह ही गीली और लिसलिसी...हरे कीचड़ की तरह।

"बाहर तुम्हें रमेश की कार दिखाई दी?" उसने खिड़की पर हिलगे हुए ही पूछा।

"मैंने ध्यान नहीं दिया। वैसे भी मैं ठीक-ठीक पहचानता नहीं, न ही नम्बर याद है...क्यों।"

दीवार के इस पार जितनी कारें खड़ी थीं उन सब पर नज़र फेरकर वह वापस अपनी कुर्सी पर बैठ गई।

"तुम क्यों आए...मैंने कहा था कि कुछ दिनों तक मैं नहीं मिल सकती।"

"तो चला जाऊँगा! आया, क्योंकि बग़ैर आए रह नहीं सका। तीन-चार महीने हो गए...तुम्हारे समाचार भी ठीक से नहीं मिले। कुछ अजीब लगता रहा। फ़ोन जल्दी बन्द करने की तुम्हारी बेताबी, उस दिन घर में तुम्हारा व्यवहार! लगा कि कुछ गड़बड़ है। मैं अपनी सीमाएँ मानता हूँ—बेवजह दख़ल नहीं करूँगा और न ही वह जानना चाहूँगा जो तुम बताना नहीं चाहतीं।"

"तुम मेरा इतना ख़याल क्यों रखते हो?"

उसका स्वर मुलायम कतई नहीं था, उलटे शिकायत थी जैसे मेरा उतना ख़याल बोझ ही था उस पर।

"रमेश आजकल इसी तरफ़ डोलता रहता है...निगरानी में कि मेरा यहाँ कौन आता-जाता है। उसने मेरी चाभी चुराकर इन आलमारियों की तलाशी ली। मेरे फ़ोन टेप कराता है वह। अनन्त, मैंने कभी नहीं सोचा था कि रमेश इस पर उतर सकता है। अभी भी कभी-कभी लगता है कि यह सब सपना है, असलियत नहीं...

"शुरू से ही उसे मालूम था। मेरे एक-एक सम्बन्ध के बारे में वह जानता रहा है...अब कहता है, मैं तुमसे, अरविन्द और श्याम से न मिलूँ..."

बाँध फूट पड़ा था। मुझे बहुत ताज्जुब नहीं हुआ। आज नहीं तो कल यह होना ही था।

रमेश की कब से दबाई जाती भावनाएँ आख़िर एकाएक उबल पड़ीं और फिर जितना वे दबी रही थीं उतने ही उग्र रूप में बाहर आईं।

"तुम चले जाओ अनन्त...वह कभी भी आ सकता है। आजकल यों ही बिना बताए कभी भी आ धमकता है। कहता है कि यहाँ किसी के आने पर कोई रोक-टोक नहीं है तो उसके आने पर क्यों हो...ऐसे आकर बैठ जाएगा जैसे गश्त पर निकला हो।"

"श्याम और अरविन्द को बताया?" मैंने पूछा।

"उन्हें तो वैसे ही मालूम है...अपने जन्मदिन पर श्याम मेरे पास ट्रेनिंग इन्स्टीट्यूट आ गया...अब देखो, यह क्या बड़ी बात हो गई। रमेश वहाँ पहुँच गया और एक तमाशा खड़ा कर दिया। मुझे कार में भरा और घर ले आया, मेरी कोई इज़्ज़त ही नहीं..."

"तुम्हें उसे समझाना चाहिए था।"

"समझाना...वह मार-पीट पर उतर आता है। दो बार उसने मुझे थप्पड़ मारा। अनन्त, ये तमाम साल मैं एक जानवर के साथ रह रही थी!"

मैंने देखा कि वह बुरी तरह टूटी हुई थी। जिसे एक सम्पदा की तरह कलेजे से चिपकाए वह इन तमाम दिनों घूमती रही थी, वह एक गुब्बारा निकला। ज़रा में फट बोल गया। उसे एक ज़बरदस्त धक्का लगा था और वह एकदम तितर-बितर थी, हर पल अपने को रेशा-रेशा बिखरे देखते हुए।

"देखो भाई, जहाँ तक रमेश की भावनाओं का सवाल है...ऐसा नहीं है कि वह समझ में न आता हो।"

"पर वह कौन-सी नई बात हो गई थी, मेरे दोस्त शुरू से ही रहे हैं। जब मेरा पहला दोस्त बना था, रमेश तब टोकता? मैं क्या करूँ अब, अनन्त..."

"अरविन्द और श्याम क्या कहते हैं?"

"रमेश का व्यवहार उन्हें भी बहुत ख़राब लगा, फिर भी दोनों अलग-अलग रमेश से बात करने को तैयार थे। मुझे, सच अपने दोस्तों पर नाज है इस मायने में। मैंने ही

मना कर दिया उन्हें, आने और फ़ोन करने को भी। मैं नहीं चाहती कोई ऐसी-वैसी स्थिति पैदा हो जाए...तुम जानते हो मेरी ज़िन्दगी में इस तरह की 'क्रूडनॅस' कभी नहीं रही, इसलिए यह बर्दाश्त नहीं होती...रमेश का क्या भरोसा। देखो तो उस दिन उसी का ड्राइवर था, उसके सामने रमेश ने मुझे उस तरह घसीटा। क्या सोचते होंगे ये लोग...यही कि हम जो सभ्य बनते हैं...यह सब होता है उनके यहाँ? मुझे नहीं मालूम था कि रमेश इतना बेवकूफ़ है कि यह भी नहीं सोच सकता कि अपनी बीवी को इस तरह सबके सामने ज़लील करके तुम आख़िर अपने-आपको ही ज़लील कर रहे हो...और यह वह आदमी था जिसे मैं इन तमाम सालों प्यार करती रही..."

वह उबल-उबल पड़ती थी, जैसे अरसे से उसे कोई नहीं मिला था अपनी बात कहने को। तात्कालिक वैसे भी उससे चिपक जाता था—चाहे वह दफ़्तर की कोई बात हो या अपनी बीमारी; फिर यह तो एक बड़ा हादसा था, विशेषकर उसके-जैसे जीवन के लिए जो ख़ुश-ख़ुश, बिना किसी रुकावट के अब तक बहा था। उसने अपने आसपास शायद कहीं कभी लड़ाई-झगड़ा तक नहीं देखा था, फ़िल्मों को छोड़कर।

"अनन्त, तुम अब जाओ..."

कहाँ शुरू के दिनों का उसका आत्मविश्वास, जब वह कहा करती थी कि वह कुछ भी छिपाकर नहीं करती, रमेश को यह तक बता सकती थी कि उसे मैं बहुत अच्छा लगता हूँ...और कहाँ यह—प्रतिपल सशंकित, डरी हुई! क्या उसकी वह हिम्मत ओढ़ी हुई थी...बाहरी?

मैंने उसके आग्रह की तरफ़ ध्यान नहीं दिया। उसके जीवन में एकाएक सब भरभराकर गिर पड़ा था...वह सब कुछ जो दिखाई देता था और जिसे ही वह सच मानती थी। मैं उसके लिए कुछ कर नहीं सकता था पर थोड़ी देर को पास तो हो सकता था।

"मैं सोचता हूँ कि यह वह समय है जब घबराहट, उतावलापन, हीनभाव... इन सबसे ख़ुद को उलझाने की बजाय हिम्मत से भीतर झाँकना चाहिए। शायद तुम्हारा सबसे घनिष्ठ सम्बन्ध मुझसे है...और अपनी कहूँ तो मेरे लिए यह इतना पवित्र है कि मेरे मन में रमेश से या किसी से कहने में कोई हिचक नहीं उगेगी। मन में मैं किसी को पूजता हूँ, यह शर्म की बात कहाँ से हो गई...और जहाँ प्यार पूजा के स्तर तक उठ जाए...तब कैसी पवित्रता व्यापती है जीवन में, सोचो तो! ऐसे में तुच्छ हो ही क्या सकता है? मुझे तो लगता है यही ज़ीवन का श्रेष्ठ है जिस तक मैं उठ तो नहीं सका हूँ अभी, पर कभी-कभी उसे छू ज़रूर लेता हूँ..."

वह भीग रही थी...थोड़ा-थोड़ा बेसुध, जैसे दूर निकल गई हो...अपने से बहुत दूर। अपमान, तनाव, छटपटाहट की जो खरोंचें पिछले दिनों उसके चेहरे पर उछलती

चली गई थीं...वे तिरोहित हो गई थीं। चेहरा धुला-सा निकल आया था...किसी अज्ञात मिठास में पिघलता हुआ...आँखों में अदेखे स्वप्नों के रंग। ऐसे व्यक्ति के साथ कोई वह व्यवहार कैसे कर सकता था जो रमेश ने किया था।

भीतर के सौन्दर्य का आलोक सुवर्णा के चेहरे पर बहुत देर तक टिका नहीं रह सका। वहाँ उलझनों का जाल फिर उछल आया...आड़ी-तिरछी तनी हुई नसों का जाल...तब महसूस हुआ कि जो हुआ था उसने उसके भीतर कितना तहस-नहस किया था।

"रमेश और तुम्हारा सम्बन्ध विवाह के पहले अगर उस तरह का नहीं था तो बाद में हो सकता था...ऐसा जो भीतर उतरता, एक-दूसरे की आत्मा में। वैसा न होने से वह केवल एक आवरण मात्र रहा...दिमाग़ के स्तर तक सीमित रहनेवाले विश्वास में तुम दोनों को यह प्रतीति देता रहा कि तुम पति-पत्नी हो। बच्चों के रूप में इस सम्बन्ध ने सामाजिक जड़ें तो फैला लीं, लेकिन जो ज़्यादा ज़रूरी था... आत्मिक...वह नहीं हो सका...

"कभी-कभी मुझे लगता है कि तुम्हारे सारे सम्बन्ध अधूरे हैं, सिर्फ़...अंशों में हैं। वे तुम्हें पूरा नहीं भरते..."

मेरी तरफ़ देखते-देखते वह पार देखने लगी। ऐसे वह तभी देखती थी जब किसी बात को बहुत ग़ौर से सुन रही हो। उसे देखो तो ज़रूर उलटा ही आभास होता था।

अगले कुछ क्षण हममें से कोई कुछ नहीं बोला। मैं उसकी प्रतिक्रिया की प्रतीक्षा करता रहा, वह भीतर-भीतर उमड़ती-घुमड़ती रही।

"मैं कुछ समझाऊँ, रमेश को..." चुप्पी के मकड़ी-जाले को फाड़ते हुए मैंने कहा।

"ऊँ..." वह जागी..."क्या कहा?"

"मेरे बात करने से कुछ होगा?"

"किससे...रमेश से? बेकार है! वह मुझे पिस्टल दिखाता है। कभी-कभी सोचती हूँ कि बीवी—मुझ-जैसी गई-गुजरी या कि कैसी भी से ऐसा सुलूक करने का हक़ कहाँ से मिलता है किसी को। अब तो सवाल यह है कि मैं इस-जैसे आदमी के साथ कैसे रह सकती हूँ।"

"ऐसे क़दम बग़ैर साहस के नहीं उठाए जा सकते। इसके लिए अपने भीतर नैतिकता जगानी होगी। जहाँ विश्वास हों, वहाँ आसान होता है, नहीं तो फिर वे विश्वास ढूँढ़ने होते हैं...जिनकी ख़ातिर आप मर-मिटने को तैयार हों।"

"मेरे कौन-से विश्वास हैं, अनन्त...?"

असहायता की पराकाष्ठा थी वह...जो एकाएक उसकी पस्ती की ऊपरी सतह पर उतरा आई। उसके स्वर में पस्ती...गाढ़ी-गाढ़ी निराशा तो आ ही गई थी...पर यह

कराह थी जो निकली। सुवर्णा मुझे देख रही थी—बेहद उदास, लाचार, अशक्त... जैसे दूर-दूर तक खोखलेपन के विस्तार के अलावा उसे और कुछ नहीं दिखता था, कोई ठूँठ भी नहीं जिससे हिलग सकती। वे आँखें जिनमें आँसू मुश्किल से आते थे, दूसरों के सामने तो कभी नहीं...वे नमी में झिलमिल थीं। वह बार-बार रोने को हो आती पर किसी-किसी तरह समेटती ख़ुद को। अगर वह अकेली होती तो उस क्षण वह फूट-फूटकर रोती, बहुत रोती, ऐसा, जैसा वह जीवन में कभी नहीं रोई थी।

मैं ग्लानि से भर आया। यह वह समय नहीं था जब उस पर भारी-भरकम बातें लादता, सिर्फ़ उसके दुख को बाँटना चाहिए था...पर यही तो वह समय था जब उसे सोचना था, इसी वक़्त तो ऐसे विचारों की ज़रूरत थी।

"वह कहता है कि अगर मैं उसे छोड़कर गई तो वह मुझे मार डालेगा...मुझे किसी भी हालत में घर छोड़ने नहीं देगा..."

"और तुम डर गईं...यहीं आकर पता चलता है कि हमारी परवरिश, हमारी संस्कृति ने हमें क्या दिया। डर तभी लगता है जब हमारे विश्वास हमसे ओट होते हैं, हममें शक्ति नहीं भर पाते! मैं तुम्हारे मूल्य, विश्वास ठीक-ठीक नहीं जानता। उन्हें तुम अपने भीतर टटोलो...और तुम्हें वे मिलेंगे। हर के होते हैं, सिर्फ़ पहचान और आस्था की ज़रूरत होती है...और वह कष्ट की घड़ी में ही मिलती हैं। हमें कोई भी निर्णय डर के दबाव में आकर नहीं, बल्कि अपने विश्वासों के आलोक में करना चाहिए।"

मैं उसे भड़का नहीं रहा था, मेरा क्षोभ उस लुंज-पुंज व्यक्ति के लिए था जिसे यह शहरी-संस्कृति गढ़ती है, जो बाहर तो ऐसा दिखाएगा कि उसका सरोकार बड़ी-बड़ी बातों से है, लेकिन जब मौक़ा आएगा तो सट-से समझौता करेगा, कोई ऐसा मूल्य भी गढ़ लेगा जिसकी आड़ ली जा सके। मैं जानता था वह कुछ नहीं करेगी। कुछ दिनों ऐसे ही भनभनाएगी और फिर जो रमेश कहेगा वह करेगी। बाहर और अपने लिए भी यह कहती फिरेगी कि आख़िर बच्चों का तो सोचना ही था।

"मेरी माँ को यह सब पता चलेगा तो वह बर्दाश्त न कर सकेंगी, वह इतनी 'कल्चर्ड' हैं। ऐसे मामलों की एक दिक़्क़त यही है। कुछ करो तो अपनी ही फ़ज़ीहत होती है। सब रमेश की तरह बेशरम तो नहीं हो सकते।"

"अन्दर जब खोखला हो तो बाहर की सजावट से क्या? क्या हो गया है हमें जो असलियत को छोड़कर दिखावे की ही फ़िकर करते रहते हैं?"

"तुम जाओ अब!"

"इतना क्यों डरती हो?"

"नहीं, एक चीज़ शराफ़त भी होती है। मैं नहीं चाहती यहाँ दफ़्तर में कोई तमाशा हो। रमेश पर मुझे अब ज़रा भी एतबार नहीं रहा है...वह कब क्या कर बैठे।"

"अच्छी बात है...हो सके तो यह महसूस करने की कोशिश करना कि तुम अकेली नहीं हो। वे सभी जो दुख सह रहे हैं, इस क्षण हमारे साथ हैं...भले ही हम उन्हें न जानते हों। हम दोनों अलग-अलग अपना सलीब ढो रहे हैं...तुम भी, मैं भी। तुम चाहो तो..."

"मैं समझती हूँ..." उसने अपनी हथेली मेरे हाथों में देते हुए कहा। "मुझे ताक़त मिलती है, तुमसे। अक्सर लगता है तुम मेरे ही भावों को शब्द दे रहे हो।"

चलते समय मैंने उसके सिर पर हाथ रखा...ईश्वर उसकी मदद करे! वह जिस तरह की बनी है उसे देखते हुए यह मुश्किल था कि वह आसानी से किसी की मदद लेगी...भीतर-ही-भीतर घुलती रहेगी, जब तक ख़ुद किसी निर्णय तक नहीं पहुँच जाती...और उसके लिए जो ताक़त चाहिए क्या वह अपने में ढूँढ़ पाएगी? रमेश ने ठीक नहीं किया। जिसे हम चाहते हैं, उसके साथ क्या ऐसा सुलूक करते हैं? पर वहाँ चाहना कहाँ है...वहाँ तो सिर्फ़ एक ख़ूबसूरत महिला के पति होने के गौरव का सवाल है जिसे बचाए रखना है...जैसे कि वही कोई सिंहासन हो!

12 फरवरी, 1980

हम खोखले होते जा रहे हैं क्योंकि यातना से कतराते हैं, हमेशा ख़ुश रहना चाहते हैं...और इसके लिए एक-से-एक तर्क ढूँढ़ रखे हैं हमने। हमारा उच्चवर्ग और उसका नक़लची उच्च-मध्यवर्ग भी प्रेम महसूस करने की क्षमता खोता चला जा रहा है। प्रेम नहीं करना क्योंकि उसमें यातना है, तो फिर किसी के लिए भी कुछ नहीं करना...क्योंकि उसमें तकलीफ़ है। ऐसे व्यक्ति को कुछ नहीं मिलता क्योंकि वह पाने का ही कायल है—सफलता...हर समय, हर क्षेत्र में। हर समय कुछ-न-कुछ हथियाने की भड़भड़ाहट। अगर यही चलता रहा तो मानव-सभ्यता जो दूसरों के लिए कुछ करने की बात से शुरू हुई, क्या जल्दी ही वहाँ नहीं पहुँच जाएगी जहाँ हर आदमी अपने स्वार्थ को चाटता हुआ, स्वयं को बचाने की लगातार कोशिश में, हर पल सशंकित, असुरक्षित अपनी गुफा में बैठा रहा करेगा—हर दूसरे व्यक्ति से घबराया हुआ? कहाँ प्रेम में स्वयं को उत्सर्ग करना, कहाँ यह? जानते हुए भी आज का आदमी उलटी दिशा में चला जा रहा है, कालवश हुए कुम्भकर्ण की भाँति।

चीज़ों का गुज़रना...बीतना...अपने आपमें यही कितनी बड़ी यातना है और चूँकि जीवन, बीतने के क्रम का ही नाम है...इसलिए जीवन का सत्त्व यातना ही है। सुवर्णा के हिस्से की यातना अब आई है...इससे वह निश्चित ही शुद्ध होकर निकलेगी।

क्या मेरे भीतर ठंडी तटस्थता उतरती जा रही है? हर चीज़ के लिए...सुवर्णा के लिए भी? ऐसा नहीं है...सिर्फ़ यह मानने लगा हूँ कि जीवन जो है अपनी पूर्णता में ही है...इसलिए अच्छा-बुरा, सुख-दुख दोनों ही समान रूप से स्वीकार्य होने चाहिए।

कितना कुछ गुज़र चुका...हम दोनों के ही ऊपर से...कुछ साथ-साथ, कुछ अलग-अलग, लेकिन अगर वह साथ हो तो बिलकुल पहले-जैसा ही भर उठूँगा मैं...मेरे व्यक्तित्व को कितना विस्तार मिलता है उससे।

वही टोहती हुई आँखें, वही मुग्ध-जैसा देखना...

सुवर्णा ख़ूबसूरत है...वह याद करने की कोशिश करती है, जैसे बहुत दूर कहीं घंटियाँ बज रही हों, कोई बहुत ही पुरानी बात हो...हाँ, लोग उसे इसीलिए ऐसे देखते हैं।

वह सुवर्णा की सहकर्मी जुनाकी को साथ लेकर आया है। अभी जुनाकी महत्त्वपूर्ण है। जुनाकी, सुवर्णा से परिचय करा देगी तो फिर जुनाकी को पैर से किसी स्टूल की तरह एक किनारे खिसका दिया जाएगा...क्यों मिस्टर?

गोल-गोल शरीर...जैसे एक बिन्दु पर पहुँचकर ऊपर उठना ख़त्म हो गया और फिर शरीर की बाढ़ अगल-बगल ही, गोल-गोल मांसपेशियों में ऐंठती-सिकुड़ती चली गई हो। अपनी तरफ़ से इस शख़्स ने मांसपेशियों को ख़ूब कसकर रखा हुआ है। वह फसर-फसर नहीं लगता, उलटे चुस्ती में चहक-चहक उठता है। वैसे चहक जो बज रही है उस पार, वह रूप की नहीं है क्योंकि हो नहीं सकती...बुद्धि की है, सिगरेट ख़ूब पीता है!

"अगर हम यही सोचते बैठे रहे कि कुछ नहीं हो सकता...बुद्धिजीवियों में भी यह पस्ती का भाव आ गया तब तो देश के लिए कोई उम्मीद ही नहीं बचती। यह सोचिए कि आख़िर बात क्या है—आदमी वही हैं, विदेश पहुँचकर क्या-से-क्या हो जाते हैं और यहाँ सुस्त, निकम्मे? जी नहीं, यह हो नहीं सकता कि हमारे आदमी की क्वालिटी ख़राब है, गड़बड़ी सिस्टम में है। हमें एक-एक संस्था जाकर उनके सिस्टम बदलने में उनकी मदद करनी होगी...आख़िर करेंगे तो वे ही, पर हम उन्हें बताएँ...विशेषज्ञ की तरह..."

उत्साह है, एक नई संस्था को कैसे खड़ा किया जाता है—यह भी जानता है। ब्योरों के साथ बताता चला जाता है कि शोध-संस्था जो हम बनाएँगे उसमें ऐसे-ऐसे लोग होंगे, संस्था देश के बड़े-बड़े उद्योग मंडलों के पास जाकर अपनी सेवाएँ उन्हें सुलभ कराएगी...बाकायदे वैज्ञानिक ढंग से किया गया अध्ययन और सुझाए गए

ठोस-ठोस उपाय भी। पैसा यहाँ-यहाँ से आएगा, काम करनेवाले ये-ये होंगे और शुरू में यह-यह प्रचार होगा ताकि हम धमाके के साथ उभरकर आएँ। इस तरह ज़मीन हासिल की जाएगी, ऐसे इमारत बनेगी। अपने 'नो हाऊ' को हमेशा पूरा रखने के लिए विदेश आते-जाते रहना होगा...

योजना आकर्षक है। बोर्ड ऑफ़ डाइरेक्टर्स में कुछ बड़े-बड़े लोगों के साथ सुवर्णा का नाम भी चाहता है वह...क्यों? सुवर्णा की कोई ख़ास योग्यता? कहता है कि कुछ उत्साही और काम करनेवाले भी तो चाहिए...जैसे कि एक वह ख़ुद! सुवर्णा को प्रस्ताव दिलचस्प लगता है, बातें सुनते-सुनते बात करनेवाला भी अच्छा लगने लगा है—उत्साह, अपने छोटे-से दायरे से बाहर निकलकर देश के स्तर की सोच, उस स्तर पर कुछ करने की कशिश...और यह मुस्कान, सुकुमार मुस्कान... बारीक-बारीक...ऐसी तो कहीं देखी नहीं—कि सामनेवाले का सारा तीखापन तोड़कर रख दे और अपनी मिठास में बहाकर ले जाए। इस मुस्कान के साथ तो यह आदमी कोई भी विचार, प्रस्ताव...कुछ भी बेच सकता है...मोहक है...

सुवर्णा खिंचती चली जाती है। पिछले दिनों की खिच-खिच के इतने दिनों बाद आज...कुछ वे बातें जो प्रीतिकर हों, ऊपर उठाती हों, वह व्यक्ति जिसको लेकर कोई संशय मन में न उठता हो...जिसके साथ-साथ निर्बाध वह दूर तक बही चली जा सकती हो...अच्छा लग रहा है। इस आदमी को लेकर तो रमेश को कोई आपत्ति नहीं होगी। सुवर्णा जानती है कि उसे सिर्फ़ थोड़ा-सा ढीला छोड़ना है ख़ुद को कि अगले रोज़ से ही दोनों दोस्त हो जाएँगे...कितनी जल्दी, कैसे ज़िन्दगी खलबलाकर दौड़ पड़ती है...छोटी-सी है न, इसलिए...

नहीं, जी नहीं...अभी देश है, संस्था है, शोध है, योजना है...पूरा जंगल बिछ रहा है। जल्दी ही सब साफ़ हो जाएगा। सिर्फ़ रह जाएँगे...यह और मैं, पुरुष और स्त्री। हवा की तरह खींचते हुए सुवर्णा को सुड़कना शुरू कर देगा यह। जो अब तक होता रहा उससे कुछ क्योंकर होगा। सुवर्णा फिर भागती दिखाई देगी। बाहर से तरह-तरह के, अलग-अलग क़िस्म के दिखाई देते ये सम्बन्ध एक परत नीचे ही किस भयंकर रूप से एक तरह के होते हैं, अपने-आपसे कितना दूर ले जाते हैं हमें! सुवर्णा पिछले दिनों सबसे दूर रही है तो जैसे अपने पास भी रह सकी।

"मैं एक संगीत संस्था को जानती हूँ। ऐसे ही बड़े-बड़े आदर्शों को लेकर शुरू की गई...बच्चों में भारतीय संगीत के संस्कार जगाना वग़ैरह-वग़ैरह...बम्बई से गायकों के 'शो' करा-कराकर पैसा इकट्ठा किया गया। संगीत महाविद्यालय के लिए लम्बी-चौड़ी ज़मीन एलॉट करा ली गई, प्रधानाचार्य के घर के नाम से श्रीमान ने एक बँगला हथिया लिया। आप ताज्जुब करेंगे कि प्रधानाचार्य को मिलाकर सभी

को संगीत की सिर्फ़ बहुत ही मामूली जानकारी थी। यह भी नहीं कि कुछ जानकार संगीतज्ञ नौकरी पर रख लेते...अपने रिश्तेदारों को ही भरते रहे..."

सुवर्णा एकाएक उबल पड़ी, वैसे भी इन दिनों सधे-सधे मुश्किल से बोल पाती है वह।

"यहाँ तो आप ख़ुद होंगी, यह एकदम आपके हाथ में होगा कि आप ऐसा न होने दें।"

बजाय भभक उठने के सामनेवाला सिर्फ़ मुस्कुरा रहा है। बारीक मुस्कान अपनी नोंक से जैसे सुवर्णा की उन तीखी-तीखी बातों को बुहारने चल पड़ी है।

"यह तो आपके-हमारे ऊपर होगा कि इसे वाकई बड़े काम की तरह लें। एक बड़ा उद्देश्य, जिससे लगकर अपने छोटे-छोटे, व्यक्तिगत क़िस्म के सरोकारों से ऊपर उठ जाएँ। कमाते, खाते-पीते-सोते तो सभी हैं। हमें जनहित या देशहित के किसी काम में भी लगना चाहिए।"

"एक मुश्किल यह है कि यह देशहित और जनहित के काम भी हम अपने स्वार्थ के लिए ही करते हैं...गवर्नरों की बीवियाँ समाजसेवा, अपंगों की मदद-जैसे काम ले लेती हैं तो यह नहीं कि वे वाकई उनकी सेवा करके सुख महसूस कर रही हैं। सुखी होती हैं वे स्वयं को, दूसरों को अपने चरित्र की यह विशेषता दिखाकर। काम के लिए काम कौन करता है? जिसे करना होता है वह करता है...आपको और हमें बताने नहीं आएगा..."

सुवर्णा लड़ रही है, अपने ख़िलाफ़ ही। वह जानती है कि ऐसे किसी काम में लग जाने की कितनी ललक है उसके मन में, लेकिन यह भी जानती है कि यहाँ सिर्फ़ वही नहीं होगा, इस आदमी का साथ भी होगा। सुवर्णा के लिए ऐसे किसी काम को इस तरह प्लेट पर रखकर कोई नहीं लाएगा, सुवर्णा को चुपचाप अपने लिए ढूँढ़ना होगा। कोई दूसरा समय होता तो इसमें भी लग लेती कि शायद यहीं...लेकिन इन दिनों अपनी जीवनशैली बदलने का संकल्प भी भीतर कहीं तेज़ी से आकार ले रहा है—जितना अभी सबके साथ रही है, उतना ही अब सबसे दूर रहेगी...अपने साथ, सिर्फ़ अपने साथ। वह भी देखना चाहिए सुवर्णा को। क्या रमेश के चीख़ने-चिल्लाने से यह बदलाव आया है? वैसा हो भी तो क्या, कोई-न-कोई बहाना या माध्यम तो होता ही है...पर दूर रहने की बात सोचते ही लोगोंवाली सूची में पहला नाम रमेश का ही होता है।

सामनेवाले ने अब भी हार नहीं मानी, मुस्कान अब भी चेहरे पर ज्यों-की-त्यों, ज़रा भी नहीं सिकुड़ी। यह आदमी ज़रूर बहुत कामयाब होगा...आज के समय का एक ज़बरदस्त गुण उसके पास है...हर हाल में मुस्कुराते रहना! सुवर्णा फिर भी

नहीं ढहती, मज़बूती से खड़ी है। उसे यह कोशिश शुरू कर देनी चाहिए...लोगों के सामने न ढहने की, अपनी जगह खड़े रहने की। इधर-उधर सब जगह जो वह बही-बही फिरती रही...इसी में उसकी शक्ति बँटती-बिखरती रही, कहीं इकट्ठी हो ही नहीं पाई कि सुवर्णा को इसका आभास मिल पाता। कोई शक्ति नहीं इसलिए वह टूटा महसूस करती है। सुवर्णा को कण-कण बिखरी अपनी शक्ति एक जगह बटोरकर लानी होगी, तभी उसका सहारा भी ले सकेगी...

जाओ...मित्र जाओ...अगर हमें एक-दूसरे की वाकई ज़रूरत होगी तो हम दूसरे को ढूँढ ही लेंगे, नहीं तो रास्ते में तरह-तरह के पत्थरों के टुकड़े बटोरते चलने की तरह सम्बन्ध बनाते चलना...सजावट के अलावा और किस काम आएँगे? सुवर्णा को सजावट नहीं, शक्ति चाहिए अब...

खोया हुआ नाम

दरवाज़े पर हल्की-सी दस्तक।

"आइए"...वही शब्द, उसी आवाज़ में जिसमें दफ़्तर में बोला जाता है। बोलकर सुवर्णा सामने बैठे अपने सहायक से बात करती रही, पूर्ववत...सामने खुली पड़ी फ़ाइल के बारे में।

दरवाज़ा हल्के से खुला। एक महिला बग़ैर कोई आवाज़ किए हुए मेज़ तक आई और ख़ाली कुर्सी पर बैठ गई। सुवर्णा की नज़र महिला पर पड़ी तो लगा, कमरे में अजीब सिहरती हुई-सी ख़ामोशी घुस आई है। सुवर्णा, महिला को देखे जा रही थी, कुछ बोलना चाहती थी, पर ज़ुबान टस-से-मस न होती थी। उसने ख़ुद को झकझोरा और 'थोड़ी देर बाद लेंगे इसे' कहकर सहायक को जाने का इशारा किया।

"नहीं, आप काम ख़त्म कर लें।" महिला ने कहा।

"कोई बात नहीं...बाद में हो जाएगा।"

सहायक आश्चर्य से महिला को देखते हुए उठा। क्या हुआ कि सामान्य-सा दफ़्तरी वातावरण एकाएक कुछ और हो गया था...क्या और क्यों...समझने की कोशिश करते हुए वह धीरे-धीरे कमरे से बाहर हो गया।

सहायक के जाने पर कमरे की ख़ामोशी गाढ़ी हो गई। बराबरी से जैसे कमरे की हर चीज़ कुछ-न-कुछ बोल भी रही थी—सामने रखे काग़ज़, पेपरवेट, टेलीफ़ोन, टेबल लैम्प...सभी। एक पर चलते पंखे की मद्धिम आवाज़, मरी-मरी कराह की तरह चक्करों में सरकती थी।

"कैसी हैं आप? क्या लेंगी...चाय या कॉफ़ी?"

और दूसरी तरफ़ से बग़ैर किसी उत्तर की अपेक्षा किए हुए सुवर्णा ने चपरासी के लिए घंटी बजा दी और दो चाय के लिए कह दिया।

महिला अजनबी नहीं है सुवर्णा के लिए, दो-तीन बार पहले भी मुलाक़ात हो चुकी है...लेकिन उनका यहाँ दफ़्तर में आना? कुछ ये दिन जिनसे आजकल गुज़रना हो रहा है...ये ऐसे हैं कि कुछ भी होना...होने की शुरुआत...कि आशंकाओं का जाल फैलने लगता है सुवर्णा के चारों तरफ़। दो दिन हुए अरविन्द का फ़ोन आया था। उसने बताया कि रमेश उससे मिला था, आगाह कर गया है कि वह सुवर्णा से मिलना बन्द कर दे नहीं तो अरविन्द के घर भी वही अशान्ति फैल जाएगी जो आजकल रमेश के घर पर फैली हुई है। अरविन्द, जैसी उसकी आदत है, हर बात शान्ति से सुनता रहा था। रमेश के जाने के बाद उसने सुवर्णा को फ़ोन किया। आख़िर में सुवर्णा से एक छोटा-सा सवाल—'तुम क्या कहती हो?'

'कुछ नहीं...सिर्फ़ इतना ही कि अभी मैं तुमसे मिल नहीं सकती।' सुवर्णा इतना ही कह सकी थी।

'मैं क्या करूँ?' अरविन्द ने फिर पूछा था।

'जो तुम्हें ठीक लगे।' कहकर सुवर्णा ने फ़ोन रख दिया था। आजकल किसी से बात करने का मन नहीं होता...ख़ासकर उस विषय के इर्द-गिर्द।

श्रीमती श्याम मोहन कुछ बुझी-बुझी थीं...वैसी एकदम नहीं जो तब थीं जब रमेश और सुवर्णा उनके यहाँ गए थे, या कि श्याम के साथ जब वही उनके घर आई थीं, खाने पर। सुवर्णा स्वयं क्या इस वक़्त उस रंग में थी, जिसमें तब थी? क्या उन दो आदमियों की वजह से वह चमत्कार था?

"कैसी हैं?" सुवर्णा ने फिर बात शुरू करना चाही।

"ठीक!"

"काफ़ी दिनों बाद मुलाक़ात हुई।"

"जी, हाँ।"

"श्याम ठीक है?"

"आपको नहीं मालूम?"

"इधर काफ़ी दिनों से उससे मुलाक़ात नहीं हुई।"

"क्यों...?"

सुवर्णा से कुछ जवाब देते नहीं बना। तभी बेयरा चाय रखने आ गया और सवाल वहीं-का-वहीं टँगा रह गया। सुवर्णा ने ट्रे अपनी तरफ़ खिसका ली। उधर श्रीमती श्याम अपनी अँगूठी घुमाने में लगी हुई थीं।

"चीनी?" सुवर्णा ने पूछा।

"बिलकुल नहीं।"

"एकदम नहीं?"

"हाँ, मीठा मुझे रास नहीं आता। आप अभी मेरी उम्र में नहीं पहुँची न।"

बाहर से तो सुवर्णा ने हँसकर बात टाल दी लेकिन उस बात में जो चोट थी वह उसमें एक चौकन्नापन भर ही गई...तैयार हो जाओ!

"पहुँच जाऊँगी...देर-सबेर पहुँचना तो वहीं है।" सुवर्णा ने चाय डालते हुए कहा।

"कोई ज़रूरी नहीं...और ख़ैर, टाला तो जा ही सकता है। आप हमारी तरह क्यों समय से पहले बूढ़ी हों?"

बात को आगे बढ़ाना व्यर्थ लगा। जिसका जो होना है वह प्रकृति के हाथ है, चहकने या कुढ़ने की कोई तुक ही कहाँ है उसमें?

श्रीमती श्याम मोहन का प्याला उनकी तरफ़ खिसकाकर वह चुपचाप अपने प्याले में शक्कर घोलती रही। घूमती हुई चम्मच प्याले से टकराकर हल्का संगीत पैदा कर रही थी, सुवर्णा को अच्छा लग रहा था। आदमियों के बोल से ज़्यादा मीठी होती हैं बेजान चीज़ों से निकली ऐसी आवाज़ें।

"रमेश ये दे गए थे।"

श्रीमती श्याम मोहन ने पर्स से निकालकर घड़ी और पैन मेज़ पर रख दिए। एक नज़र उन दो चीज़ों पर...और सहसा सुवर्णा छूँछी हो आई...एकदम ख़ाली, भीतर हवा खोल के कोनों से इधर-उधर टकराती हुई—अपने होने...शरीर के भार का भी कोई अहसास नहीं। धीरे-धीरे जब अहसास लौटा तो उसने फिर से उन चीज़ों को देखा...कैसी बेबसी आ चिपकी थी उनके इर्द-गिर्द। उस दिन रमेश उन्हें हाथों में लिये लहरा रहा था। जब श्याम ने उसे दी थीं तब यही चीज़ें कितनी सजीव थीं! आज जैसे उनका रंग उड़ा हुआ था। उनसे एक बासीपन निकलता जो सुवर्णा के चेहरे पर बिछता जा रहा था।

सुवर्णा को लगा कि ढकेलकर उसे दीवार तक लाया जा चुका है। सब मिलकर उस पर कीचड़ थोपने को आमादा हैं। उसने अपने-आपको समेटा...ऐसे तो ये सब खा जाएँगे।

"तो मैं क्या करूँ...?" उसने पलटकर जवाब दिया, आवाज़ कुछ सख़्त हो आई।

"ये आपकी चीज़ें हैं...आपको दी गई थीं।"

"लेकिन रमेश उन्हें वापस कर गया है, आपको दे गया है।"

"मैं क्या करूँगी इनका?"

"श्याम को दे दीजिएगा।"

"आप नहीं दे सकती थीं उसे वापस?"

सुवर्णा कुछ नहीं बोल सकी...कैसे कहती कि यही तो उसका रोना था—रमेश ने मौक़ा ही नहीं दिया। कैसी विडम्बना है यह कि भारतीय स्त्री को अपने पति की हर नीचता का भागीदार होना पड़ता है!

"दरअसल...ये चीज़ें न मेरी हैं, न रमेश की...वे श्याम की भी नहीं रहीं जब उसने इन्हें आपको दिया। ये आपकी हैं। आप चाहें तो इन्हें अपने पास रख लें।"

बड़ा ही सम्भ्रान्त स्वर था श्रीमती श्याम मोहन का। सुवर्णा जानती थी कि वह परिवार कितना सभ्य था।

"रमेश यह भी कह गए कि मैं श्याम को मना करूँ...वह आपसे मिले-जुले नहीं। इससे आप लोगों की ज़िन्दगी में खलल पड़ रहा है।"

"तो मना करिए।"

"मैंने श्याम को समझाया। वह मान भी गया है। कहता था कि उसे नहीं मालूम था कि रमेश को कुछ आपत्ति थी।"

सुवर्णा के जबड़े भिंच आए...तो श्याम का रवैया भी रमेश से तय होगा। रमेश की तकलीफ़ महत्त्वपूर्ण है, उसकी नहीं जिससे श्याम के सम्बन्ध रहे हों...सिर्फ़ इसीलिए कि वह औरत है?

"आप श्याम को रोकें, रमेश मुझे रोकें...जैसे कि हम पागल हैं, लुटेरे लोग हैं, बस्ती तबाह करके रख देंगे—" सुवर्णा एकाएक उत्तेजित हो गई—"आख़िर हमने किया क्या है जो आप लोग यों हम पर कीचड़ उछाल रहे हैं। हम कहाँ के पापी हो गए कि आपको हमें सुधारने की तकलीफ़ सालने लगी है। रमेश को आप डाँटकर नहीं भगा सकती थीं कि वह ख़ुद को तो ज़लील कर ही रहा है, साथ ही अपनी पत्नी को, श्याम को, यहाँ तक कि आपको भी ज़लील कर रहा है?"

श्रीमती श्याम मोहन सहम गईं। ऐसी प्रतिक्रिया एकाएक फूट पड़ेगी...यह उम्मीद नहीं थी उन्हें। सुवर्णा अपनी तरफ़ से बात सँभालने की बहुत कोशिश करती रही लेकिन इतने दिनों से जो थामे हुई थी, वह फूट पड़ा और अब बलल-बलल करके बाहर चला आ रहा था।

"कैसी कमज़ोर औरतें हैं आप लोग...एक आदमी—आपका पति समझाता है कि मेरा और उसका सम्बन्ध ठीक है क्योंकि एक दूसरे आदमी—मेरे पति—को कोई आपत्ति नहीं है...और आप मान लेती हैं। एक दूसरा आदमी—अब मेरा पति—आपको उलटा-सीधा समझा जाता है और आप फिर उसके कहने पर चल पड़ती हैं—श्याम को सुधारने, मुझे सुधारने। कहीं ऐसा तो नहीं कि आपके मन में भी वही मैल था जो रमेश के मन में—उसे जाहिर करने का मौक़ा अब मिला आपको..."

"ऐसा होता तो मैं ये चीज़ें आपको देने आती?"

"मुझे नहीं चाहिए ये चीज़ें...ले जाइए...और न ही मुझे श्याम से मिलकर इन्हें वापस करने की औपचारिकता बरतने की ज़रूरत है।...इट्स ऑल सो डिसगस्टिंग... ये चीज़ें...श्याम...रमेश...मैं...सब कुछ..."

श्रीमती श्याम मोहन ने घड़ी और पैन वापस पर्स में डाल लिये। मुँह में उतरा आए पसीने को पोंछा और कमरे के बाहर निकल गईं।

पीछे छूट गई सुवर्णा...बौखलाई, पस्त। उसका जीव जैसे टुकड़े-टुकड़े होकर इधर-उधर गिर रहा था और वह सँभाल नहीं पा रही थी। जिसके व्यक्तित्व का यह प्रभाव रहा हो कि जहाँ भी वह हो, सबके ऊपर चमकती हुई चले...उसे आज लोगों के सामने यों पेश होना पड़ रहा है जैसे मुँह पर कालिख पुती हुई है, वह चोर है... कलंकिनी है। आख़िर उसने किया क्या है ऐसा?

सब सिर्फ़ रमेश की वजह से...उस आदमी के साथ क्या वह अब भी रह सकती है?

अरविन्द के घर भी वह जाएगा। उसकी पत्नी भी एक रोज़ उसे इसी तरह अपमानित करने आएगी...अगर वह भी इन लोगों की भाषा में बात करे तो इन पत्नियों से कह सकती है कि वे ख़ुद क्यों इतनी कमज़ोर हैं कि अपने आदमियों को सँभालकर नहीं रख सकतीं। रमेश के स्तर पर उतरे तो उससे पूछ सकती है कि क्या है वह, जिसे पाने उसकी पत्नी दूसरों के पास जाती है...जिसे वह नहीं दे सका...

एक सवाल बार-बार उसके सामने आकर खड़ा हो जाता है—कितने दिनों चलेगा ऐसे...कैसे रह सकती है वह रमेश-जैसे आदमी के साथ?

आज भी घर लौटकर सुवर्णा ने रमेश से कोई बात नहीं की, जैसे उस दिन नहीं की थी जब पता चला था कि उसने अरविन्द से जाकर पता नहीं क्या-क्या कहा था। अरविन्द से कहना तो फिर भी समझ में आता है—एक जले-भुने व्यक्ति का सीधे-सीधे उस आदमी से बात करना जिससे उसकी शिकायत है, लेकिन ये बीवियों के पास जाना, उनसे सुवर्णा को ज़लील कराना...दिस इज़ श्योरली हिटिंग बिलो द बैल्ट! ऐसा करने के पहले रमेश को श्याम और अरविन्द के परिवार के बारे में भी तो सोचना चाहिए...कितने अच्छे लोग हैं ये, उनके यहाँ जाकर कीचड़ उछालना? लगता है दिन-ब-दिन रमेश और-और नीचे स्तर पर उतरता चला जा रहा है। वह रमेश के साथ-साथ कितना नीचे गिरेगी, किस-किससे और किस हद तक अपमानित होती रहेगी। और जो सबसे बुनियादी बात है कि क्या इस सबके बाद भी वह रमेश को चाह सकती है...नहीं तो उसके साथ रहना क्या वही ढोंग नहीं होगा जो हर दूसरी औरत करती है...क्या सुवर्णा

की भी वह ढोंग करने की मज़बूरी है? वह कहीं तो फ़र्क़ है जैसे कि वह मानती भी आई है, क्या है वह...?

नींद की गोली, फिर भी नींद नहीं।

अनन्त कितना चिढ़ता है। कहता है—आज का शहरी...पढ़ा-लिखा आदमी कम्पोज़ खा-खाकर काम करता है और नींद की गोली खाकर सोता है, सहने की ताक़त भी गोलियों से पैदा करना चाहता है, गोली खा-खाकर और कमज़ोर होता चला जाता है।

सुवर्णा कमज़ोर हो रही है या गोलियों की मदद से अपने को खींच रही है किसी-किसी तरह? उसका एक मकसद ज़रूर है—कहीं इस टूटन की आवाज़ बाहर न पहुँचे, पर क्या यह भी हो पा रहा है? बचाए ज़रूर है वह ख़ुद को...पर किसलिए, किसके लिए...रमेश के लिए?

उसका 'मालिक' बगल में खर्राटे लेता हुआ!

चार महीनों से ऊपर तो हो गए, उनकी बातचीत उतनी ही हुई है जितनी ज़रूरी थी, सिर्फ़ मतलबवाली बातचीत। उसे छूने की हिम्मत रमेश की नहीं हुई। कोई शक्ति तो है उसमें...कौन-सी...क्या यह शक्ति और नहीं उभारी जा सकती? अनन्त कहता था कि हम जब भी अपने अन्दर ताक़त ढूँढ़ते हैं, हमें मिलती है। बात सिर्फ़ उसे सँजोने और उसके लिए सचेत होने की है।

ड्रेसिंग-टेबल पर रखी घड़ी का डायल चमक रहा है...अँधेरे में हरे रंग की महीन रोशनी का एक छोटा-सा घेरा, दो से ऊपर रात पहुँच गई। अब तक नींद की एक झपकी भी नहीं। अब तक नहीं तो आगे क्या...वह बिस्तर से उठ जाती है। बैडरूम का दरवाज़ा खुला रहता है इन दिनों, बच्चों का कमरा सामने है। यहाँ फिर से सोना शुरू हुआ तो रमेश ने पहले की तरह कमरा बन्द करना चाहा था...कि एक सख़्त चीख़ भीतर से तीर की तरह छूट गई थी...यहाँ से बच्चों के कमरे तक सनसनाती हुई—'दरवाज़ा खुला रहेगा, मैं बच्चों के सामने रहूँगी।' बच्चे भी सहमकर इधर देखने लगे थे। रमेश फिर दरवाज़ा बन्द नहीं कर सका...आगे आनेवाले दिनों में भी नहीं।

बच्चे सो रहे हैं...बेख़बर, पर उनके इर्द-गिर्द कुछ हो रहा है—ऐसा कुछ जो ग़ैर-मामूली है—इतनी ख़बर है उन्हें। वह बेशक दिखाई नहीं देता, न ही उन्हें यह अन्दाज़ा है कि यह तूफ़ान अपनी चपेट में उन्हें भी ले लेगा। किस इत्मीनान से सो रहे हैं—मम्मी पास है, सामने है...खुले दरवाज़े के पार ही...इतना पास कि वे उसे देख सकते हैं, दौड़कर छू सकते हैं—फिर क्या चिन्ता? मम्मी के चेहरे पर ज़रा

भी तनाव देखा कि वे ख़ुश-ख़ुश चेहरे एकाएक कैसे मासूम हो उठते हैं, असहाय। क्या घोंसले में पल रहे चिड़ियों के बच्चों पर भी ऐसा भाव उभर आता होगा, जैसे ही उन्हें माँ-बाप में से कोई एक न दिखाई दिया...लेकिन उनके यहाँ बच्चों के पलने तक माँ-बाप में ऐसी तनातनी होती ही नहीं होगी। यह तो हमी हैं...आदमी...

वह चुपचाप बाहर निकल आई। रात के रेंगने की आवाज़...बूँद...बूँद...उसकी साँसों के रास्ते भीतर उतरने लगी। लॉन की घास पर वह नंगे पैर उतर आई...तलुओं में खुनक जगाती ठंडक, हल्की-हल्की। ऊपर तारे अनगिनत, जैसे नीचे पृथ्वी पर धब्बों से बिछे पड़े अनगिनत प्राणी, उनमें वह भी कहीं...एक...

एक बूँद पत्ते पर अटकी हुई...अब गिरी, अब गिरी...गिरने से डरती हुई, गिरेगी तो किसी दूसरे पत्ते पर ही...पर पत्ते पर ही क्यों—घास पर या सूखी कँकरीली ठोस ज़मीन पर क्यों नहीं? पृथ्वी का उतना हिस्सा ठंडा ही क़रेगी...

ओस की इस बूँद से सितारों तक...कहीं भरा रात का अँधेरा, कहीं दिन का उजाला, कहीं नींद का आलम तो कहीं जागने की चहल-पहल। गर्भ के बच्चे में कैसे जान आती है एकाएक...ज़रा-सी हवा शरीर में क़ैद...कैसी थिरकनें पैदा करती है, निकल जाती है तो हम, हमारा सारा अहं, मिट्टी का ढेला—हू-ब-हू होने लगता है। ईश्वर तुम हो...तुम्हारा दिया गया यह जीवन अगर अपने प्रति ही ईमानदार न हो सका तो किसके लिए क्या हो सकेगा फिर...

रमेश और उसके बीच बात ग़लतफ़हमी या किसी भूल-भर की नहीं है। क्या वह इस आदमी को प्यार कर सकेगी, जैसे अब तक कर सकी...नहीं तो उसके साथ हम-बिस्तर होने और वेश्या बनने में क्या फ़र्क़ है? रमेश...और सुवर्णा के अपने दोस्त—अरविन्द, श्याम, अनन्त...जो उन चीज़ों का विस्तार थे जो रमेश में नहीं थी...इन सबसे मिलकर एक सन्तुलन बनता था जिससे वह रमेश को और घर को अपना दुलार देती थी। दोस्तों को क्या दे सकती थी वह इन सीमाओं में। अनन्त ने कितनी बार कहा कि वह देती-ही-देती है, लेती कुछ नहीं...लेकिन वही जानती है कि वह क्या करती थी—एक तितली की तरह यहाँ उड़ी, वहाँ उड़ी... यहाँ से यह लिया और वहाँ से वह और सब ले जाकर उड़ेल दिया घर पर। वह सन्तुलन टूटा तो घर कैसे बचेगा?

उसने सोच लिया, क्या...इतनी जल्दी...लेकिन अगर हर बार भीतर से वही आवाज़ उठती हो तो...? चौबीसों घंटे अपमान और नफरत में घुटते रहना। घर में होने पर भी यह अहसास बना रहना कि यह उसका नहीं है—होता तो पहले की तरह जहाँ कुछ भी गड़बड़ी दिखाई दी, झपाक से उठती नहीं वह दुरुस्त करने? रात उस आदमी के बगल में सोने की मजबूरी जिसने उसे...और उस शहर में रहना जहाँ कोई

इज़्ज़त नहीं—आज श्याम की बीवी लथेड़ जाती है, कल अरविन्द की आ सकती है...दफ़्तर में बैठे हुए हर पल डर—और नहीं तो कहीं श्याम, अरविन्द, अनन्त ही न आ जाएँ...पीछे से रमेश...फ़ोन पर डर, हर पल चौकन्ना रहने की मज़बूरी...

कैसे रहा जा सकता है?

यह घर...सात साल से वह यहाँ है। इस घर की छोटी-से-छोटी चीज़ उसकी बनाई हुई है—बरामदे का यह झूला, बाईं तरफ़ के कमरे में मन्दिर, ड्राइंगरूम के बीच में आलमारी...किताबों के लिए, सामने फूलों की क्यारियाँ, पीछे सब्ज़ी की क्यारियाँ...पानी जाने का रास्ता...चप्पे-चप्पे पर वह अपनी छाप देख सकती है यहाँ...लेकिन कैसे एकाएक सब कुछ अजनबी-सा हो गया है। बरामदे के छोरवाले खम्भे पर वह चमेली की बेल...झाड़ होकर ऊपर फैल गई, ज्यों-ज्यों उसका अपना जिस्म गदराता और भरता चला गया। सफ़ेद बुदकियों-से फूल...जिन्हें चुन-चुनकर वह मन्दिर में चढ़ाती रही...ईश्वर! लो, अब यह बड़ा फूल भी श्री-चरणों में...

बरामदे में हल्की खट-खट...रमेश है। बरामदे से बैंत की दो कुर्सियाँ लाकर वह सुवर्णा के पास डाल देता है। वे बैठ जाते हैं। रात की ख़ामोशी...बीच-बीच में उठती चौकीदार की चिल्लाहट से फटती हुई। ऊपर आसमान की चादर पर टँकी हुई बूँदों-से सितारे चिलकते हुए।

"आइ ऍम सॉरी डार्लिंग..." रमेश फुसफुसाता है।

"रमेश, मैं अब वहाँ पहुँच गई हूँ जहाँ इन शब्दों के कोई मतलब नहीं निकलते ...तुम पिस्टल ले आओ!"

"मैं काबू नहीं रख सका...आय ऍम टैरीबली सॉरी।"

"पीछे की बातों का ताना-बाना उधेड़ने से क्या फायदा। तभी चली जाती तो फैसले का घमंड अपना होता...इसलिए सही-ग़लत की पसोपेश भी रहती। अब जाना है। तुम्हारे साथ रहना नहीं हो सकेगा, रमेश!"

"यह सब चलता है यार...मैंने कहा न, मुझे माफ़ कर दो!"

"जो हुआ वह तो माफ़ी माँग लेने से मान लो धुल भी जाए...हो चुकने के इतने दिनों बाद वह बहुत महत्त्व का भी नहीं रहा, पर तुम्हारी जिस सोच से वह सब हुआ...वह तो इतनी आसानी से नहीं धुल सकती? वह भी धुल जाए और मुझे यह भी विश्वास हो जाए कि तुम उस तरह नहीं सोचते अब...तो भी मैं इस हक़ीक़त से कहाँ भाग सकती हूँ कि अब मैं तुम्हें नहीं चाहती..."

"कोई बात नहीं...मगर तुम रहो। हमारे देश में कितने आदमी-औरतें सारा जीवन पति-पत्नी रहते हैं, क्या सब चाहते ही हैं एक-दूसरे को? चलो, अब बेकार मत सोचो, ख़ुद को परेशान मत करो!"

"मैं सबकी श्रेणी में नहीं आती इसलिए मुझे वह ढकोसला नहीं करना चाहिए। मैं माँ-बाप के पास भी नहीं रहूँगी। तबादला माँग रही हूँ।"

"क्या हम इस बात पर समझौता नहीं कर सकते कि तुम इन तीनों को छोड़कर चाहे जिससे मिलो...और मेरी तरफ़ से यह वायदा कि ऐसा फिर कभी नहीं होगा।"

"मैं यह नहीं मानती कि सिर्फ़ इसलिए कि तुम मेरे पति हो, तुम यह तय करो कि मैं इससे मिलूँ, उससे न मिलूँ। बात तीन-चार आदमियों की नहीं है, उस स्वतंत्रता की है जो ईश्वर ने मुझे दी है और जिसे तुम हड़प लेना चाहते हो...पर बहस की क्या ज़रूरत...तुम इन लोगों से मिलने की बात मान भी लो तब भी मेरा फैसला वही रहेगा।"

"क्यों?"

"इसलिए कि अब मैं तुम्हें नहीं चाहती।" सुवर्णा शान्त थी।

"क्या पूछ सकता हूँ कि फिर किसे चाहती हो?"

"कोई ज़रूरी है कि एक को चाहना बन्द तो दूसरा फ़ौरन शुरू...या हो चुका हो और हमें पता भी चल चुका हो? बग़ैर किसी को चाहे भी तो रहा जा सकता है।"

"यही तो मैं कहता हूँ—यह प्यार-व्यार सिर्फ़ कच्ची उम्र की बातें हैं या फिर तुम्हारे अनन्त-जैसे दोस्तों की...सिक माइंड्स!"

"बच्चे तकलीफ़ न पाएँ इसलिए तुम मानो तो कुछ समय के लिए ऐसा दिखा सकते हैं कि बच्चों को पता न लगे...यों आख़िर में तो पता लगेगा ही, लेकिन तब तक वे मानसिक रूप से तैयार हो चुके होंगे। मैं अपनी जगह उन्हें ले जाऊँगी और वहीं पढ़ाऊँगी। तुम आते-जाते रह सकते हो।"

"मैं अगर यह न मानूँ तो..?"

"तो बताओ तुम क्या चाहते हो?"

"तुम यहीं रहो।"

"यह मुमकिन नहीं है। घिसटते रहने की मैं कायल नहीं हूँ...और मुझे धीरे-धीरे अब अपने विश्वासों को पहचानना और उन पर अमल करना आ रहा है।"

"यह भी तो हो सकता है कि थोड़ा वक़्त गुज़रने पर तुम्हारा यह मलाल धुल जाए। आख़िर जो मैंने यह सब किया अपनी-तुम्हारी भलाई सोचकर ही किया। तुम्हें अभी नहीं रोकता तो कब रोकता फिर? इतने दिनों तो ज़ब्त किया ही। हो सकता है धीरे-धीरे तुम यह समझने लगो और तुम्हारा मन मेरे लिए पहले-जैसा हो जाए..."

"जब ऐसा होगा तब मैं वापस आ जाऊँगी।"

"मतलब मेरा इस्तेमाल करोगी, क्यों? जब माफिक पड़ा चली जाओगी, जब चाहा आ जाओगी!"

"आऊँगी तुम्हारी रजामन्दी से ही। जो मैं अपने लिए चाहती हूँ, तुम्हें भी दूँगी हमेशा। तुम स्वतंत्र हो, रहोगे। मैं तुम्हारे साथ भी रही तो याद करो मैंने तुम पर किसी तरह की पाबन्दी नहीं लगाई। किसी भी समय किसी औरत-आदमी से तुम्हारे सम्बन्ध को लेकर तुम्हें नहीं टोका। शकबाजी, टठोलबाजी...कुछ नहीं।"

"पाबन्दियाँ मेरी लगाई नहीं, उस संस्था की हैं जिसे विवाह कहते हैं।"

"विवाह...या कोई भी संस्था हमारी ज़िन्दगी से बड़ी तो नहीं होती। कहीं बन्धन लाचारी हो सकते हैं, हम दोनों के साथ वह होने की ज़रूरत नहीं है। मेरे लिए यह जाना घर छोड़ना नहीं है...वैसे तुम चाहो तो ऐसा सोच सकते हो, तलाक़ माँगोगे, वह भी दे दूँगी। मेरे लिए अभी जाना मुझे वह मौक़ा देगा जब मैं अपने जीवन के बारे में, तुम्हारे-अपने बारे में थमकर, ठंडे-ठंडे सोच सकूँगी...अगर मुझे लगा कि यह सिर्फ़ काई थी जो मेरे मन पर उतरा आई और मैं अब भी तुम्हें चाहती हूँ तो बता दूँगी। फिर रहना दोनों की मंजूरी से होगा। फिलहाल मुझे तुमसे...अलग...दूर रहने की ज़रूरत है।"

रमेश खीझकर उठ गया।

"मैं जानता था—वे उचक्के मेरा घर उजाड़कर दम लेंगे...कैसा टेढ़ा-टेढ़ा सोचती हो तुम, सीधे चल ही नहीं सकतीं, उफ़..."

जाते-जाते वह पलट आया।

"ओ.के., तुम जाओ! एक दिन अपनी ग़लती समझोगी। ये सब ख़ूबसूरती के साथी हैं...अय्याश साले! और देखो, तुम मेरे बच्चों को नहीं ले जाओगी। वे यहीं रहेंगे और पढ़ेंगे। तुम्हारा यह बहकना उन्हें भी बीमार कर देगा। और अब मेहरबानी करके जल्दी ख़त्म करो। जो करना चाहती हो जल्दी करो। अपने साथ-साथ तुम मुझे भी पागल करती जा रही हो..."

चीख़ में टुकड़े-टुकड़े होता आदमी। सुवर्णा देखती रही—रमेश को चिल्लाते हुए। फिर घर के भीतर जाते हुए। बैडरूम में जाकर वह पानी पिएगा और फिर बिस्तर पर सीधा लेट जाएगा। थोड़ी देर तक ऊपर सीलिंग की तरफ़ देखता रहेगा, फिर करवट लेगा और आँखें बन्द कर लेगा। थोड़ी देर में खर्राटे चल निकलेंगे।

ऊपर से नीचे तक शान्ति...कब से ऐसा महसूस नहीं किया था। शायद अब तक यह अनुभूति ज़िन्दगी में गिनी-चुनी बार हुई थी...ज़्यादातर अनन्त के साथ।

बेचारा रमेश! कैसे रहेगा उसके बिना...वह जो छोटी-से-छोटी चीज़ के लिए सुवर्णा पर इतना आश्रित है! तो क्या फिर वह रुक जाए, धोखा जो उसने रमेश के साथ अब तक नहीं किया, अब करे...रमेश की रजामन्दी से उसे ही धोखा देती रहे? रमेश तैयार हो जाएगा, इसके लिए भी। वह आदी है...उन सुविधाओं का जो

सुवर्णा घर में उपलब्ध कराती है, एक मौजूदगी का जो घर को वीरान नहीं बनाती, स्टेटस का...रोबदाबवाली कुर्सी और सुन्दर बीवी! वह सिर्फ़ रमेश के जीवन की सजावट ही बनने की कोशिश करती रहे, अपने लिए कुछ न करे?

अँधेरे में डूबा उसका घर...एक से मकानों की कतार में एक यह भी। सड़क में थोड़ी-थोड़ी दूर पर टँगे हुए सफ़ेद रॉड। ठीक नीचे चौंधियाती रोशनी। शाम होते ही कैसे बेताब परवानों की भनभनाहट सड़क-भर में उतरा आती है। अब, सब ख़ामोश है।

सुवर्णा को हमेशा यह लगता रहा कि वह एक सफ़र पर है...ख़ुद को ढूँढ़ने निकली है, लेकिन वह ग़लत थी। अब तक जो था वह तो दरअसल भटकाव था—जिस किसी से प्रभावित हो जाना, झट परिचय...परिचय झट घनिष्ठता में बदल जाना। बहे-बहे फिरना...अपना कोई रंग ही नहीं—इसके पास गए तो लाल हो गए, उसके पास गए तो नीले। उस आदमी को प्यार करने का भ्रम सालों पाले रही, जिसने उसे सिर्फ़ एक चीज़—दी अपना नाम—श्रीमती...

सहसा अपने कुँआरे नाम की ललक से भर उठा सुवर्णा का मन।

संजोग-वियोग की कहानी न उठा

आसमान में छाई चिलचिलाती धूप चीड़ के ऊँचे-ऊँचे पेड़ों के रास्ते नीचे ज़मीन पर उतरती है, टूटकर धब्बे-धब्बे हो जाती है। छोटे-बड़े धब्बे जाकर ज़मीन से चिपकते हुए। न पूरी छाया है, न धूप...पहाड़ पर दोपहर की उदासी है, दरख़्तों के बीच से उड़ती-गुज़रती एक काँ...काँ...प्यासी, बेचैन...

सुवर्णा दरख़्तों के नीचे-नीचे चली जा रही है, यूँ ही...अनिश्चित।

फ़ौरन ही तबादला नहीं मिला था तो छुट्टी ही ले ली और माँ-बाप के पास चली आई। यहीं से नई तैनाती का पता कर लेगी और सीधा वहाँ पहुँच जाएगी... फिर नया शहर, नया काम, नया जीवन...

जैसे सुवर्णा—जो भी वह थी—पीछे छूट गई है। वह हर पल का भागते रहना-सा—एक माहौल से दूसरे में, एक व्यक्ति से दूसरे के पास, एक काम के बाद दूसरा काम...अक्सर एक साथ कई माहौल, कई व्यक्ति, कई काम बराबरी से... कि बाहर घिच-पिच भी लगे। सुवर्णा को भ्रम था कि जब वह कई चीज़ों को एक साथ चलाती होती है तभी वह अपनी शक्तियों का सबसे अच्छा इस्तेमाल करती है, तभी उसके व्यक्तित्व का श्रेष्ठ निकलकर बाहर आता है। दौड़ ही में जैसे सुवर्णा, सुवर्णा थी...लेकिन दौड़ को अब पीछे छोड़ आई तो जैसे भारहीन हो गई है, वह सब फ़ालतू था जो छँटकर गिर गया। कहाँ हर पल कोई-न-कोई साथ...ऊब की हद तक साथ, अब अपने साथ केवल वह स्वयं है।

यह एक छोटी-सी पहाड़ी बस्ती है, हिल-स्टेशन की आम चमक-दमक से कोसों दूर, पर ऊँचाई और ठंडक में कुछ ज़्यादा ही। अपनी सुन्दरता और शान्ति में डूबी, एक किनारे पड़ी हुई...साफ़-सुथरी, थोड़ा उदास भी। नीचे गहरी घाटियाँ, दरख़्तों से लबालब भरी हुईं। चीड़ के ऊँचे-ऊँचे पेड़। सामने पहाड़ियों का लहरियादार सिलसिला।

रिटायर होने के बाद से ममा-पापा यहीं रहते हैं। उन्हें कुछ बताने का मन एकदम नहीं था, लेकिन ममा की नज़रों से बचा नहीं जा सका। पापा से ज़रूर अब वे दोनों बचा रहे हैं। ममा कहती हैं कि वे नई जगह पर सुवर्णा के साथ रहेंगी...कैसा है यह समाज कि सुवर्णा अकेले सिर्फ़ इसलिए नहीं रह सकती कि वह औरत है!

एकाएक चल पड़ी इस रास्ते पर। क्या कुछ दिनों और सोचकर देखती? लेकिन सोचने लगो तो सोचते ही रहो...और फिर धीरे-धीरे घिसटने पर उतर जाओ। यह नहीं कि सुवर्णा सोचते-सोचते कहीं पहुँची। उसे ख़ूब याद है कि एकाएक रोशनी-सी फूटी, रास्ता दिखाई दे गया...और वह चल दी। ऐसा तो नहीं कि संशय उठता ही नहीं मन में...पर उदासी ज़्यादा है, जिसे काटकर छोड़ आई उसके अलग होने का दर्द...

छोटे बेटे की याद आती है...इतना ख़याल करती रही फिर भी दुबला। कहीं लेटा देख लेगा तो दौड़कर आ जाएगा और सुवर्णा के पेट पर अपना चेहरा रख देगा। पेट का खुला-खुला गोरा-गोरा हिस्सा उसे बहुत अच्छा लगता है। उसका चेहरा पेट पर लोटता रहेगा और सुवर्णा की उँगलियाँ उसके बालों पर। कभी-कभी वैसे लेटे-लेटे, कभी गरदन में झूलकर पूछेगा—'मम्मी, तुम मुझे इतनी अच्छी क्यों लगती हो?' कैसा इत्तिफ़ाक़ कि अनन्त भी बिलकुल यही फुसफुसाता था, सिर्फ़ ममी की जगह सुवि...

'गुड्डू बेटे, तेरी माँ अच्छी नहीं है। देख, तुझे छोड़कर आई। पर मैं आऊँगी बेटे...जल्दी...या ममा-पापा जाकर तुम्हें ले आएँगे तुम दोनों के बग़ैर मैं कैसे रह सकती हूँ!'

सोंधी-सोंधी यह गन्ध कहाँ से फूटती है? अडिग पहाड़ियों से...आँखों की समेट में न आ पाती इन दरख़्तों की फुनगियों से या कि इनके मोटे-मोटे तनों से...नम, गीलेपन से हल्के-हल्के उधड़ते हुए तने! ये पेड़ ही तो हैं जो मैदान में नहीं होते... या कि फिर ज़मीन ही की कोई ख़ासियत है...पौधेनुमा पेड़, घास-फूस, कंकड़-पत्थर, सूखे पत्तों और बिखरे हुए कूड़े-कचरे के नीचे दबी पड़ी ज़मीन...अदृश्य। जो धूल की जमी हुई परत नज़र आती है, जिस पर सुवर्णा चल रही है...उसे भी ज़मीन कैसे कहा जाए, फिर कहाँ है ज़मीन? इसके भी नीचे...कहाँ...कितने नीचे...

कुछ दिनों पहले तक सब बँधा-बँधा था—सवेरे उठना, दौड़-दौड़कर तैयार होना, भागते हुए दफ़्तर, दफ़्तर में एक-के-बाद-दूसरे काम...थके हुए लौटना, फिर घर के काम। सवेरे की चाय से लेकर रात के खाने तक हर चीज़ 'टाइम' और 'स्पेस' में बँधी हुई। आगे आनेवाली ज़िन्दगी भी साफ़ दिखती थी—बच्चे बड़े होंगे, ब्याहकर अपना घर बसाएँगे, वह और रमेश अपनी-अपनी नौकरियों पर रहेंगे।

दोस्त—कुछ दोनों के एक ही, कुछ अलग-अलग। दोनों आसपास रिटायर होंगे... बुढ़ापा साथ-साथ। सारा खाका एक झटके में लिप-पुत गया, सब कुछ बिखरा दिखता है...अब क्या? वह बूढ़ी होगी तो?

छर छर...छर छर...एकरस आवाज़, जैसे पास कहीं घने दरख़्तों के नीचे से रेल चली जा रही हो। हवा दरख़्तों में से गुज़र रही है या कि पत्ते छरछरा रहे हैं। नीचे घाटियों में दोपहर की वीरानी फैली है, सामने की ऊँची पहाड़ी कैसी बौनी-बौनी... चोटी पर पेड़-पौधे तो दूर जैसे घास भी नहीं...गंजी!

ममा अक्सर सामने बैठकर नज़रों से सुवर्णा को उकेरने की कोशिश करती हैं। वे जिस तरह देखती हैं, वह लाचारी-सा कुछ भर जाता है सुवर्णा में। कुछ हम हिन्दुस्तानी औरतों में भी ख़राबी है। बन्धनों की ऐसी आदत हो जाती है कि वे थोड़ी देर से न हुए कि मन फिर उन्हीं की तरफ़ ललकता है—हाय मेरा पति! हाय मेरे बच्चे! अरे, कौन-सा पति—वही न जो ब्याहता का बिल्ला तुम्हारे माथे पर चिपकाने, तुम्हारे मुँह में सुरक्षा की बबलगम डाल देने के बदले तुम्हें किसी भी समय, कैसी भी तकलीफ़ देने का अधिकार स्वयं को दे लेता है...और बच्चे जो तब तक ही आपके हैं, जब तक बड़े नहीं हुए। बड़े होते ही वे कुछ-के-कुछ हो जाते हैं—हमें रंगीन टी.वी. चाहिए, वीडियो लाओ...हमारे दोस्तों के घर पर है, हम भीख नहीं माँग रहे...और जिस दिन उन्होंने अपनी बीवियों की शक्लें देख लीं कि माँ-बाप का किया-कराया सब साफ़...पैदा किया था तो करना ही था, क्या अहसान कर दिया!

सिहरन की एक लकीर सुवर्णा में उतरती है और भीतर टेढ़े-मेढ़े दौड़ते हुए उसे हिलाकर रख देती है...क्या है जो तुम्हारा हुआ? वह दोपहरी की हवा को छूने की कोशिश करती है, त्वचा पर हल्का गरम-गरम अहसास!

उसने स्वयं को लाकर यहाँ प्रकृति की गोद में डाल दिया है। पहले सोचती थी कि हर नए व्यक्ति का साथ उसको अपने विकास में मदद कर रहा है, करता भी रहा होगा थोड़ा-बहुत...लेकिन एक मोटी बात जो नहीं सूझी, वह यह कि जब हम हमेशा कभी इसके, कभी उसके पास होते हैं तो अपने पास फिर कब रहते हैं? जब दूसरों के ही अक्स लेते रहते हैं तो अपना तो और धुँधलाता चला जाएगा? ख़ुद के साथ हुए बग़ैर कैसे अपने को पहचान सकेंगे और कौन-सा विकास पा सकेंगे? जिन रिश्तों के बग़ैर सुवर्णा सोचती थी कि वह रह ही नहीं सकती वे, अब ऐसा लगता है, वे ज़्यादा कुछ नहीं थे। उनसे जीवन भरा-भरा दिखता था, पर वे नहीं हैं तो बहुत ख़ाली भी नहीं लगता। उलटे कभी-कभी तो ऐसा लगता है जैसे वे सब बोझ थे जिन्हें उतार फेंका तो अब हल्का-फुल्का है। बग़ैर किसी को अपनी पीठ पर लादे हुए अब वह घूम-फिर सकती है, जी सकती है।

इसी तरह एक और चीज़ थी—बौद्धिकता की बीमारी! अपने को बुद्धि के सहारे ही चलाना, जो कुछ हम कर रहे हैं वह ठीक है...बहुत अच्छा है! अपने तर्कों से अपने छोटे-से-छोटे काम के आकार को भी गुब्बारे की तरह फुला लेना और फिर चहके-चहके घूमना। अपने स्वार्थों को पोसते हुए चलना, कभी इसमें तो कभी उसमें अपने महत्त्व के भ्रम को पालते हुए और उसे दूसरों को जताते हुए भी—हमने दफ़्तर का यह बड़ा काम और वह भी इस ख़ूबी से किया, हमें हर तरह की जानकारी-दिलचस्पी है, हम ख़ूब पढ़े-लिखे और सोचने-समझनेवाले हैं, हम कलाकार हैं, साहित्य में, नाच में रुचि है, स्कूल खोलेंगे और अपनी कला को बाँटेंगे—मतलब, अपने महत्त्व को जगह-जगह परिभाषित करते फिरना, बुद्धि के किसी क्षेत्र में अपने को जमा हुआ देखने की बेचैनी...आधुनिक महिला की बीमारी!

सुवर्णा सोचती थी कि ये सब चीज़ें और उसके कई सम्बन्ध उसका रास्ता साफ़ करेंगे पर उस चक्कर में जैसे अपने हिस्से की ज़मीन में हर इंच पर उसने कुछ-न-कुछ रोप डाला—भूल गई कि ज़मीन को ख़ाली ही न छोड़ा, हर जगह घास-फूस रोप ली तो फिर क्या उगेगा यहाँ...।

सुवर्णा आँखें मूँद लेती है...अब कुछ नहीं तो जैसे सब कुछ है—ऊपर नीला आकाश, उजली धूप, पेड़, पहाड़, ज़मीन...और यह हवा मुँह पर थप-थप करती हुई, रोम-रोम को छूती हर पल साथ बहती हुई। अपने में से सब कुछ उलीच डालो ...और तब जो उगेगा वही असल होगा...

ईश्वर का दिया हुआ यह जीवन पूरी विनम्रता से बहने दो...हमारी प्राप्तियाँ भी अपने आकार से छोटी ही रहें...चलते रहो यों ही पेड़ों के नीचे-नीचे, अगल-बगल से...

कितनी दूर निकल आई वह?

बाहर कोई सुवर्णा को पूछ रहा है।

आवाज़ उठते ही अन्दर बैठी सुवर्णा तक पहुँच गई। इस आवाज़ को हर मरोड़, हर उतार-चढ़ाव में, पास से, दूर से, धीमे-ऊँचे...इतना सुना है कि वर्षों बाद भी कहीं दो टुकड़े कान में पड़ जाएँगे तो वह पहचान लेगी...लेकिन उचककर बाहर जाने की बजाय वह वैसे ही बैठी रहती है। भीतर ख़बर आती है तो ममा की नज़रें उठती हैं, चश्मे के पार आशा की चमक चिलक उठती है—रमेश माफ़ी माँगने आया है, लेने आया है, बेटी वापस चली जाएगी, घर के झगड़े घर-जैसे ही होते हैं आख़िर...

ममा बाहर जाती हैं, पीछे-पीछे सुवर्णा रेंगती हुई और फिर उसकी अपनी सधी हुई आवाज़ उसके ही कानों में...

"आओ, अनन्त आओ...!"

सुवर्णा, ममा से परिचय कराती है—उस शहर का एक दोस्त जिसे अब वह छोड़ आई है, लेकिन ममा तक जो परिचय पहुँचा है, उसे वह उनकी आँखों में तैरता साफ़-साफ़ देख सकती है—वह आदमी जिसकी वजह से सुवर्णा का घर टूट रहा है!

बातें...बस्ती, घर, मौसम की। ममा बातों के दरमियान, चाय के पहले और दौरान कुरेद-कुरेदकर देखती रहती हैं अनन्त को। उससे तरह-तरह के सवाल पूछती हैं। अनन्त को अविवाहित जानकर उनका शक और पक्का हो जाता है...और इस सबके बीच सुवर्णा चुप है...क़रीब-क़रीब औपचारिक बातों में शरीक होते हुए और फ़ौरन ही अपने में लौटते हुए, जैसे उसे बहुत मतलब न ममा से हो, न अनन्त से ही। ममा इधर-उधर से झटके दिए जा रही हैं। सुवर्णा, ममा की आँखों में सीधे-सीधे नहीं देख सकती, नज़रें झुकी हैं...मगर क्यों...सुवर्णा तन उठती है, सीधा बैठ जाती है।

अनन्त से परिचय के फ़ौरन बाद जो कड़वाहट ममा के चेहरे पर उग आई थी वह घुल रही है, धीरे-धीरे, अब क़रीब-क़रीब ग़ायब है, पर उनके चेहरे का जाना-पहचाना मिठासवाला वह रंग भी नहीं है।

अनन्त भीतर-ही-भीतर छटपटा रहा है...सुवर्णा देख सकती है, शायद ममा भी। दोनों में कोई कहे कि उन्हें थोड़ी देर के लिए अकेला छोड़ दिया जाए...इसके पहले ममा अपने आप ही उठ जाती हैं।

बस्ती को घेरने बादल उमड़े चले आ रहे हैं। छाँव में घरों, सड़कों, पेड़-पौधों के नक़्श गहराते जा रहे हैं। आज बारिश होगी...मौसम की पहली बारिश। जिस्म पर रेंगती हल्की फुरफुराहट।

वे क्या पहली बार मिल रहे हैं? बात करने को एकान्त माँग रहे थे और जब अकेले हुए तो जैसे शब्द ही ख़त्म हो गए हैं। अनन्त सिर्फ़ देख रहा है, पिघलते हुए। बड़े ही महीन स्वर में बजती बूँदें...अदृश्य, पत्तों पर आसन्न-वृष्टि की थपक।

"तुमने बताया भी नहीं..." अनन्त की प्यार-भरी शिकायत, तानपूरा की उठती झंकार-सी।

"..."

"दफ़्तर से पता चला कि तुमने तबादले की दरख़्वास्त दी, फिर छुट्टी ले ली। तुम्हारा वहाँ न होना...मैं समझ गया तुम यहीं होगी। ग़लत किया मैंने क्या जो यहाँ आया?"

मोटी-मोटी बूँदें पहाड़ी पर...पट...पट...पट...भीगती ज़मीन से महक का झोंका ऊपर उठता है।

"क्या सोचा है?" अनन्त आगे पूछता है।

"कुछ नहीं!"

"कुछ तो सोचा होगा...ऐसे ही यहाँ आ गई?"

"शायद सोचना नहीं था वह। सोचते-सोचते तो कहीं नहीं पहुँच सकी थी... एकाएक लगा...जैसे!"

"हाँ, मैं भी कभी-कभी सोचता हूँ कि इतना बड़ा ब्रह्मांड...उसमें यह छोटी-सी पृथ्वी, उस पर धब्बों-से चिपके हम लोग...अपनी हर छोटी उछल-कूद को इतना बड़ा समझते हैं। सोचते हैं कि जो होता है, वह हमीं करते हैं...लेकिन हम बहुत-से-बहुत अपने हिस्से का ही तो कर सकते हैं, उससे तो कुछ होता नहीं। अब रमेश जो करता है वह तुम्हारे हाथ में है क्या...कभी था?

"फिर जब कुछ हमारे ख़िलाफ़ होता दिखता है तो हम पगलयाने लगते हैं—अपने सोचने को कोसते हैं, छानबीन करते हैं, ग़लतियाँ ढूँढ़ते हैं। मुझे तो लगता है हमारा यह मानना कि हम यह सोचेंगे, ऐसा करेंगे तो ऐसा ही होगा...यह घमंड ही है। चीज़ें होती हैं, हमारे बावजूद। हमारी सोच से फ़र्क़ पड़ता है थोड़ा-बहुत, पर आदमी है कि अपने आपको भाग्यविधाता मानता है। जिन्दा होने का, ज़िन्दगी का नशा शायद यही है। नशा उतरता है एकाएक...जब कोई झटका लगता है—कोई हादसा, कोई मौत या ऐसा कुछ जो तुम्हारे साथ हुआ...और तब लगता है कि अरे, आप तो कुछ भी नहीं हैं। सोचने का सारा तरीका, ज़िन्दगी के लिए हमारा नजरिया ही बदल जाता है एकाएक...अरे, मैं ही बोले जा रहा हूँ।"

"तुम्हें सुनना अच्छा लग रहा है।"

"लेकिन मैं तो सुनने आया था। तबादले की दरख़्वास्त क्यों दी? यहाँ एकाएक...?"

"ये छोटी चीज़ें हैं। पानी की धार किधर जा रही है, वह महत्त्व का होता है, न कि ऊपर के ये बुलबुले।"

"आगे...?"

"तुम्हीं तो कहते हो, सोचना नहीं चाहिए!" सुवर्णा के होंठों पर हल्की मुस्कान।

"नहीं...सोचने का घमंड न हो...सोचना कहाँ रुक सकता है जब तक जीवन है। मेरा ख़याल है तुम्हें घर लौट जाना चाहिए। तुम यहाँ सुखी नहीं होगी।"

"तुम ग़लत भी तो हो सकते हो। जानते हो यहाँ आते समय और आने के बाद कुछ दिनों तक ज़बरदस्त अपराध-भावना घेरे रही, फिर एक दिन एक ख़त आया जिसने मेरी आँखें खोल दीं। रमेश के एक औरत के साथ सम्बन्ध थे...वे साथ सोते थे।"

"क्या...? मैं विश्वास नहीं करता।"

"मैं भी न करती...लेकिन वह ख़त उसी औरत का था—उर्वशी...रमेश की ही सर्विस की है। मैं जानती हूँ उसे...उसने ख़ुद क़बूल किया।"

"तुम्हें लिखने का उसका क्या मकसद हो सकता है?"

"कुछ भी...उसने जो लिखा है वह यह कि रमेश ने जो मेरे साथ किया उससे उसे बहुत तकलीफ़ पहुँची।"

"शादीशुदा है?"

"नहीं!"

"तो यह भी तो हो सकता है कि उर्वशी तुम दोनों के बीच की खाई को और चौड़ा करके रमेश को हथियाने की योजना बना रही हो।"

"हो सकता है, लेकिन इससे जो उनके बीच था...वह हक़ीक़त तो नहीं बदल जाती। मैं जानती थी कि वे दोनों ख़ासे घनिष्ठ थे, लेकिन इस हद तक...यह ज़रूर कभी न सोच सकी थी। यह होते हुए भी रमेश की हिम्मत हुई कि मुझे..."

"पत्र मिलते ही तुमने वापस जाने का नहीं सोचा?"

"मेरी जगह कोई दूसरी होती तो फ़ौरन भागकर जाती और रमेश पर क़ब्ज़ा बनाए रखने में जुट जाती। पहले जो मैं थी...तो शायद मैं ही यही करती। अब यह सब...छीना-झपटी सोचकर ही मितली आती है। ईश्वर का धन्यवाद करती हूँ कि मुझे यह ख़बर मिल गई। अब यह तो नहीं लगा करेगा कि रमेश ने तो मेरे अलावा कभी किसी के बारे में सोचा भी नहीं और मैं...उसे छोड़ भी आई।"

"क्या तुम कह सकती हो कि यहाँ तुम सुखी हो?"

"बात अगर सुखी होने की नहीं, कम दुखी होने की हो तो?"

'बड़ी हो गई सुवर्णा तुम तो इस बीच...इतनी जल्दी!' अनन्त की नज़रें सुवर्णा की पनियाई आँखों में उतरने लगीं...जल-राशि में तिरती नीचे जाती सीपियों-सी। सुवर्णा मोम की तरह टप-टप चू रही है अपने में ही...बरसात भीतर, उठकर खिड़की खोल देती है।

बारिश थम गई है, पर इतने में ही सब कुछ धुला-धुला निकल आया है। सामने बादलों का धुआँ मोटी धार में गिर रहा है, नीचे पहाड़ियों के बीच, घाटी में...आओ, मुझे भर दो!

"मैं 'हैपी होम' में ठहरा हूँ। शाम को आ सको तो तुमसे बहुत बातें करनी हैं।"

"बाहर कहीं मिलने के लिए न कहो अनन्त! जब से घर छोड़ा तो जैसे बाहर अकेले में किसी से मिलने की हिम्मत ही जाती रही। पहले कुछ भी ग़लत नहीं लगता था।"

"अब ग़लत लगता है?"

"नहीं। शायद हाँ...जिस ज़मीन पर खड़ी हूँ, उसका पूरा अहसास चाहती हूँ।"

"रमेश से अलग होने का सोच रही हो?"

"मुझे नहीं मालूम!"

"बच्चे?"

"अभी वहीं हैं...कुछ दिनों में यहाँ आ जाएँ शायद...देखो?"

"बच्चे क्या चाहते हैं?"

"वे क्या चाहेंगे बेचारे। मुझे बच्चों की बहुत याद आती है अनन्त! मेरे बिना वे कैसे रहते होंगे। रमेश को बच्चों का कुछ भी करना नहीं आता...न ही उसमें वह भावना है। वह जान-बूझकर उन्हें रखे हुए है ताकि मैं लौट आऊँ, उसकी शर्तों पर उसके साथ रहने लगूँ। मैं बच्चों के बिना नहीं रह सकती...देखो न...उन बेचारों का कोई कुसूर नहीं, टकराते हैं दो के अहं और सबसे ज़्यादा दुःख उठाना पड़ता है बच्चों को, हमेशा ही। यह ठीक नहीं है।"

"इसीलिए तो मैंने कहा था—तुम्हें लौट जाना चाहिए।"

वापस वहीं? वही घिनौनी दुनिया...कीचड़ में भिन-भिन करते लोग। जैसे रमेश-उर्वशी, वैसे ही सुवर्णा...थोड़ा कम या ज़्यादा। कोई किसी के लिए कुछ बेहतर, थोड़ा पवित्र-सा कुछ महसूस करे तो रमेश या उस-जैसा कोई उसे अपनी तंग सोच के गलीज़ धरातल पर घसीट लाएगा। अपना ही कीचड़ दूसरों पर उछालते लोग!

"रमेश के साथ रहूँ...एक तरह की उम्र-क़ैद! जानते हो जिस दिन श्याम के सामने उसने मुझे उस तरह पकड़कर घसीटा था, तब से एक मिनट के लिए मैं कभी यह नहीं भूल सकी कि मैं एक जानवर के साथ रह रही हूँ। तभी यह भी ख़याल आता है कि जो रमेश ने किया वह रमेश की जगह कोई और हो...वह भी कर सकता है...बिलकुल वैसा ही!"

"तुम दोनों को बच्चों का सोचना चाहिए।"

"रमेश मेरी कमजोरी जानता है...बच्चों को अपने साथ रखकर ब्लैकमेल कर रहा है, करेगा। मुझे अच्छी नहीं लगती अपनी यह बुनावट कि मैं स्वतंत्रता भी चाहती हूँ और बच्चे भी—अपनी सारी शिक्षा के बावजूद बुनियादी तौर पर मैं कहीं हिन्दुस्तानी औरत हूँ...क्या होगा मेरा अनन्त?"

उन सुन्दर आँखों में...जहाँ खिलते हुए कितनी तरह के रंग मैंने देखे थे... आज जैसी छटपटाहट देख रहा था वैसी कभी नहीं देखी थी। छटपटाहट...भयंकर तकलीफ़ में किरकिराती हुई...इतना बोझ कि पिघलकर आँसुओं में बह नहीं सकता था। बोझ के मारे सुवर्णा का मुँह सूख-सूख आता था। उसकी तकलीफ़ को उतना

पास से देखता, महसूस करता हुआ भी मैं लाचार था। यह वह बिन्दु था जहाँ हम अपनी तकलीफ़ में अकेले होते हैं...नितान्त अकेले।

"कभी-कभी मन बहुत भारी हो जाता है...यह सोचकर कि इस सबके लिए काफ़ी-कुछ जिम्मेदार मैं हूँ।" मैंने कहा।

"तुमसे मुझे बहुत मिला है, वरना तो मैं बस बहती ही रहती। थमना, खड़े होना... थोड़ा, तुम्हीं से तो सीखा है...इसलिए खड़ी भी हूँ, वरना तो कब की टूट गई होती।"

"मैं नहीं जानता कि आख़िर तुम्हारा निर्णय क्या होता है...और पता नहीं आगे मौक़ा मिले या नहीं, इसलिए अभी कह देता हूँ—तुम्हारे साथ जीवन बिताने को मिले तो मेरा एक सपना पूरा होगा सुवर्णा..."

"तुम मुझे कितना चाहते हो...ख़ूब समझती हूँ। सिर्फ़ मैं ही ख़ुद को तुम्हारे लायक नहीं पाती। कुछ था जो मुझे इस तरह गढ़ गया...अधूरा, थोड़ा ग़लत, असली की क़ीमत पर भी नक़ली से हिलगे रहनेवाला। कहीं धीरे-धीरे बँधती हूँ तो फिर सहसा अपने को अलग कर लेती हूँ। काश, जैसा तुम मुझमें डूबते हो, मैं भी डूब सकती! जब तक ऐसा नहीं कर सकूँगी, मुझे कुछ कचोटता ही रहेगा, तुमसे हीनता तक महसूस होती है अक्सर। शायद मेरी शिक्षा...परवरिश ने ज़बरदस्त गड़बड़ी की है कहीं। कभी-कभी तो लगता है मेरी 'कंडीशनिंग' हुई है बहुत कुछ सुखा दिया गया।"

"मैं इन्तज़ार करूँ...इससे तो नहीं रोकोगी मुझे?"

"पता नहीं...तुम्हारे साथ रहकर थोड़ा-थोड़ा समझने लगी हूँ पर फिलहाल तुमसे एक चीज़ चाहती हूँ—इन दिनों तुम मेरे लिए बहुत सुलभ न रहो! मैं कमज़ोर नहीं होना चाहती। मुझे कमज़ोर करने की बजाय ताक़त दो!"

"तुम जानती हो..."

"तो अब फिर नहीं आना, जब तक मैं इस सबसे निकल नहीं जाती...इस पार या उस पार!"

अपनी आँखों में आँसुओं की चमक वह महसूस करती है। सामने अनन्त का चेहरा मुस्कुराता हुआ...अनन्त...एक तुम्हीं हो जो मेरे बारे में इतना परेशान होते हो, मुझे इतना समझते हो, सहते हो। तुम्हारा चेहरा ज़रा भी नहीं मुरझाया, उलटे चमक उठा है। मैं यही माँग रही थी—यह अलग होना नहीं है।

अनन्त जाने के लिए उठ खड़ा हुआ है। धीरे-धीरे सुवर्णा के पास आता है। अपने बालों पर वह अनन्त की हथेली महसूस करती है...गरम-गरम हथेली, अपने हाथों में उतार चूम लेती है..."उदास मत होना!"

अनन्त उसके दोनों हाथ थपथपाता है—"तुम अपना ख़याल रखना...यह हमेशा सोचना कि तुम सिर्फ़ अपनी नहीं, दूसरों के लिए भी कुछ हो। इसलिए..."

सुवर्णा की पलकें खुलती हैं, बन्द होती हैं...जल्दी-जल्दी, जैसे बार-बार वह किसी तस्वीर को पलकों के भीतर समेटती, फिर मूँद लेती हो। गीली-गीली पलकें। उलझे हुए फूलों-से हाथों में बन्द हाथ।

"फ़ोन करूँगी।"

दोनों हँस पड़ते हैं। पहले अनन्त, पीछे-पीछे वह।

हरी-हरी घाटी से निकलकर बादलों का सफ़ेद धुआँ अब ऊपर जा रहा है... जैसे कोई प्रिय मेहमान वापस जा रहा हो। फिर धीरे-धीरे नीचे उभरती आती सूनी घाटी, लेकिन बादलों की नमी से धुली, नहाई हुई...हरीतिमा उदास, पर निखरी हुई।

22 जून, 1980

सुवर्णा ने सदा मेरे भीतर का श्रेष्ठ उभारा, हमेशा मुझे तुच्छता...स्वार्थ लाँघ जाने की प्रेरणा दी। अपनी इसी शक्ति के लिए उसे कितने कष्टों में से गुज़रना पड़ा? उसकी परेशानी का एक कारण मैं भी हूँ...मेरा प्रेम। प्रेम जो आदमीयत की पराकाष्ठा है!

जैसे मेरे भीतर वेदना बराबर बैठी थी, सुवर्णा के साथ ने केवल उसे आच्छादित कर रखा था...अब वह फिर सिर उठा रही है, पर आत्मीय भी लगती है। सुवर्णा के साथ की यात्रा समाप्त, उससे मिलना अब नहीं होगा...यह टीस है, पर मेरा कोई अंश मुझसे अलग खींच लिया गया है ऐसा नहीं लगता। सुवर्णा जैसे लगातार साथ है, रहेगी। एक रोशनी-सी भीतर लगातार जलती रहती है, हमारे सम्बन्ध का सत्त्व शायद यही है...आत्मिक। इस निर्मम और क़रीब-क़रीब जड़ होते जाते संसार में यह हम दोनों को ही अपने-अपने दायित्वों को निबाहने की ताक़त देगा। इसकी मदद से हम अपने-अपने हिस्से के दुखों को झेलते हुए खड़े रह सकेंगे। आत्मिक... कितना बड़ा आयाम देता है जीवन को। अगर सुवर्णा मेरे जीवन में न आती तो यह विराटता मेरे लिए खुलती...इसमें संशय है।

इस शहर में अब मन नहीं लगता...उस संस्कृति के बीच रहना जहाँ प्यार के नाम पर कुछ और ही पोसा जा रहा हो! दूसरे पर उत्सर्ग हो जाने के क्रम में प्यार हमारे अहं को ख़त्म कर दे, हममें ईमानदारी, नैतिकता जगाए...इसकी जगह व्यावहारिक प्यार...ठंडा, ख़ूब सोचा-विचारा—कब...कैसा...किससे...कहाँ तक, वह जो मुझे देकर ही जाए, मेरा कुछ ले नहीं और यातना तो कभी दे नहीं, अपने को बचाए रखनेवाला यह सतर्क-सतर्क प्यार...यह चालाकी उभारता है और वही हमारे भीतर फैलाता है। मैं अब यहाँ नहीं रहूँगा। मेरी ज़रूरतें बहुत नहीं हैं इसलिए शहर छोड़ सकता हूँ। गाँव में जाकर रहूँ। घर...? दूसरे के दुःख को अपनाने की

जो बात घर की परिकल्पना में है वही महत्त्वपूर्ण है तो इसके लिए गाँव के हर परिवार के दु:ख-सुख में हिस्सेदारी हो तो वही अपना घर बन जाएगा। काम के नाम पर और थोड़ा-बहुत अपनी ज़रूरतों को पूरा करने के लिए स्वतंत्र पत्रकारिता की जा सकती है...एक इलाक़े की तरफ़ लोगों का ध्यान खींचना...या किसी के साथ खेती में लग जाऊँगा। अगर संचित करने की तृष्णा न हो तो पेट भरने-भर के लिए तो कुछ भी किया जा सकता है।

मेरी बुद्धि कहती है कि यह आदर्शवाद है...सपना है, क्योंकि गाँव में भी तो चालाकी आ गई है इस बीच। तो चलो, गाँव की छोटी इकाई में ही चालाकी की इस उमड़ती बाढ़ को थोड़ा-बहुत थामने की कोशिश करूँगा। उजाला, गरमाहट न दे सकूँगा तो हल्की सेंक ही सही।

मुझे अपना धर्म दिखाई दे रहा है। जो प्यार एक के लिए ही उमड़ता हो... उसे सबमें बाँटूँ। मानव-जाति के प्रति आदर, सहानुभूति, करुणा, प्रेम सेवाभाव बन जाए। कैसा अद्‌भुत कि ये सारी सुन्दर चीज़ें प्रेम से ही निकलती हैं।

मैं इन बड़ी-बड़ी चीज़ों की ओर ताकता हूँ...उन तक कभी उठ सकूँगा? सुवि, तुम्हारा साथ चाहिए था। तुम्हारा जाना...ऐसा लगता है कि जीवन का बीतना अच्छी-अच्छी चीज़ों के एक-एक करके चले जाने के क्रम का ही नाम है। तुमसे दूर रहना कितना कठिन है...यातनामय, लेकिन यह यातना रोशनी भी है।

सुवर्णा और अनन्त...सटे-सटे बैठे एक विवाह को देख रहे हैं। कोई गाँव है...कच्चे घरों का छोटा-सा घेरा, बीच में छोटे मैदान-सी खुली जगह...तुलसीघर के पास फेरे लिये जा रहे हैं। लड़की हल्दी में रँगी धोती पहने है। लड़का आँखों में मोटा-मोटा काजल लगाए है, माथे पर भी काजल का एक धब्बा है। सुवर्णा देख-देखकर हँस रही है, अनन्त की बाँह और कन्धे में घुसी-घुसी जाती है...

"माथे पर जो यह है...इसे डिठूला कहते हैं...ताकि नज़र न लगे..." अनन्त बता रहा है।

धूल में लिपटे कच्चे घर हैं। बीच में बैलगाड़ियोंवाला रास्ता...धूल-ही-धूल... नथुनों तक आती हुई...साँस लेने में तकलीफ़। सुवर्णा के पैर धूल में धँस-धँस जाते हैं। पैर निकालने के लिए वह अपने हाथ आसपास कहीं टिकाना चाहती है। कोई नहीं है, सिर्फ़ हवा...सुवर्णा घबड़ा रही है...

अब वह रास्ता छोटा, तंग...पैदलवाला रास्ता हो गया है...पेड़ों के बीच से जाता हुआ। धूल कहाँ...बादल हैं...सुवर्णा को छू-छूकर जाते हुए। नमी से वह

सिहर-सिहर उठती है। अनन्त की बाँह से अपना हाथ बाँधे वह चल रही है। वे ऊपर आ गए हैं। नीचे की तरफ़ देखते हैं तो धूल-भरे रास्ते के बीचोबीच रमेश की जीप खड़ी है। रमेश है, वर्दी में...गाँववालों से श्याम मोहन के बारे में पूछताछ कर रहा है—श्याम फरार है, डाकू हो गया है। किस घर में छिपा बैठा है?

सुवर्णा और अनन्त ऊपर से रमेश के गुस्से को देखते हैं, फिर एक-दूसरे को। चेहरों पर कुछ नहीं है...बस देख रहे हैं। अनन्त पूछता है—'तुम दो बजे रात कहाँ से आई थीं?' सुवर्णा कहती है—'अरविन्द के यहाँ से।' अनन्त उसके चेहरे को हाथों में लेकर कहता है—'तुम्हारी आँखों में उदासी की छलछलाहट है...चेहरा कितना दुबला हो गया है। अनन्त उसे प्यार से देख रहा है, फिर उसे गोद में उठा लेता है। सुवर्णा बच्ची हो गई है, फ्रॉक पहने हुए...अनन्त की गोद में दुबक जाती है...

'सुवर्णा यहाँ है...मेरे पास...' अनन्त, रमेश की तरफ़ चिल्लाता है, सुवर्णा को अपनी गोद में दिखाते हुए।

रमेश ने नीचे से उन्हें देख लिया है, तेज़ी से ऊपर चढ़ता हुआ वह उन तक पहुँचता है। सुवर्णा, अनन्त से चिपकी खड़ी है। सुवर्णा को पाकर रमेश ख़ुश है... सुवर्णा का हाथ पकड़ चल देता है, अनन्त को देखता तक नहीं। वे नीचे उतरते हैं, जा रहे हैं...जीप की तरफ़। सुवर्णा बार-बार मुड़कर अनन्त को देखती जाती है...

धूल...बैलगाड़ियाँ गुज़र रही हैं...बारात है, बहू को लेकर लौट रही है। धूल की बड़ी चादर-सी तनती है...उन्हें ढँक लेती है। कुछ नहीं दिखता।

"रमेश, अनन्त कहाँ गया...उसे ढूँढ़ो रमेश..."

"अभी तो यहीं था...क्या उसे साथ ले चलना है?" रमेश पूछता है।

"हाँ..."

रमेश, सुवर्णा की तरफ़ देखता है फिर हँस देता है। दोनों अनन्त को ढूँढ़ने के लिए धूल के बवंडर में घुस जाते हैं, परतों को फाड़ते हुए टटोल रहे हैं...

एक बहुत पुराना वृक्ष...मोटी-मोटी जड़ें ज़मीन के ऊपर उछली हुईं...दूर तक जाती हुईं। एक जड़ के पास कुछ लाल-लाल दिखता है—सुवर्णा उस तरफ़ दौड़ जाती है। बड़ा-सा दीया है...सुवर्णा हाथ में उठा लेती है—'घर के मन्दिर में रखेंगे इसे...दिवाली में पहले इसे जलाएँगे, इससे दूसरे दीयों को...' वह कह रही है।

ख़ुशी की लहरें...सुवर्णा नींद में ही हिचकोले खा रही है...झटके...

वह जाग जाती है। खिड़की से परदा हटा देती है...आसमान में चारों तरफ़ फैली हुई सुबह की उजास...सुनहरे बादल!

पहाड़ों पर बरसात...

पहाड़ियों को लम्बी और मोटी फूँक में बुहारती, घाटियों को भरती, दरख़्तों के बीच धड़धड़ाती, सनसनाती बहती हवा...ऊपर उठती भँवरों में जैसे बस्ती-की-बस्ती उठा ले जाएगी। थरथराहट पहाड़ियों पर इधर-से-उधर दौड़ती हुई...आसपास का सब कुछ बजता होता है इन दिनों। उड़ता है...जैसे सब कुछ ही उड़ जाएगा, पता नहीं किस दिशा की ओर। पानी भी आता है तो उड़ता हुआ...गीला-गीला ताक़तवर अन्धड़, कैसी ज़बरदस्त कड़कड़ाहट के साथ...जैसे ज़मीन पर जो दुनिया इस वक़्त भीतर छिपी... सजी-सँवरी बैठी है उसे बाहर घसीटकर, उखाड़कर...तहस-नहस करके ही दम लेगा वह।

पानी थमा तो हर जगह लिस-लिस...गीलापन...ऊपर से गीला, नीचे से गीला... धूप दूर-दूर तक नहीं।

सुवर्णा देखती रहती है...कभी बाहर से, कभी भीतर से। जैसे यह हवा का समुद्र नहीं, समय का विराट फैलाव है जो सामने भरा हुआ है...अथाह, बड़े-बड़े थपेड़ों से अपने होने का ऐलान करता हुआ।

कुछ भी बोलना बड़बोलापन लगता है। आसपास बोलते होते हैं लोग तो एक-एक शब्द सुवर्णा के सिर पर हथौड़े-सा बजता है, बोलो मत...बस देखो... देखते रहो। नहाने-धोने के अलावा अगर कुछ भी रह गई है ज़िन्दगी उसके लिए, तो बस बैठे रहना, सामने तकते रहना...दिल-दिमाग़ अलसाये-से करवटें लेते हुए। जो सामने है...अगर उसी में अपने को डुबा सके कोई? एक समय, किसी स्थिति, व्यक्ति, चीज़ या विचार में ही पूरा डूब जाना यह क्यों संयोग, विवाह या प्रेम नहीं? बाकी ज़िन्दगी वियोग-ही-वियोग जो संयोग के वैसे क्षणों की तलाश में बीते। किसी के साथ—वह चाहे पति ही क्यों न हो—लम्बे सम्बन्ध की जगह छोटे-छोटे संयोग, बेशक थोड़ा खिंचे हुए। डूब जाने की बजाय यों डूबना-उतराना, फिर डूबना और हर बार अलग-अलग चीज़ में—थोड़े-थोड़े समय के विवाह! रमेश या कि कोई और...उनका जितना मिला वही सुवर्णा का था। बाकी उसका था ही नहीं, इसलिए गया। जो अपना था ही नहीं, उसके लिए कैसा सोच! अतीत में कहीं बिंधकर ठहर जाने की बजाय, चलते रहना डूबते-उतराते नई बातों में, नए लोगों में...

लेकिन यह तो वह है जो वह करती थी। कमल के पत्ते की तरह पानी से अछूता रहा जाए तो जिया भी जा सकता है ऐसे। इतनी अछूती रह सकी क्या वह? रमेश से ख़ुद को अलग खींचने में ही कैसे खरोंचें-ही-खरोंचें उभर आई हैं!

"बाल नहीं धोए, आज भी?"

ममा पूछती हैं। वे हमेशा घेरा डालने के फिराक में रहती हैं, ताकि घेरकर टोह सकें, सुवर्णा को धक्का दे सकें...आगे की तरफ़, जैसे शंटिग में एक डिब्बा दूसरे

को देता है। सुवर्णा नहीं चाहती पीछे का कुछ याद करना, पर ममा घूमते-फिरते कुछ-न-कुछ बोल देंगी, और नहीं तो रमेश का नाम ही इधर-उधर से ले डालेंगी।

रमेश-जैसे की ख़ातिर उस तरह की क़ैद में रहना...रही ही आती वह, अगर उन कुछ घटनाओं ने रमेश के असली रूप को यों खोलकर सामने न रख दिया होता...और तब सारी ज़िन्दगी ही कैसी बरबाद निकल गई होती। लेकिन...यह जो आदमी के भीतर से एक ख़ास मौके पर लावा-सा फूट पड़ता है...यही तो उसकी असलियत नहीं है, उसके भीतर हमेशा रहनेवाली चीज़ है क्या यह? फिर रमेश के बारे में वह कैसे सिर्फ़ उसी के आधार पर राय बना सकती है...

"ऐसा कितने दिन चलेगा?" ममा एकदम सामने आ गई हैं।

"क्या कितने दिन चलेगा..." सुवर्णा को हल्का ग़ुस्सा आ जाता है। ज़िन्दगी है ही कितनी बड़ी कि इस तरह का कोई सवाल उठाया जा सके।

"यही...तेरा गन्दे बाल लिये घूमना...इनसे क्या नाराजगी है। बाल न धोने से तो कोई हल निकलेगा नहीं?"

"धो लूँगी ममा...नहीं धोये, क्योंकि मन नहीं किया...इसलिए नहीं कि..."

"तू कहती है ऐसा..." पकड़ लिया उन्होंने और अब जमकर बैठ गई हैं..."मस्ट फ़ाइट इट आउट माइ चाइल्ड!"

ममा अभी उन्हीं शब्दों पर अटकी हुई हैं जिन्हें वह बचपन में सुना करती थी, उन्हीं से। उन्हें नहीं मालूम कि सुवर्णा इस बीच कुछ दूसरा भी देख आई है जो इतना 'आक्रामक' नहीं है, वैसी ज़रूरत भी नहीं समझता...कुछ बहुत ही...'मेअलो', मुलायम-मुलायम...

खिड़की के काँच पर धुंध चिपकी हुई है। बाहर चीड़ का बड़ा पेड़ धब्बों में बिखरा-बिखरा दिखता है। सुवर्णा एक कपड़ा लेकर काँच पोंछने बढ़ती है, खिड़की खोल देती है। एक बड़ा झोंका पेड़ की अटकी हुई बूँदों को झाड़ता हुआ गुज़र जाता है, कुछ छींटे सुवर्णा के मुँह पर भी...सुख में आँखें मुंद जाती हैं...

गिने-चुने झोंके, पर अनन्त में ले चले हैं उसे, नन्हीं-सी कुछ बूँदें ठंडक की विशालता में तनती जा रही हैं। कहाँ पहुँच रही है वह...आकाश का नीलापन कितना गहरा और साफ़...रोशनी-ही-रोशनी। हल्की-फुल्की वह उड़ती हुई, पोर-पोर से फूटते हुए ख़ुशी के झरने मिलकर एक बड़ी धार बनते हुए...धार अबाध बहती हुई आर-पार...वह मिठास की मूर्ति...अनन्त में समा जाना चाहती है...

अनन्त! देखो...मैं कहाँ पहुँच गई। रेंग-रेंगकर आख़िर वहाँ पहुँच ही गई जहाँ... जहाँ तुम हो। हाँ...मेरे भीतर उग रहा है कुछ...अब मैं महसूस कर सकती हूँ...हाँ ...वही, जिसमें तुम्हें डूबते देखती थी...

तुम सही थे अनन्त। वह मुक्त होकर जीना...हमेशा चौकस, चतुर...अक़्ल के रास्ते ही चलना, हर चीज़ को अपने ढंग से चलाना...कुछ नहीं है इस तरह भीग जाने के सामने। कैसा खोल देता है यह बँधना भी!

कपड़ा फेंककर आँचल से काँच पोंछने लगती है सुवर्णा।

"ममा, तुम कहती थीं...अनन्त तुम्हें अच्छा लगा।" तुम्हारे पास होने को जी करता है, अनन्त। सामने बातें करते हुए तुम नहीं तो तुम्हारा ज़िक्र ही सही।

"बहुत अच्छा लगा।"

ममा का चेहरा पिघल आया है, सुवर्णा बग़ैर मुड़े देख सकती है। दो-तीन दिनों से ममा ने अनन्त का नाम फुसफुसाना शुरू किया था। जब देखा कि रमेश के नाम से सुवर्णा पर कोई प्रतिक्रिया नहीं जागती तो वे भीतर कहीं पक्का हो गई होंगी कि सुवर्णा अब रमेश के पास नहीं जाएगी...कैसे सोच लिया उन्होंने यह? या क्या पता...अनन्त का नाम सिर्फ़ इसलिए लेना शुरू किया हो कि सुवर्णा इस तरह झूलती बैठी न रहे, कुछ तय करे।

सुवर्णा मुड़ी। ममा की आँखें माँग रही हैं कि सुवर्णा थोड़ी देर को ही सही, उनके पास बैठ जाए।

"इतनी थोड़ी-सी देर की बातचीत में ही; इतनी जल्दी अच्छा लग गया?" सुवर्णा चेहरे पर मीठी-सी हैरत लाकर पूछती है।

"कोई पसोपेश की गुंजाइश न हो तो सब कुछ साफ़ नहीं दिखेगा क्या?"

"क्या अच्छा है उसमें...ममा?" सुवर्णा खोई-खोई-सी...कोई तुम्हारे बारे में बोले, कहे।

"यह तो सोचना होगा...और ढेरों चीज़ें निकल आएँगी, मसलन साफ़ है, दो-टूक बातें करता है। ऐसा आदमी झूठ नहीं बोलता होगा, बहुत 'सिन्सियर' होगा..."

सुवर्णा, ममा के पास आकर बैठ जाती है। काँच एकदम साफ़ है अब! खिड़की बन्द कर दी, फिर भी बाहर का पेड़ साबुत दिखता है...धुला हुआ—ख़ूबसूरत...!

"तू अनन्त को बहुत चाहती है?"

सुवर्णा चौंक उठती है...ममा का प्रश्न और उनके स्वर की मिठास। समझ जाती है कि उन्होंने धूप की तरह सरक-सरककर टोह लेते हुए, बात पर आने की बजाय झपट्टा मारा है...सुवर्णा कहीं उठ न बैठे और बात फिर वैसी-की-वैसी लटकी रह जाए। वे उससे दो-टूक फैसला चाहती हैं...फ़ौरन!

ममा उसकी चुप्पी पर अटकती है। सुवर्णा उनकी आँखों में देखती चली जाती है...दूर तक, ख़ुश-ख़ुश...ममा ने जो अभी कहा, उसे जैसे बार-बार प्यार से सहलाते हुए। यह ख़याल ही कि वह अनन्त को चाहती है, कितनी रोशनी भर देता है भीतर!

"सुवर्णा, तेरे इस तरह रहने का कोई तुक नहीं है—और तू रहे भी क्यों! क्या नहीं है तुझमें—पढ़ी-लिखी है, अब भी ख़ूबसूरत है, ख़ासी तनख़्वाह घर लाती है। बेटी, हमें कोई ऐतराज नहीं होगा, तुम्हारे पापा को भी मैं समझा लूँगी।"

"ममा, तुम्हारी दिक़्क़त है कि तुम मुझे बहुत चाहती हो और बहुत सरल हो। मेरे और अनन्त के एक-दूसरे के चाहने की बात तो तुम्हारी समझ में इतनी जल्दी आ गई पर क्या यह सोच सकती हो कि अनन्त नहीं चाहता कि मैं घर...रमेश को ही छोड़ूँ।"

"रियली! इज ही अ कावर्ड...या बच्चों की वजह से हिचकता है?"

"दोनों में से कुछ नहीं...कहता था कि वह मेरा इन्तज़ार करेगा।"

"ओ हाउ नाइस! मैंने कहा न कि वह बहुत अच्छा लड़का है।"

ममा के बोल सुवर्णा के भीतर जाकर घुल गए, जैसे बाहर के थे ही नहीं। गेट खोल देने से बाँध की मोटी धार सरपट नीचे गिरती है...अनन्त, मैं आ रही हूँ... मैं आई...

नीचे बाँध के बकैट में तेज़ी से गिरती धार...आगे बढ़ते हुए, फिर पलटकर लौटती है...अब लहरों में चूर-चूर, आगे जाने और पीछे आनेवाली लहरों में टक्कर, इधर जाती, उधर जाती लहरें, अपने ही थपेड़ों से चक्कर खातीं...कैसी मारा-मारी, खलल-बलल...भँवरें बनती हैं, लहरियाँ गेट से गिरती धार पर ही लपलपाते हुए ऊपर चढ़ने की कोशिश करती हैं...वापस फिर वहीं पहुँच जाने की छटपटाहट!

अनन्त, मैं तुम्हारे पास आना चाहती हूँ...पर सब कुछ तोड़ने, छोड़ देने का हौसला क्यों नहीं मिलता मुझे...कहाँ से मिलेगा? जैसे पीछे से कोई पकड़े होता है, वापस खींचता है...मैं तुम तक दौड़ क्यों नहीं जाती...क्यों डरती हूँ कि कहीं तुम भी रमेश हो गए तो? मैं तुम्हें खोना नहीं चाहती!

मेरा घर...बच्चे...मैं नहीं छोड़ना चाहती अनन्त! पर फिर मैं उन्हें छोड़कर क्यों चली आई, वापस जाना चाहती हूँ, पर पहुँच क्यों नहीं जाती...क्यों तुम्हारी तरफ़ ही बढ़ी चली आ रही हूँ।

सुवर्णा सोफ़े में फड़फड़ा उठती है।

"बेटी..." ममा का चेहरा खिंच आया है।

"ममा, हिन्दुस्तान की औरतों में कितनी ताक़त होती है! वे किसी भी तरह के पति के साथ निबाह सकती हैं, उनके लिए प्रेम महसूस किए बग़ैर, उसके साथ सारा जीवन बिता सकती हैं, ख़राब पति को सुधार सकती हैं, पति को छोड़कर अपने प्रेमी के साथ जा सकती हैं और प्रेमी से दूर भी रह सकती हैं...मन में प्रेम का दीप जलाए हुए। घर की चहारदीवारी में बन्द रहनेवाली एकाएक बाहर आ

जाती हैं, काम करने लगती हैं और अपने अकेले दम पर बच्चों को बड़ा करती हैं...ममा, मैं अकेले भी तो रह सकती हूँ..."

"कहना आसान है। अगर तू अकेले रह भी सके तो लोग क्या रहने देंगे। आदमियों का यह समाज और एक ख़ूबसूरत औरत—जैसे जंगल में अकेला घूमता मेमना। किसी-न-किसी का साथ रहेगा ही। फिर एक दिन तू ख़ूबसूरत नहीं रहेगी, बूढ़ी होगी। उस वक़्त कोई नहीं होगा। तब जो अकेलापन आएगा उसका अन्दाज़ अभी...यहाँ से नहीं लगा सकती।"

"मेरे साथ अगर तब भी कोई हो तो?"

"ऐसा कोई नहीं होता।"

"है ममा...अनन्त...वह फ़र्क़ है..."

सुवर्णा के सामने एक तस्वीर झूलने लगती है—

अनन्त और वह...दोनों बूढ़े...एक-दूसरे के हाथ-में-हाथ डाले...कभी इस फूल को टोहते, कभी सड़क पर किसी बच्चे की ज़िन्दगी में शरीक होते हुए चले जा रहे हैं...

उसकी आँखें गीली हो आती हैं। एक वक़्त था रुलाई कितनी मुश्किल से छूटती थी, अब पल्ल से रोने को हो आती है वह। रोते अब भी किसी को दिखाना नहीं चाहती, ममा को भी नहीं। तभी भीतर कुछ मरोड़ खाने लगता है, बाहर कुछ निकला...अब निकला...

घबराकर वह उठ गई। खिड़की को खोल उस पर झूल गई और मुँह बाहर डाल दिया। आँसुओं से धुँधयाई आँखें...रमेश, तुमने आदमी की इज़्ज़त मुझे नहीं दी...क्यों किया तुमने ऐसा...इस हद तक का क्या हक़ था तुम्हारा कि मुझे...

घने दरख़्तों से लदी गहरी घाटी...ख़ामोश...वीरान। एक आवाज़ ऊपर-नीचे दौड़ रही है चक्करों में। कोई बेचैन चीख़...एक पक्षी का आर्तनाद...दरख़्तों से टकराता, गिरता, उठता...नीचे घाटी के तल तक जाता, फिर आसमान की ओर उठता हुआ...

❂❂❂